LA VIE EST UNE HISTOIRE VRAIE

DU MÊME AUTEUR

Paysannes de montagne, Lucien Souny, 2015
Pour quelques arpents de rêve, Lucien Souny, 2016
Sœurs de lait, De Borée, 2018. Grand Prix littéraire de l'Académie nationale de Pharmacie 2018. Prix Patrimoine des pays de Savoie 2018
Lily sans logis, De Borée, 2019
Une montagne de femmes, Les Passionnés de bouquins, 2019
Un voyage nommé désir, Les Presses de la Cité, 2021. Trophée des Savoyards du Monde 2021. Prix Machiavel 2021 du roman en langue française
Les Liaisons périlleuses, Les Presses de la Cité, 2022
L'Amour aux trousses, Les Presses de la Cité, 2023
Les femmes naissent en montagne, Les Presses de la Cité, 2024

Frédérique-Sophie Braize

LA VIE EST UNE HISTOIRE VRAIE

Roman

TERRES DE FRANCE Les Presses de la Cité

92, avenue de France – 75013 Paris
ISBN 978-2-258-21012-7
Dépôt légal : octobre 2025

1

— Interdit de porter une valise ou un enfant. Défendu de vous pencher en avant. Et surtout pas d'ébats amoureux ! Un baiser peut vous faire perdre la vue. Voilà... c'est tout.

Les paroles de l'oculiste portent un coup à Ava. La tête lui tourne presque. En quoi un baiser est-il si redoutable ? Risque-t-elle de se retrouver dans le noir à la moindre étreinte ? Elle a envie de poser des questions, mais se sent dépassée par ce qu'elle vient d'entendre. Ses yeux menacés cherchent ceux de son compagnon, qui répond d'une mimique morose. Le diagnostic a rendu muet Jean-Raymond, pourtant causeur par nature. Le silence se fait. Ava secoue la tête comme pour évacuer les mots qu'elle ne peut prononcer : angoisse, obscurité.

— N'agitez jamais la tête, malheureuse ! s'écrie l'ophtalmologue. Et chaussez vos lunettes avant de sortir, ajoute-t-il en poussant Ava vers la porte. Au revoir, madame Blanc. Belle journée.

Il en a de bonnes, celui-là, avec sa « belle journée » ! se dit-elle. Ce n'est pas lui qui a une épée de Damoclès au-dessus de la tête.

Jean-Raymond sur les talons, elle sort du cabinet avec l'envie de s'éloigner au plus vite de ce type en blouse nylon et ses recommandations absurdes.

Au coin de la rue, une rafale de vent chaud trousse sa robe à fleurs. Elle la rabat sur ses cuisses d'un geste souple. Son compagnon cherche à aplatir ses mèches jaunes que le vent dresse en perruque. Ils marchent côte à côte sous un ciel de nuages lourds, chacun observant un silence embarrassé, comme deux inconnus forcés de faire la route ensemble.

Une demi-obscurité tombe soudain. Les oiseaux cessent de chanter. Les arbres du square secouent leur feuillage. Un éclair brille. Le tonnerre gronde. L'orage est sur eux. Ava sent les premières gouttes de pluie sur son visage. Une bourrasque emmêle ses cheveux plus fins que de la soie. Des lueurs d'un violet rougeâtre laissent présager bien plus qu'un simple orage. On dirait que des puissances diaboliques cherchent à avoir la suprématie sur les esprits célestes. Elle éprouve sur ses épaules une sensation bizarre, une sorte d'avertissement présageant une menace. Est-ce dû à ce plafond si ténébreux qu'on pourrait croire que la lumière a perdu la bataille pour toujours ?

La pluie s'abat sur le Quartier latin. Déjà des flaques garnissent les creux du sol. Jean-Raymond tente d'abriter Ava sous son parapluie, mais elle avance en zigzag afin d'épargner ses sandales compensées. Elle s'arrête pour regarder où poser sa chaussure, chancelante sur le bord du trottoir, les coudes en l'air, le pied indécis. Elle pousse un petit cri de peur de marcher dans l'eau, ennemie des semelles de corde. Jean-Raymond secoue la tête en signe de désapprobation. Si seulement un déluge pouvait engloutir ces horribles nu-pieds qu'il appelle « chaussures de mémé ». Froissée, sa compagne songe qu'il est bien chanceux de pouvoir agiter la tête sans risquer de se décoller la rétine. Les larmes au bord des paupières, Ava fait mine de repartir d'une démarche assurée, alors qu'elle y voit flou.

Elle a hâte de pouvoir se réfugier chez elle. Pourtant, l'appartement de la rue Mouffetard n'est pas un cocon. Rien n'est plus pareil depuis ce jour lointain où elle a trouvé sa mère, pendue au piton du chauffe-eau. Sa mère en peignoir, la ceinture en éponge autour du cou, le tabouret renversé, les mules en velours par terre. Ava l'avait prise dans ses bras pour la décrocher en attendant les secours. Louise-Anne sentait les cheveux pas lavés. C'était son odeur depuis quelque temps. Sa fille avait cherché, mais il n'y avait pas de lettre sur la table de chevet, pas de mot sur le buffet de cuisine, pas de liste sur le frigo. Aucun message d'adieu en dehors du testament stipulant qu'elle héritait de l'appartement. Un acte notarié pour lui demander pardon de la laisser se débrouiller seule, à tout juste dix-huit ans.

Le geste de Louise-Anne semblait destiné à se venger d'un époux volage qui aurait à endurer le poids du nœud coulant sur sa nuque brisée. Elle n'avait pas supporté que son mari parte avec une autre. Qu'il donne libre cours à son goût pour l'exotisme. Au début, elle avait cru qu'il reviendrait. « Ce n'est qu'une passade », répétait-elle pour s'en convaincre. Mais cette soi-disant tocade avait définitivement égaré Charles, incapable de retrouver le chemin du foyer conjugal. Il avait demandé le divorce par avocat interposé, réduisant sa bourgeoise à la gêne.

Voilà près de trente-cinq ans que ce reporter-photographe s'est installé à Lima, capitale du Pérou. Ava n'a aucune nouvelle de son père. Elle ignore même s'il est encore vivant – la guérilla a fait soixante-dix mille morts en deux décennies. Charles, qui a traîné ses guêtres de l'Atlas à la cordillère des Andes, est parti sans se retourner. Sans s'interroger sur le devenir de cette adolescente qui manquait l'école pour passer un peu de temps avec lui. Ce fou de montagne a abandonné son unique enfant comme un surpoids de bagage dans un aéroport.

Pire encore, ce sans-cœur ne s'est même pas pointé à l'enterrement de Louise-Anne. Elle a eu de tristes funérailles dans un cimetière parisien, entourée de quelques voisins. Faute de famille proche, aucun parent n'était présent. Seule Germinie avait fait le déplacement de la Haute-Savoie avec son fils pour dire adieu à son amie d'enfance. Virgil était venu réconforter Ava, du même âge que lui. Il l'avait trouvée plus ravissante encore que lors de leur précédente rencontre : la taille élancée, la poitrine ronde, les yeux d'ambre, les cheveux de ce châtain tirant sur le roux que les Anglais appellent « auburn ». Les garçons lui tournaient autour depuis l'adolescence. Lorsqu'ils se montraient trop entreprenants, elle se dérobait. Elle aimait les livres et sa liberté.

Quand Ava était gamine, son père l'emmenait l'été sur les glaciers suisses. Dans l'Oberland bernois ou dans l'Engadine, au cœur du canton des Grisons, près des frontières avec le Liechtenstein et l'Autriche. Des endroits aussi beaux qu'inadaptés aux jeunes enfants. La petite rousse, terrorisée à l'idée de chuter dans une crevasse, aurait préféré se rendre dans ce village savoyard où sa mère avait ses racines : Abondance. L'abbaye millénaire, les chalets orientés au sud, le lac des Plagnes, la cascade du Cubourré écumante comme du lait. Elle se souvient d'y être allée à de drôles d'occasions dans son enfance. Elle y a passé des vacances mémorables avec Virgil à l'adolescence, et un été marquant : celui de leurs dix-huit ans.

Depuis, trois décennies se sont écoulées, mais la rouquine n'a jamais oublié ces deux mois chez Germinie – qu'elle surnomme affectueusement Minie. Elle a tout en mémoire : le bon air, le bleu d'altitude, les vaches sur l'alpage d'Autigny, le fromage à la forme concave, la crème fouettée sur la tarte aux myrtilles, le pot à café en terre vernissée, la porte toujours ouverte. Malgré la différence d'âge, Germinie et Ava se sont promis de se revoir, mais Paris est loin et ce coin enclavé du Haut-Chablais est mal desservi. Et puis il y a le travail d'un côté, les bêtes de l'autre. Elles se sont téléphoné, envoyé des cartes postales, des cartes de vœux, des photos. Puis le temps a distendu leur amitié.

2

La porte de l'appartement refermée, Ava retire ses talons compensés. Jean-Raymond – qui se fait appeler « Ray » tant il déteste son prénom – se plante devant le placard des alcools. Elle, trouve que seize heures, c'est un peu tôt pour ça. Lui, estime qu'avec cette malchance un remontant s'impose. Quelque chose de fort avec des glaçons. Il leur sert un cocktail vodka-pruneau, riche en antioxydants selon lui. Se laisse tomber dans le divan de velours accolé à un meuble à tiroirs sur lequel trône un compotier de verre.

— Il nous manquait plus que ça, comme tuile ! s'exclame-t-il.

— Nous ? relève-t-elle en s'asseyant en face de lui, dans le fauteuil adossé à la bibliothèque.

Ray rapproche ses sourcils blonds. L'espace d'un instant, elle saisit quelque chose de dur dans ses traits pourtant agréables pour un homme approchant la soixantaine. Sa tête grisonne par endroits, blanchit à d'autres. Néanmoins, Ava lui voit toujours ses beaux cheveux châtains que dorent des reflets blonds. Elle préférerait qu'il laisse sa chevelure au naturel plutôt que de la teindre, mais il a en horreur le blond cendré. Elle, trouve inesthétique cette paille jaune et rêche qu'il a sur le crâne à force de coloration. Lui, estime qu'elle vieillit vite. Trop vite. À commencer par ses yeux, abîmés durant l'enfance par une trop forte exposition aux ultraviolets, sans lunettes de protection.

— Oui, nous, dit Ray en insistant sur le « nous ». Quand tu deviendras aveugle, tout reposera sur moi.

Jean-Raymond se sent perturbé. S'il a escompté qu'Ava serait un jour son bâton de vieillesse, jamais il n'a songé qu'il deviendrait sa canne blanche dans un avenir proche. Il ouvre le tiroir du bas avec l'air dépité de quelqu'un qu'on a floué.

Dans sa gorge, Ava sent comme une grosse boule.

— Si je deviens aveugle, le reprend-elle, mettant l'accent sur le « si ».

Ses larmes ne sont pas loin, mais elle les contient. Elle se lève pour ouvrir la fenêtre face à la librairie L'Arbre du Voyageur au 55 de la rue Mouffetard – « la Mouffe » comme l'appelaient autrefois les Parisiens. Un air chaud et humide s'engouffre dans le salon à l'atmosphère déjà étouffante. Des gouttes d'eau marquent le parquet. Elle repousse à regret la vitre ruisselante de pluie.

— Si tu deviens aveugle, tout reposera sur moi, répète-t-il avec une voix qui semble déjà avoir renoncé à sa guérison.

C'est tellement direct, tellement abrupt qu'Ava en reste interloquée. Elle se ramasse sur elle-même, les bras collés au corps, les mains en flèche entre ses cuisses. Un œil sur la boisson noire que Ray a déposée devant elle. Il sait qu'elle n'aime ni l'alcool de patate ni le jus de pruneau. Pourtant, il vient de lui en servir une rasade sous prétexte que ce fruit lutte contre la dégénérescence. Elle se dit : Manquerait plus qu'il attaque les pistaches au goûter ! Et de l'entendre verser les coques dans le compotier comme s'il travaillait au service des bruitages radiophoniques. En janvier dernier, Ray a pris une bonne résolution : cesser de grignoter entre les repas. Résolution qui vole en éclats à chaque contrariété.

— Six cents calories pour cent grammes, annonce-t-il, le ton provocateur.

Ava soupire. Sont-ils à ce point arrimés à leurs habitudes ? Lui, affairé à décortiquer des pistaches malgré son ventre qui bedonne. Elle, la peau de son épaule contre le dos des livres, reconnaissant chaque œuvre à son épaisseur. Elle a lu dans l'Encyclopédie que la cataracte est appelée ainsi car ses symptômes évoquent la vision que l'on a en regardant le monde au travers d'une cascade. Et pour une amoureuse des mots comme Ava, c'est beau. Flou, mais beau.

Elle détaille le salon au travers de son brouillard visuel. Rien n'a changé depuis des lustres. Si elle a jeté au feu tout le saint-frusquin de son père, elle n'est jamais parvenue à se défaire des affaires de sa mère, telle sa machine à coudre Singer. La pièce conserve le divan dont le rouge grenat a viré à ce rose défraîchi qu'a la gelée de framboise bue par la mie de pain. Elle éprouve soudain une sensation d'enfermement entre le papier peint à gros motifs et les lourds rideaux confectionnés par Louise-Anne. Elle a l'impression de se cogner la tête contre les murs que la cécité semble ériger. Elle ressent le besoin de sortir. Franchir la porte, gagner l'extérieur. Respirer.

Dehors, quelque part, il doit y avoir un monde de lumière et d'air frais. Une maison accueillante avec une tarte aux pommes sur la table, des fenêtres ouvertes sur la nature, des occupants chaleureux, des rires, des chants. Des enfants. Tout cela flotte dans le voile qui l'entoure. Tout est éloigné d'elle, prise au piège du traintrain de l'existence. Cet ébranlement l'atteint après de vaines espérances, tout près de l'âge mûr : cinquante-deux ans.

— Pourquoi faut-il que ça tombe sur moi ? s'entend-elle demander.

Elle cherche un sens à la maladie, une justification autre qu'une blessure d'enfance, des larmes séchées.

— Sur nous, corrige le blond paille.

Il se lance alors dans un monologue dramatique sur le coup du sort, la faute à pas de chance. On dirait qu'il s'apprête à entonner une de ces chansons andalouses qui naissent au fond de la gorge, comme un lamento. Ava se demande s'il va poursuivre son laïus en modulations orientales quand une image qui la hante la nuit depuis quelque temps vient la frapper.

Elle est en compagnie de Jean-Raymond dans le hall d'un immeuble parisien. Elle s'engage avec lui dans l'ascenseur dont il s'éjecte sans crier gare au moment où les portes se referment. Elle se retrouve seule à l'intérieur. Une musique aseptisée lui parvient aux oreilles. Au lieu de gagner les étages, l'élévateur descend au sous-sol. Elle a beau appuyer sur tous les boutons, la cabine l'entraîne vers les profondeurs. Soudain, le néon du plafond s'éteint. Il fait sombre dans la cage en métal. Quand elle lève la tête, elle aperçoit encore la lumière du hall qui devient une mince tache de clarté avant de disparaître. Ne reste que l'éclairage de secours.

3

Ava respire avec difficulté. Son cœur se gonfle, se contracte. Elle suffoque, enfermée dans cet appartement où règne une moiteur de serre.

— Je manque d'air, dit-elle, un œil sur la fenêtre fermée.

Un éclair sillonne la Mouffe, l'une des plus anciennes rues de Paris. Cette rue pavée, mal famée dans le passé, attire aujourd'hui les touristes, séduits par son pittoresque et son animation. Le tonnerre ébranle les murs. Ce mois de mai 2022, le plus sec et le plus chaud jamais observé en France, bat tous les records de coups de foudre. À devenir sourd ! Ava n'a d'ailleurs pas tout saisi des propos de l'oculiste. Elle a toutefois compris que des complications opératoires menacent son sens de la vue. Il ne lui reste peut-être que quelques semaines pour contempler les beautés de la nature et développer ses autres sens. Quelques mois, au mieux.

Certes, Ava vit près du Jardin des Plantes, mais il s'agit davantage d'une imitation de nature que d'une immersion en pleine nature. Or la rousse sent le besoin de se rapprocher de cette vie contemplative à laquelle l'être humain se laisse aller au cœur d'une forêt ou au sommet d'une montagne. Elle songe à ce « Belle journée » lancé par l'ophtalmologue, comme pour l'inviter à chercher un rai de soleil dans le plus sombre des mardis. Et si elle partait à la recherche de cette lumière apte à réchauffer le cœur ? Et si elle se mettait en quête de cette beauté capable d'emporter l'âme ? Loin, très loin des représentations utilitaires qui accaparent les humains au quotidien. Elle a besoin d'éprouver cette impression de joie, mais aussi de mélancolie, ce sentiment de paix intérieure, de jouissance pleine que procure l'embrasement du couchant sur une cime enneigée.

C'est déraisonnable, elle le sait. Et pourtant elle perçoit qu'avec ses facultés visuelles menacées, il advient quelque chose de nouveau, d'inaccoutumé. Que l'ordre des choses est bouleversé. Il est vital pour elle de quitter la ville. Pour un temps, du moins. Quitter son appartement où le soleil n'ose plus aventurer un rayon. Partir loin de la capitale, du métro où les gens se regardent sans se voir.

— Je veux m'éloigner de Paris, annonce-t-elle en s'éventant avec *L'Amant* de Marguerite Duras. J'étouffe ici.

Ces mots produisent sur Ray un effet électrique.

— Mais pour aller où ? Les meilleurs spécialistes des yeux sont à l'hôpital des Quinze-Vingts.

— À la montagne.

— C'est de la folie ! Tu as entendu le médecin, tu ne dois pas t'éloigner des urgences ophtalmiques.

Ray verse d'autres pistaches dans le compotier. Leurs coques heurtent le verre.

Ava tait qu'elle veut renouer avec cette sensation d'apaisement qu'elle a connue l'été 1988, malgré l'angoisse qui lui tordait le ventre de se retrouver seule, à dix-huit ans. Seule dans la vie. Aujourd'hui, cette même angoisse lui serre la gorge à l'idée d'être privée de ses yeux.

— Je veux aller voir Minie.

Les traits de la Savoyarde sont un peu effacés de sa mémoire mais le souvenir de sa bonté demeure intact dans son cœur. De même que ses expressions toutes faites et sa porte toujours ouverte aux amis et aux souffrants. Ava se rappelle ces gens qui débarquaient, la nuque coincée, la cheville tordue, la main brûlée, le visage grimaçant de douleur. Ils repartaient le dos droit, la démarche assurée, le geste vif, le sourire aux lèvres, comme par miracle.

— Tu n'y penses pas ! Les territoires sont des déserts médicaux.

— Les territoires ? Tu parles comme les politiques !

Ava trouve irrespectueux ce mot qui remplace la « province », comme s'il s'agissait d'une réserve d'Indiens.

Elle hésite à lui dire que Germinie a un don, qu'elle saura quoi faire, mais elle préfère se taire, persuadée que Ray se montrera sceptique. Elle a pris sa décision en un claquement de doigts, comme si son seul espoir de guérison était à Abondance.

— Elle doit avoir des kilomètres au compteur, ta Minie. Peut-être même qu'elle vit au cimetière, à présent.

Sa compagne pousse ses lèvres en une moue mécontente. Elle a l'intuition que Germinie est en vie, sans quoi Virgil lui aurait envoyé un faire-part de décès. De plus, elle réprouve ce mépris que Ray affiche pour le vieillissement féminin. Après l'élection de l'actuel président de la République, il s'est déchaîné contre la première dame. Ava désapprouve ces railleries sur leur différence d'âge. Au travers d'elle, ce sont toutes les femmes du monde qui sont offensées. Jamais, sur le papier, l'époque n'a été plus tolérante, respectueuse des différences. Mais dans les faits, les femmes sont réduites au paraître, comme si elles avaient des comptes à rendre sur leur tenue, leur silhouette, leurs rides. Sans parler de leur libido.

— Germinie court entre ses septante et ses huitante, annonce Ava.

Elle n'en revient pas : ce parler régional lui est revenu comme si, tapi dans sa mémoire, il n'attendait que le bon moment pour surgir.

Son compagnon prend un ton doctoral pour dire :

— C'est donc une septuagénaire.

— Une sep-tan-te-naire, articule Ava qui veut le piquer au jeu.

— Si ça t'amuse. Mais tu vas devoir l'aider alors que les efforts te sont interdits. Il te faudra la sortir du lit le matin, l'habiller, la soutenir pour marcher, lui donner à manger, et peut-être même que…

— Oh, Ray, tu exagères !

Ava se souvient de la Savoyarde comme d'une femme vive et dynamique qu'elle ne parvient pas à imaginer grabataire. Il lui tarde de retrouver son regard habité dans lequel elle avait découvert quelque chose dont à l'époque elle ignorait tout. Qu'était-ce donc que cette lumière dans les prunelles de Germinie ? Elle ne s'était jamais vraiment posé la question avant aujourd'hui. Tout ce qu'elle sait, c'est que chaque fois que la montagnarde avait planté ses yeux d'encre dans les siens, Ava s'était sentie comprise. Protégée, même.

Malgré sa réaction offusquée, Jean-Raymond poursuit avec une grimace – le lait lui cause des flatulences :

— … tu vas devoir traire ses vaches mauves.

— La vache mauve sur l'emballage du chocolat Milka est de race Simmental. Minie élève des vaches d'Abondance.

— Épargne-moi tes leçons d'institutrice à la retraite ! Tu vois très bien ce que je veux dire.

Non, justement. Ava ne voit pas très bien. Ou, plus exactement, elle voit les choses différemment. La montagne est un sanctuaire où l'on peut encore respirer un air léger quand on se sent oppressé, un territoire sous-peuplé où elle ne risque pas de se faire bousculer. Tandis qu'à Paris, il y a cette grisaille, ces odeurs âcres, ces déchets aux abords des rues, ces souillures dans lesquelles on marche. Les rampes collantes des escaliers mécaniques, les barres crasseuses de métro auxquelles elle n'ose plus se tenir. Cette foule pressée, le tumulte des corps qui la bousculent, lui écrasent les pieds, la poussent à l'opposé. Ces individus aux yeux obscènes qui se frottent aux femmes avec des manières de boucs lubriques. Et ces usagers à bout de fatigue qui ressemblent à des robots répartis selon les hasards des aiguillages. Les treize millions d'habitants d'Île-de-France peinent à cohabiter dans cet anonymat lié au grand nombre. Cette indifférence au quotidien, cette rudesse dans les rapports humains. Du chauffeur de taxi aux agents de stationnement, du corps politique au corps médical. Cette froideur dans les annonces : « En explosant, vos veines ont déchiré votre vitré. Il tire sur votre rétine qui menace de se décoller comme un vieux papier peint. » Quel contraste avec le discours initial sur l'opération de la cataracte : « Intervention banale de nos jours, geste parfaitement maîtrisé, sur pied en un rien de temps, presque une promenade de santé. Même avec les deux yeux touchés. »

Quand les complications sont survenues, l'ophtalmologue a lâché un « le risque zéro n'existe pas » cassant. Après tout, il n'y est pour rien si la patiente souffre d'une blessure de soleil. Durant l'enfance, les yeux de la petite rousse ont encaissé la réverbération sur les glaciers. À mesure que les ultraviolets ont pénétré ses globes oculaires immatures, ils ont abîmé la cornée, lésé le cristallin, endommagé la rétine. « Vingt pour cent des cataractes sont dues aux expositions solaires », a surenchéri Ray, toujours prêt à chiffrer le malheur d'autrui.

Quel choc pour Ava de découvrir qu'elle doit ses pupilles laiteuses à son père ! Depuis le début de la quarantaine, sa vue se floute lentement. Elle distingue moins bien les reliefs. Sa perception des couleurs s'est altérée. Elle ne parvient plus à différencier le noir, le marine et le violet. Au fil du temps, elle a renoncé à conduire la nuit, trop éblouie. Puis il y a eu ce halo autour des lampadaires. Et cette vision double, appelée « diplopie », qui lui fait voir deux images d'un seul objet. Deux compotiers de pistaches.

Elle a encore dans les oreilles les paroles du chirurgien : « Il faut réopérer, madame Blanc. Sans quoi, ce sera le noir. C'est clair et net. »

Humour douteux de professionnel.

Effroi dans le cœur d'Ava, lectrice de profession. Dénicheuse de pépites. Formée et entraînée à donner son avis sur les qualités littéraires d'un écrivain pas encore célèbre. Privée de la vision, elle va perdre et son travail et sa passion. Comment se faire à l'idée de ne plus pouvoir lire quand on est lectrice de manuscrits chez un éditeur réputé ? Comment se résoudre à renoncer à l'excitation de découvrir une plume ? Les livres lui ont été d'un précieux secours après le départ de son père, comblant le vide au fond d'elle. Ils lui ont servi de catharsis après le suicide de sa mère. Les histoires couchées sur le papier lui ont permis de s'évader. De ne pas flancher. C'est grâce aux romans qu'elle est encore debout.

4

Postée à la fenêtre, Ava regarde en direction d'un point connu d'elle seule. Elle plisse les yeux, même s'il n'y a pas de soleil mais un ciel de tôle sur l'après-midi finissant. La lectrice pourrait demeurer là, à espérer que d'illustres ophtalmologues parviennent à la guérir. Or elle craint de perdre son temps en restant dans le 5e arrondissement. Lorsque l'on n'a plus que quelques mois à voir, il convient de les utiliser avec discernement. Aussi ouvre-t-elle les placards en quête du répertoire de sa mère. Sa persistance à s'agiter agace Ray :

— Qu'est-ce que tu fabriques ?

— Je cherche le numéro de Germinie.

— Ne t'emballe pas. Laisse-moi le temps de contacter quelques personnes. Je vais t'obtenir un rendez-vous à la fondation Rothschild pour avoir un autre avis.

Jean-Raymond travaille pour une grande organisation médicale. C'est un spécialiste des données numériques. Il collecte, traite et restitue des informations relatives à la santé. Comme beaucoup de spécialistes, il utilise un vocabulaire spécifique. Les données s'appellent « data » et une grande quantité de données « big data ». Il stocke le tout dans des entrepôts de données. Ava n'a jamais réellement compris en quoi consiste son activité. Aussi, quand quelqu'un lui demande quel métier exerce Ray, elle répond qu'il est statisticien. Cela le met hors de lui car il se définit comme *data analyst* – une caste supérieure.

La lectrice se sent illettrée face aux chiffres tandis que Ray a la manie de tout quantifier : nombre de réfugiés ukrainiens, nombre d'enfants par femme, degrés sur l'échelle de Richter lors d'un séisme, intentions de vote. Il passe son temps à faire des comptes, comme si accoler une quantité à un fait lui donnait un poids, une vérité.

— Le temps m'est compté, lui fait remarquer Ava en fouillant dans le bas d'un placard.

Elle ne va tout de même pas rester plantée là, à attendre que la maladie la prenne.

— Ne dramatise pas. Et je te rappelle qu'il t'est interdit de te pencher en avant.

Il n'a pas encore osé aborder le sujet, mais il suppose que sa compagne est sous le joug des hormones. La voir s'éventer avec un Goncourt – au succès immérité – laisse à penser qu'elle a des bouffées de chaleur. Il la pense atteinte du retour d'âge dont la survenue peut être d'une dangereuse brutalité.

Il voudrait l'alerter sur le sujet, la pousser à consulter, mais quelque chose lui dit que le moment est mal choisi pour prononcer le mot « ménopause ». Cet âge tempête de la femme. Dommage, car il dispose de l'âge moyen auquel elle survient – cinquante ans – et du nombre de femmes ménopausées en France – quatorze millions.

— Relève-toi lentement et viens t'asseoir, ajoute-t-il du ton qu'il prendrait pour ramener un enfant à la raison.

Ava se redresse, le visage coquelicot. Ray a raison. « Ne jamais mettre la tête en bas » fait partie des consignes à respecter.

— Pourrais-tu m'aider à mettre la main sur le répertoire de ma mère ?

Elle veut demander à Minie si elle peut venir se réfugier chez elle. Car c'est ainsi qu'elle s'imagine le chalet de son amie : un refuge. Sans médecin, sans cathéter, sans scalpel. Un lieu où apaiser son esprit inquiet, où reposer ses yeux. Elle espère que la Savoyarde saura éloigner d'elle l'obscurcissement de sa vue.

— La nuit porte conseil, dit Ray, parti chercher des glaçons.

Le regard féminin s'arrête une seconde sur la place du divan où se marque en creux l'empreinte de ses fesses.

— J'ai besoin de lui parler. Maintenant !

La voix d'Ava est montée dans les aigus.

Elle cherche d'autres mots, ne les trouve pas, car ceux de l'ophtalmologue s'entrechoquent encore dans sa tête : « Si vous viviez en Haute-Volta ou à Ceylan, vous seriez déjà aveugle. Par chance, vous êtes en France. » De quelle grotte sort ce spécialiste pour continuer d'appeler ainsi le Burkina Faso et le Sri Lanka ?

— Il ne faut pas te mettre dans un état pareil pour ça !

— Pour ça ? s'insurge Ava, à présent incapable de se contenir. Toi qu'un mal de gorge terrasse, tu te moques de moi ?

Jean-Raymond la traite de suicidaire :

— Comme ta mère !

Il lui claironne toutes les catastrophes qui l'attendent dans cette expédition en montagne. Affirme que c'est pour son bien qu'il lui fait une scène. Il ne serait pas obligé de se fâcher si elle restait à proximité de la clinique ophtalmologique. Il n'aurait pas besoin de s'emporter ainsi si elle se soumettait aux prescriptions de son médecin qu'on peut résumer par : « se tenir à carreau ».

Ces colères, ce n'est pas la première fois, aussi Ava prend-elle le parti de ne pas répondre. Ray va se calmer tout seul avant de culpabiliser de s'être emporté. Il suffit d'attendre. Elle s'enferme donc dans une attitude boudeuse. Plus tard, il tente de se faire pardonner en mettant la main sur le répertoire, enfoui au fond d'un placard, sous une pile de tissus pliés avec soin.

5

Ava s'est tracassée pour rien. Germinie accepte – sans vraiment comprendre les propos décousus que la rouquine hoquette au bout du fil. La Savoyarde n'est pas de celles qui refusent un secours à quelqu'un, et encore moins à la fille de sa défunte amie. Pourtant, les deux femmes étaient en froid au moment du suicide de Louise-Anne.

Adolescente, Ava avait interrogé sa mère au sujet de cette brouille.

« Nous sommes différentes, avait éludé celle-ci. Nous avons chacune notre vie.

— C'est vrai que Germinie a un don de guérison ?

— Certains le croient.

— Virgil dit que sa mère est faiseuse de secrets. Je ne comprends pas vraiment ce que c'est.

— Il veut dire que Germinie connaît les prières qui permettent de couper la douleur, de barrer le feu, d'arrêter les hémorragies. Certains l'appellent la faiseuse de secrets, d'autres la leveuse de maux, ou encore la soigneuse. Autant d'expressions pour dire qu'elle a un don de guérison. »

Louise-Anne avait assorti son explication d'un haussement d'épaules. Elle avait ajouté avec, dans la voix, cette nuance de méfiance, voire de mépris, qu'elle portait à tout ce qui concernait les croyances, celle en Dieu en particulier :

« Les gens considèrent que Germinie est l'intermédiaire entre le Ciel et les souffrants. C'est pourquoi elle a recours aux prières, à l'eau bénite et au chapelet.

— À t'entendre, on dirait qu'elle n'a jamais guéri personne.

— Elle a peut-être soulagé des personnes crédules ou désespérées, mais de là à les guérir vraiment... »

Ava regrettait que leur fâcherie l'ait privée de la soigneuse et de son fils, un garçon vif et naturel, né au début de 1970, comme elle. Elle a passé une semaine avec Virgil, l'année de leurs quatorze ans, quand ses parents l'avaient confiée à Germinie tandis qu'ils partaient à Venise – ultime tentative pour sauver leur couple.

Elle a retrouvé son ami pour deux autres semaines, l'année suivante. Charles avait quitté le domicile conjugal et Louise-Anne était venue se réfugier en larmes dans le chalet de la Savoyarde. Les deux adolescents s'étaient amusés à se courir après, à s'attraper, à se chamailler comme ils l'avaient fait quelquefois, enfants. Aucun d'eux n'avait la vie facile et ils semblaient renouer avec une certaine innocence quand ils étaient ensemble.

Ava garde de Virgil un souvenir tendre. Il y avait une douceur chez lui, une gentillesse naturelle derrière l'intelligence de son regard. La semaine où ses parents étaient à Venise était à l'origine de ses premiers émois. En 1984, Virgil était un garçon encore incertain, inachevé, avec la voix qui muait. Un sourire touchant et des yeux sombres, piquetés d'or. Elle savait qu'il la trouvait mignonne. Il le lui avait dit dans un effleurement de paroles désarmantes.

Louise-Anne, revenue chercher sa fille après un séjour mitigé dans la cité des Doges, avait observé les deux adolescents tandis qu'ils débaroulaient la pente comme des cabris. Elle s'inquiétait de savoir dans quel pétrin Ava allait se fourrer. À quatorze ans, elle était formée comme une femme, avec un air de gamine poussée trop vite. Germinie avait rassuré son amie : sa crainte était infondée en ce qui concernait Virgil. Malgré sa musculature d'homme, son cœur était encore d'enfant.

6

Le lendemain de sa dispute avec Ray, Ava ouvre les paupières avec une appréhension superstitieuse. Le réveil est devenu synonyme de ventre noué. Elle balaie la chambre du regard. Ses yeux se posent sur les stores vénitiens, à la recherche des stries lumineuses. Elle ferme un œil, puis l'autre. Cet examen matinal, devenu rituel, lui permet de déceler le plus petit changement dans sa perception visuelle. Aujourd'hui, cette observation rigoureuse lui accorde une détente puisqu'elle distingue la clarté du jour entre les lamelles des stores.

Elle se lève, attrape un crayon sur le bureau de Jean-Raymond, pendu au téléphone. Il cherche des solutions de secours au cas où les choses tourneraient mal pour Ava, décidée à s'éloigner des services de santé, contre tout bon sens. Il dit s'en vouloir de lui avoir fait une scène alors qu'elle est si inquiète de l'avenir. À la vérité, il a ses raisons de l'aider à suivre son caprice. Il la regarde boire son café : cheveux de feu retenus par un crayon, pommettes hautes, bouche de corail, seins de satin blanc et jambes croisées. Même après deux décennies de vie commune, elle reste à ses yeux toujours aussi séduisante.

Ray demande pour Ava une carte européenne d'assurance maladie et obtient le transfert de son dossier à l'Asile des aveugles de Lausanne. En cas d'urgence, elle devra parcourir en voiture les vingt-cinq kilomètres qui séparent le village d'Abondance de la ville d'Évian. Là, elle prendra le bateau qui fait la navette sur le Léman une douzaine de fois par jour. Trente minutes sur le bitume, trente minutes sur l'eau : en une heure, elle sera sur la rive suisse du lac. Il a regardé du côté d'Annecy, mais les spécialistes n'acceptent plus de nouveaux patients. Quant à rejoindre les urgences côté Genève, inutile d'y penser. La route est saturée et des perturbations sont attendues sur le réseau ferroviaire. La traversée avec la Compagnie générale de navigation est le moyen le plus rapide de se déplacer et le plus paisible dans un environnement magnifique. Et Ava dit avoir besoin de calme et de nature.

C'est d'ailleurs ce qu'elle avance comme argument pour justifier sa délocalisation auprès de la maison d'édition. En réalité, cela ne change pas grand-chose car son statut d'indépendante lui permet de travailler à distance la plupart du temps. Après avoir vérifié que les manuscrits reçus correspondent au catalogue, l'éditeur met en lecture les textes qui se distinguent des autres. Il les envoie à Ava, chargée de rédiger une fiche : résumé, présentation des personnages, critique objective et subjective, note de 1 à 5. 1, le livre est à publier. 5, c'est un refus. Elle indique ce qui lui paraît singulier : idée, style, ton, voix narrative. En défend certains. Bien sûr, la décision finale revient à l'éditeur. Ava n'est qu'une conseillère de l'ombre. Elle informe quelques collègues de son départ pour Abondance. Pénélope, en particulier, une attachée de presse devenue une amie véritable au fil des ans.

En fin de semaine, Jean-Raymond se démène pour que sa compagne parvienne à la gare sans se tordre une cheville ou embrasser un réverbère. Il marche en tenant le coude de cette grande rousse à lunettes noires, habillée d'une robe légère à motifs géométriques. Il l'avertit des obstacles sur le trottoir, des distances à parcourir jusqu'au métro. Il plaque son passe Navigo sur le lecteur, pousse le tourniquet, lui indique le nombre de marches à descendre pour atteindre le quai. Gare de Lyon, il l'aide à s'orienter jusqu'à leur TGV, puis à enjamber l'espace démesuré qui sépare le quai du wagon. Ava trouve qu'il en fait trop, mais préfère ne rien dire. C'est un homme d'humeur changeante et elle a envie de voyager en paix.

— Ça va ? lui demande-t-il une fois assis à côté d'elle.

— Ça va, répond-elle en l'épiant à travers ses épaisses lunettes, avec l'air d'en penser long.

Il faut dire qu'il porte un short court à pinces, des mocassins jaunes à picots et une chemise hawaïenne assortie : coupe carrée, manches courtes et col écrasé. Ray affirme que la mode de la chemisette aloha revient. À défaut d'avoir la musculature de Tom Selleck, il arbore la même moustache en chevron que Magnum dans les années 1980.

Le couple quitte Paris à l'aube pour un trajet qui promet de mettre leur patience à rude épreuve : TGV jusqu'à Bellegarde-sur-Valserine, puis TER jusqu'à Thonon-les-Bains et enfin taxi jusqu'à Abondance. Soit une douzaine d'heures de voyage avec les changements pour parcourir six cents kilomètres. Le Haut-Chablais se mérite, au grand dam de Ray.

— Abondance vaut le déplacement, tu verras, lui assure-t-elle.

Abondance... rien que de murmurer ce nom, Ava se sent un peu mieux, comme s'il mettait une sourdine à sa crainte de manquer de lumière.

Elle dispose d'une brochure touristique qu'elle veut montrer à Jean-Raymond. Malgré son agenda chargé, il a tenu à l'accompagner. Il est curieux de rencontrer Germinie et de découvrir ce village savoyard qu'Ava considère – à tort – comme un refuge. Alors qu'elle déplie le prospectus, il lâche un ronflement. S'il n'était pas déjà en train de dormir, voilà ce qu'il pourrait lire :

Aussi appelé station-village de charme, ce bourg montagnard de Haute-Savoie se situe à trente kilomètres du lac Léman, et à quinze minutes de la frontière suisse. La station de ski est reliée au domaine des Portes du Soleil, un des plus grands du monde. Abondance, c'est aussi un habitat typique, une race de vache et un fromage qui contribuent à la réputation de ce village d'exception.

Ray aurait besoin de vacances, mais personne pour le remplacer cet été. Il faut lui reconnaître pourtant une chose : même débordé, il ne rapporte jamais de travail à la maison.

À l'appartement, en fait.

Car il s'est installé chez Ava. Le logement de la Mouffe est exigu, mais près de son bureau où il se rend à trottinette électrique depuis des années. Il a fait l'acquisition du modèle pliable en aluminium de la marque Razor dès sa sortie en 1996. Il faut le voir slalomer entre les voitures, en costume-cravate mais sans casque.

Après vingt ans de vie commune, ils ont leur traintrain. Quand Ray ne participe pas à un colloque – *Comment intelligence artificielle et big data révolutionnent la pratique médicale* –, il part tôt et rentre tard. À l'inverse, Ava rentre en fin d'après-midi, quitte à rapporter des manuscrits qu'elle lit la nuit et zèbre de notes pendant que son compagnon dort.

Le couple vit dans une sorte de concubinage fondé sur des concessions mutuelles. Lui, n'éteint jamais quoi que ce soit quand il quitte une pièce. Elle, passe derrière lui pour éteindre le plafonnier, la radio, la lampe de chevet, la télévision… Quant à la fidélité, dont le sujet n'a jamais été évoqué, c'est une forme de promesse implicite. Ils sont deux compagnons de route sans progéniture. Jean-Raymond n'a jamais voulu épouser Ava, ni lui faire un enfant. La fille qu'il a de son premier mariage lui suffit amplement. Il a prévenu la lectrice dès le début de leur relation et elle a accepté cette condition sine qua non – à ce qu'elle prétend.

7

Ava retire ses lunettes noires, pose sa tête contre la têtière estampillée SNCF. Elle ferme les yeux pour éviter de penser aux enfants. Peine perdue. Son esprit vagabonde derrière ses paupières. Si elle avait une fille, elle l'appellerait Iris, ou Prunelle. Pour conjurer le sort. Mais à quoi bon chercher des prénoms, elle ne sera jamais mère. Il est trop tard. Et c'est peut-être mieux ainsi étant donné que le destin menace de lui confisquer la vue. Cette idée lui fait bondir au cœur comme un sentiment panique. Elle demeure avec sa crainte, seule, sans secours. Ses yeux défaillants laissent échapper un peu d'eau. Deux larmes dévalent la pente de ses joues.

— Ça ne sert à rien de pleurer.

À ces mots Ava sursaute. Elle ouvre brusquement les paupières. C'est l'éblouissement. Il lui faut du temps pour entrevoir le visage fermé de Jean-Raymond qui l'observe. Il se lance dans un laïus sur l'autoapitoiement alors qu'elle a surtout besoin de réconfort. De tendresse. À cet instant, elle aimerait qu'il lui prenne la main pour la rassurer. Elle meurt d'envie de lui dire de se taire. Se contient par crainte d'être impolie – sa mère lui a transmis des valeurs. Par peur de le vexer, aussi. Meubler le silence est sa façon à lui de la tranquilliser.

Ava ne l'écoute que d'une oreille. Agressée par la franche lumière diurne, elle chausse ses solaires en pensant à tous ces gens qu'elle croisait, avant, le visage barré de lunettes noires. À l'époque, elle trouvait étrange d'en porter par temps gris, ou dans les centres commerciaux. Aujourd'hui, elle a envie d'aller leur parler, de les étreindre, de leur murmurer à l'oreille qu'elle sait. Qu'elle compatit.

— J'ai réalisé une chose, dit le statisticien avec un vague sourire. Nous allons être tendance puisque la mode est aux couples mixtes.

Parce qu'Ava le regarde sans comprendre, il ajoute :

— Voyant-malvoyant.

— Mais qu'est-ce que tu racontes ? On parle de couple mixte quand les deux partenaires ne partagent pas la même religion, la même couleur de peau ou les mêmes origines.

— Ta vision de la mixité est dépassée. Aujourd'hui, un couple mixte, c'est végétarien-viandard, blond-brun, homme-femme. Alors pourquoi pas voyant-malvoyant ?

— Mieux vaut entendre ça que d'être sourde.

— Plaît-il ?

Et de placer sa main en coquille derrière son oreille.

Sa compagne hausse les épaules. Comment Ray peut-il être à la fois intelligent et débiter avec volubilité de telles âneries ?

Elle détourne la tête, regarde par la vitre. Dans l'immense plaine de la Brie, des moissonneuses-batteuses tracent des lignes dans les céréales. Elles progressent lentement, côte à côte, tel un troupeau de géants. Ava songe que l'automatisation des récoltes n'est possible qu'en plaine. En montagne, le rendement est maigre. Seules certaines plantes sont capables de résister au rude climat d'altitude et de s'accrocher à la terre en pente.

La pente… qui mène à l'alpage de la Raille. Cette simple évocation fait affleurer le souvenir de Virgil à la surface de ses pensées. Il lui revient à l'esprit une journée ensoleillée de 1985. C'était en allant ravitailler le jeune homme, une matinée d'été ruisselante de lumière et de promesse. Elle venait d'avoir quinze ans.

La jeune Ava entend un bruit d'éclaboussures pendant qu'elle longe un clair ruisseau. Vêtue d'un maillot au nom d'une université américaine et d'un bermuda en denim de coton, elle se cache derrière les buissons roses de rhododendrons en fleur. Son cœur accélère quand elle comprend que c'est Virgil. Alors qu'il devrait être sur l'alpage, il est à une quinzaine de mètres d'elle. Torse nu dans le ruisseau, le pantalon retroussé aux genoux. Penché en avant, il rassemble de lourdes pierres autour d'un trou d'eau.

La rousse zieute cette apparition inattendue, écoute son souffle haletant. Quand il se redresse, elle fixe des yeux ses épaules d'athlète. Elle est fascinée par le contraste entre ses cheveux bruns et la blancheur de son dos. La transpiration coule de sa nuque à ses reins, le long de son échine. Il regagne la berge, retire ce qui lui reste de vêtements. L'adolescente a soudain très chaud aux joues. C'est la première fois qu'elle voit un garçon nu. Un garçon bâti comme un homme.

Virgil retourne s'asseoir dans le ruisseau, sur les pierres formant un banc noyé. Dénudé, il renverse son visage carré en arrière, trempe son crâne dans l'eau, secoue la tête, s'offre au soleil. Le sang bat plus vite aux tempes d'Ava. Elle devrait partir, mais elle reste là, accroupie derrière les grappes d'un rose vif, les coudes aux flancs, les fesses sur les talons. Elle passe encore de longues minutes dans son antre fleuri, dilatant ses prunelles d'ambre pour mieux étudier l'anatomie masculine. Soudain un serpent sinue à travers les buissons.

« Aaaaah ! » crie-t-elle en s'écartant d'un bond.

Son hurlement fait sursauter Virgil. Stupéfait, il dévisage cette fille qui, tout ce temps, était si proche de lui, et pour autant invisible. Elle s'empourpre. Être ainsi découverte en position de voyeuse lui scie le ventre, mais le beau brun ne lui adresse aucun reproche, ne lui pose aucune question. Il sort de l'eau sans chercher à se soustraire à ses regards. Le cœur battant avec force, elle le voit remettre son caleçon.

« Retire tes chaussures », lui dit-il en l'incitant à entrer dans le ruisseau à son tour.

Il lui prend la main pour lui éviter de glisser sur la mousse, lui montre le barrage qu'il a construit. Déjà, des truites sont prises au piège dans la retenue. Il les capture pour sa mère qui n'aura ainsi rien à dépenser pour les nourrir. Il a une voix paisible, un air très doux, des façons de Robin des Bois. Sa main dans celle de Virgil, la jeune fille se détend. Leur attachement est né de là.

Ava se rencogne dans son siège en pensant que, quelques jours plus tard, leurs mères allaient se brouiller jusqu'à ce que la mort les sépare. Quel gâchis ! se dit-elle, réalisant que Ray s'est tu. Il consulte les messages reçus sur son téléphone portable, sourit sans raison apparente. Elle ferme les paupières pour endiguer ses larmes. Emprisonnée dans sa tristesse, elle finit par s'assoupir, bercée par le roulis du train.

8

Jean-Raymond réveille Ava un peu avant d'arriver à Bellegarde-sur-Valserine. Comme à chaque fois qu'elle émerge du sommeil, ses yeux refusent de s'ouvrir souplement. Elle bat des cils pour chasser les sensations d'abrasion et de morsure. De son sac à main, elle tire des larmes artificielles qu'elle instille dans les fentes, la tête penchée en arrière.

Ray achète deux sandwichs SNCF avant de grimper dans le train express régional en direction de Thonon-les-Bains. La campagne n'est plus la même : des pentes plantées de hêtraies-sapinières ont succédé aux plaines céréalières. Ava croise le regard de son compagnon qui lui sourit :

— Tu en as écrasé. Ça t'a fait du bien. Tu as meilleure mine que ce matin.

Plus la lectrice s'éloigne de Paris, mieux elle se sent. Mais elle éprouve aussi une étrange gêne, quelque chose de vague et d'inavoué. Cette distance géographique qu'elle met entre elle et la capitale va de pair avec celle entre elle et Ray qui ne pourra rester que deux jours à Abondance. Elle se frotte les tempes pour chasser de son esprit cette idée : elle a besoin de s'éloigner de lui pour aller mieux.

— Tu as la migraine ?

Elle songe à faire « non » de la tête avant de se raviser.

— Non, prononce-t-elle, le cou immobile.

Il profite de son laconisme pour lui faire des recommandations :

— Il ne faudra pas te fatiguer, alors évite d'aller randonner.

Elle tord le nez. De minuscules rides apparaissent sur ses joues piquetées de rousseur. On dirait des moustaches de chat. Jean-Raymond songe à lui caresser la tête, mais il se retient. Il sait qu'elle ne ronronnera pas. Il n'a jamais su la faire ronronner.

— Je peux encore marcher, proteste-t-elle. À t'entendre, on dirait que j'ai cent ans.

— Tu es à l'âge du grand changement et ton corps ne récupère plus comme avant.

Ava ne l'écoute plus. Ses paroles sont bien trop éloignées des encouragements et du soutien qu'elle attend de l'homme qui partage sa vie. Elle lui en veut de cette impuissance à la réconforter.

— Ava, tu m'écoutes ?

Par réflexe, elle fait oui du menton. Geste interdit. Pieux mensonge. Satisfait de sa réponse muette, il retourne à son téléphone. La fin du voyage en

TER paraît interminable à Ava qui finit par ouvrir le magazine que Jean-Raymond lui a acheté en même temps que la presse au kiosque de la gare. Elle tourne les pages de la revue d'un doigt distrait.

Et de tomber sur un dossier spécial « Aveugles célèbres » ! Par curiosité, elle feuillette page à page ce bottin mondain de la cécité. Le pianiste Ray Charles et son glaucome. L'inventeur Louis Braille, blessé aux yeux dans l'atelier paternel. Le peintre Claude Monet et sa cataracte. Le ténor Andrea Bocelli qui a perdu la vue lors d'un match de football. Le journaliste Joseph Pulitzer et son décollement de la rétine. Les chanteurs Stevie Wonder et Gilbert Montagné, tous deux rendus aveugles par un air trop riche en oxygène dans leur couveuse à la maternité. Quelle tragédie ! songe Ava en refermant le mensuel d'un geste désabusé.

— Je savais que ça te plairait ! s'exclame Ray.

Elle lui sourit faiblement, elle préférerait dévorer un roman. Mais elle n'y parvient plus sans finir avec les paupières enflées et les yeux larmoyants. Comment va-t-elle pouvoir lire les manuscrits que l'éditeur va lui envoyer chez Germinie ?

Elle, auparavant si observatrice, se rend compte qu'elle n'a pas jeté le moindre regard aux autres passagers. Peut-être pour éviter qu'ils la dévisagent en retour, qu'ils s'aperçoivent qu'elle peine à déchiffrer les panneaux indicateurs, qu'elle se déplace en se cognant contre tout. Il s'agit de cacher sa faiblesse aux autres. S'ils la prenaient en pitié, cela ne ferait qu'ajouter de la souffrance à son impression d'être diminuée. Il lui est difficile d'exprimer à quel point cette possible extinction des feux l'effraie. Cette crainte de devenir dépendante provoque un sentiment de révolte contre l'injustice qui lui est faite. Pourquoi est-elle menacée de cécité alors que d'autres ont une vue d'aigle ?

Le compartiment est peu occupé. Sur la banquette opposée, une jeune femme est plongée dans un roman. D'après la couverture, il doit s'agir de l'histoire d'une femme pourvue d'une force d'âme lui permettant de surmonter les embûches de la vie. Ava envie cette voyageuse de pouvoir lire tout son soûl, et cette héroïne qui triomphe de l'adversité. Elle aimerait être aussi courageuse, mais ses yeux lui font mal. Le gauche surtout. Elle pose ses paumes sur ses paupières fermées pour calmer les piques qui les transpercent.

— Prends un cachet sans attendre, lui conseille Ray.

— Je ne préfère pas.

Le seul traitement auquel elle a droit la fait somnoler et elle refuse d'être à moitié groggy au moment de retrouver Germinie.

Jean-Raymond lui tend un sandwich. Elle zieute le triangle de pain industriel, y renonce. Ce semblant de nourriture est indigeste ; c'est visible à l'œil nu, sans lunettes. Entre deux bouchées, il lui annonce s'être renseigné sur les aliments bons pour l'acuité visuelle :

— Il y a la carotte, bien sûr, mais aussi le chou de Bruxelles et l'huile de foie de morue. Elle est introuvable à Paris depuis la Seconde Guerre mondiale, mais je t'en donne mon billet qu'il y en a encore dans les officines de montagne.

— Ce n'est pas le Moyen Âge non plus ! rétorque-t-elle avant de comprendre qu'il plaisante.

Comme il engloutit son sandwich mou et insipide, en plus du sien, ses yeux se détournent de lui pour regarder dehors. Le soleil décline. Il n'y a plus qu'une ligne de feu à l'horizon. Elle appuie son front contre la vitre. Sa fraîcheur apaise le serrement aux tempes qui lui rappelle pourquoi elle fuit Paris : Jean-Raymond ne va pas tarder à lui concocter des vodka-carotte. Ou pire encore : une salade de choux de Bruxelles assaisonnée à l'huile de foie de morue. Son écœurement est remplacé par un trouble confus car elle se rapproche de Virgil. Plus la distance qui la sépare de la Haute-Savoie se réduit, plus le montagnard occupe ses pensées.

9

— Thonon-les-Bains, terminus du train, crache une voix grésillante. Tout le monde descend. Correspondance pour Évian-les-Bains dans dix minutes sur l'autre quai.

— Sur l'autre quai, répète Jean-Raymond, railleur. Tu te rends compte ? La station est si petite que les quais ne portent pas de numéros. Si ce n'est pas l'un, c'est l'autre.

Le train s'immobilise dans la gare surmontée d'un ciel bleu marine dans lequel la lune monte. C'est ce que découvre la rousse une fois descendue, tandis que Ray se met en quête d'un taxi. Voyant la petite place déserte, il enfonce le bouton de la borne. Pas de réponse. Alors qu'Ava remarque la personne qui agite un bras devant un minibus orange, il cherche à commander un Uber sur son application. Réalise qu'il n'y en a aucun dans cette ville. Il se dit qu'il aurait dû réserver un taxi lorsque sa compagne s'exclame :

— Minie !

Elle a reconnu cette miniature de femme vêtue à l'ancienne. Une vingtaine de mètres les sépare. Ava a envie de courir vers elle à la manière d'une gosse qui retrouve sa mère au retour d'une colonie de vacances. Elle s'en empêche. S'étonne de voir la guérisseuse s'appuyer sur une canne.

La tête coiffée d'un chapeau de paille, Germinie porte un corsage de coton blanc lacé sur le devant, et une jupe grise froncée derrière. Une fente de la jupe lui permet d'accéder à une poche dans laquelle est enfoui un collier de piété.

— On dirait Heidi grand-mère, commente Ray, pensant être hors de portée d'oreille de Germinie qui s'avance.

Ava l'examine à la dérobée. Ces épaules voûtées par les ans, ce pas traînant… cette vieille dame lui fait soudain douter de la raisonnabilité de sa venue. Elle craint d'avoir commis une erreur en partant bille en tête chez la Savoyarde alors que plus de trente ans se sont écoulés. Elle repense à l'avertissement de Ray : « C'est toi qui devras l'aider. » Content d'avoir vu juste, il marmonne :

— Qu'est-ce que je disais ?

La lectrice soupire. Quelle naïve elle fait ! Qu'est-ce qu'elle croyait ? Que les faiseuses de secrets sont immortelles ? Germinie semble en petite santé et ses paroles ne font qu'accentuer cette impression :

— Tu nous as manqué, tu sais. J'ai bien cru ne jamais te revoir avant de quitter ce monde.

Seigneur ! Tu es le portrait de ta mère ! Louise-Anne était si jolie.

Ava murmure des remerciements, touchée par ce compliment qui ravive pourtant son chagrin.

Elle s'approche de la soigneuse qui la presse contre elle de sa main libre. Ce bras qui l'enserre avec le peu de force dont elle dispose encore a quelque chose de tellement maternel que la rousse laisse échapper un sanglot. En dehors de ses difficultés à se déplacer et de ses cheveux blanchis, Germinie est telle que dans son souvenir : petite et sèche, la figure souriante, éclairée par des yeux azur, couleur d'infini.

Un homme charpenté les rejoint.

— Tu te souviens de mon fils, Virgil ?

Germinie désigne le gars qui porte les valises comme si elles pesaient moins qu'un fétu de paille.

Ava a le réflexe de lisser sa robe en attachant ses yeux sur l'homme en question. Ses cheveux poivre et sel, plantés avec symétrie, forment une pointe au milieu du front, hâlé comme celui des hommes qui travaillent au grand air. Son pantalon, un chino en tissu sergé, est couleur de terre cuite. Sa chemise de lin est du même ton.

— Tu en as mis du temps à revenir nous voir ! dit-il à Ava.

Tous deux se dévisagent avec une joie contenue.

C'est le Virgil de son adolescence avec, en plus, une impression d'homme parvenu à la plénitude de sa force. C'est l'Ava de sa jeunesse. Elle a changé un brin. Pourtant, à l'examiner attentivement, sa beauté est intacte. Sa fossette quand elle sourit. Il l'enlace sur-le-champ. Elle respire son parfum aux arômes à la fois musqués et boisés, presque animaux. Son torse large et chaud a quelque chose de tellement familier qu'elle s'y love d'une façon éperdue. Le montagnard en est retourné. Leurs retrouvailles à la gare de Thonon font remonter à sa mémoire l'été de leurs dix-huit ans.

Cela s'était déroulé à Abondance, dans les débuts de juillet 1988. C'était ainsi qu'il avait revu Ava, quelques semaines après les funérailles de sa mère.

Le jeune Virgil n'en revient pas de découvrir la demoiselle près du ruisseau d'altitude où il capture les truites :

« Mais qu'est-ce que tu fais là ? Je te croyais à Paris. »

Elle lui tourne le dos, occupée à quelque chose dont il ne discerne pas tout de suite la nature.

« Ta mère m'a invitée pour l'été. J'ai fait le tour du village, mais personne ne savait où tu étais. Alors j'ai pensé que tu viendrais peut-être relever les poissons.

— Bien pensé ! » sourit-il, heureux de la revoir ailleurs que dans un cimetière.

Cela lui a fait une grosse peine de voir son amie d'enfance penchée sur la tombe de sa mère, les yeux tournés en dedans, avec une indicible expression d'égarement et de tristesse.

Alors seulement, le Savoyard remarque les taches d'eau sur la robe légère qui adhère à sa peau, les mèches trempées de ses cheveux. Il comprend qu'il a failli la surprendre tandis qu'elle se baignait nue dans le ruisseau. Ses yeux se posent sur la chute de reins d'Ava qui se rhabille. Le tissu mouillé se plaque sur ses hanches. La forme de ses fesses apparaît, se laisse caresser de l'œil dans sa rondeur. Virgil ressent une attirance qu'il tente de refouler. Cherche ce qu'il pourrait faire pour se calmer. Par exemple, soulever ces énormes grumes de hêtre, étendues sur le bord du chemin. En fin de compte, il ne bouge pas tandis qu'elle se retourne enfin. Sa peau humide colle le tissu sur ses seins en pommes. Les battements du cœur masculin s'accélèrent. Une chaleur lui vient dans le ventre. Sans même retirer ses vêtements, il entre dans le ruisseau, quelque peu en érection. Il s'assoit sur une pierre en attendant que l'eau froide tempère ses ardeurs. Constate qu'Ava l'observe. Et c'est justement ça qui l'embarrasse : elle a deviné ce qui se passe en lui et s'en amuse :

« Elle est bonne ? »

Il remarque le sous-entendu. Se sent stupide avec sa chemise qui forme une montgolfière dont la chaleur est entretenue par le foyer de son entrejambe.

Revenu à ce pour quoi il se trouve à la gare, Virgil songe qu'il aurait continué à se couvrir de ridicule si, l'instant après, Ava n'avait provoqué une partie de rigolade en le rejoignant tout habillée dans le ruisseau.

10

Place de la gare, Virgil relâche son étreinte, fait deux pas en arrière. Ava baisse les yeux pour ne pas voir ceux de Jean-Raymond. En dépit de son aplomb, ce dernier est décontenancé par ces retrouvailles un peu trop tendres à son goût. Il cherche comment réagir quand Germinie l'apostrophe :

— Pour votre gouverne, Heidi est suisse. Je suis savoyarde.

Il s'empêtre dans une justification, se reprend :

— Nous n'avons pas été présentés. Je m'appelle Jean-Raymond. Mes amis m'appellent Ray.

Virgil jauge le zèbre qui accompagne Ava : culottes courtes bleu layette, chemisette à fleurs, mocassins « fin de règne », cheveux jaune citron, moustache couvrant toute la bordure de la lèvre supérieure. N'est pas Magnum qui veut !

— Bienvenue, Jean-Raymond ! dit-il, main tendue.

Les mâchoires du statisticien se contractent. Non seulement Virgil vient d'articuler son prénom composé en entier, mais encore il lui écrase les phalanges pire qu'un étau.

— Vous devez avoir faim ! s'exclame Germinie, les deux mains superposées sur son pommeau de canne. J'ai fait un gratin de crozets.

Ava se pourlèche les babines. Elle n'en a pas mangé depuis des lustres. Elle a faim, tout à coup. Très faim, même.

— Qu'est-ce que c'est ? s'enquiert Jean-Raymond.

— Vous m'en direz des nouvelles.

La septantenaire n'ajoute rien et pivote sur ses talons pour retourner à son véhicule. Même si elle va pianissimo, personne ne la dépasse. Ray tente néanmoins de marcher à côté d'elle. Il doit y renoncer car elle déploie sa canne sur le côté en jouant du coude. Un brin vexé d'être repoussé tel un ennemi, il examine le minibus de marque Volkswagen : un combi T3 syncro des années 1980. Quatre roues motrices et un design aussi improbable que sa couleur. Non seulement Ray le trouve laid, mais encore il soupçonne le van de tanguer dans les virages alors que la route promet d'être sinueuse. Il jette un œil sur les sièges en tissu beige.

— Si vous tenez à votre intérieur, mieux vaudrait que je monte à l'avant. Je souffre du mal des transports.

Sa façon de s'imposer embarrasse Ava, à qui sa mère a inculqué des valeurs de respect. Germinie est une femme d'âge ; elle devrait avoir la priorité. Malgré son silence, Virgil semble partager son avis. Il n'y a qu'à voir sa mine renfrognée pour s'en convaincre. Il interroge du regard sa mère qui n'émet aucune objection. Le statisticien a gain de cause – personne n'a envie de voyager avec une odeur de vomi. Il s'installe donc sur le siège avant, détaillant l'intérieur du combi avec une curiosité mêlée de pitié. Pas de climatisation, pas de vitres électriques, pas d'airbags, pas d'écran GPS. Le progrès boude cet engin orangé.

Virgil ouvre en grand la porte latérale coulissante et aide sa mère à s'asseoir à l'arrière. Ava la rejoint sur la banquette rembourrée. Le montagnard prend le volant. Le véhicule d'une quarantaine d'années quitte le centre-ville de Thonon, emprunte l'avenue des Vallées avant de s'engager sur la route des Grandes Alpes.

Ray passe la première moitié du trajet à commenter l'équipement, du lève-vitre à manivelle au toit à soufflet permettant la création d'un espace pour dormir. Sur la route de Bioge, il est pris d'une nausée si soudaine qu'il a tout juste le temps de prévenir le chauffeur.

— Stop ! hurle-t-il, paniqué.

À peine Virgil s'est-il arrêté sur le bord de la route que Jean-Raymond saute de son siège, blanc comme un cachet, et se retourne les tripes.

Le clocher éclairé de l'église abbatiale apparaît, niché contre l'alpe. Abondance est composé d'un bourg au confluent de la Dranse et du Malève, et de six hameaux. L'altitude passe de 840 à

2 420 mètres entre le bas et le haut de la commune. Le combi laisse derrière lui une maison aux volets rouges : celle de Virgil, au centre du village. Il le traverse avant d'entreprendre la montée en sautillant jusqu'au hameau du Mont composé d'habitations groupées autour de la chapelle Saint-Didier érigée en 1752.

Le van s'arrête devant un chalet adossé à la montagne. Dans la lumière des phares, Ava aperçoit le soubassement clair en pierres calcaires qui contraste avec les murs en bois. Tout le monde descend de voiture. On entend le glougloutement d'une source. Ray s'éloigne sur des jambes aussi molles que les sandwichs en triangle qui n'en ont pas fini avec lui.

Germinie ouvre la porte rustique. Une joyeuse boule de poils les accueille en se dandinant. Sa robe mêle des taches noires et grises, éclaircies de blanc et panachées de fauve. À croire que dame Nature a fini tous ses fonds de peinture sur ce berger australien aux yeux bleu glacier. Une femelle aussi vive qu'attachante.

— Mouton, viens ici ! l'appelle Virgil.

La chienne le regarde d'un air enamouré, mais n'obéit pas pour autant. Elle fait une fête sans fin à Ava qui esquive sa langue râpeuse en riant.

Jean-Raymond les rejoint, le teint blafard. Mouton se précipite pour lui renifler l'entrejambe. Des deux mains, le statisticien repousse la chienne qui l'observe avec l'air de se demander si, oui ou non, elle va l'adopter. Son maître la siffle en sortant les bagages du combi. Malgré ses oreilles dressées par le son aigu, elle contourne l'ordre. Ava est gênée de voir que Ray laisse Virgil porter les valises, sans même un geste pour l'aider. Comme si le montagnard était le voiturier et non le fils de Germinie qui les reçoit à bras ouverts.

À l'intérieur du chalet, rien n'a changé. La cuisine, pièce principale de l'habitation, est meublée d'une table entourée de chaises paillées et d'une crédence en pin cembro. Ce meuble, plus étroit en haut qu'en bas, comprend un rayonnage central et des placards séparés par des tiroirs. Des assiettes, des verres et des pots en terre vernissée trônent sur le rayonnage du haut. Sur celui du bas sont disposées des jattes et des poches percées – appelées « passoires » à Paris. Les placards contiennent les provisions : pommes, poires, châtaignes, noix, confitures, selon la saison. Aux poutres sont suspendues des cages grillagées inaccessibles aux rongeurs. Germinie y range les fromages, tandis que le tiroir de la table contient le pain et son couteau. Elle remplit d'eau la bouilloire en métal posée sur le fourneau à bois au-dessus duquel pendent des louches en fer-blanc.

Voyant que le teint de Jean-Raymond tourne au verdâtre, la soigneuse lui fait boire une tisane antivomitive. Il ne pense même pas à refuser tant son estomac fait des siennes. C'est une tisane d'arolle, l'arbre qui fait dormir. Elle lui explique que ce pin des Alpes a une particularité méconnue.

— Figurez-vous que l'arolle a une façon curieuse de se replanter. Ses graines ne sont pas transportées par le vent comme celles du mélèze, mais par un animal. Savez-vous lequel ?

— Le chamois ? avance Ray.

— Le cassenoix moucheté. C'est un oiseau, précise-t-elle en lui resservant de la tisane. Ce passereau est friand des pignons d'arolle au point que sa race a adapté son bec aux cônes des résineux. Il glisse son bec entre les écailles des cônes qu'il frappe sur un rocher pour les ouvrir. Il cogne si fort qu'on l'entend à cinquante mètres.

Les paupières papillonnantes, le blond citron boit ses paroles et sa tisane, tel un enfant à qui l'on raconte une histoire avant d'aller dormir.

— Passionnant, dit-il en étouffant un bâillement.

Il est pris d'une fatigue intense dans la tête et dans les jambes, tandis que sa nausée se calme. Groggy et incapable d'avaler quoi que ce soit de solide, il va se coucher sans demander son reste. Pour les trois autres, la soirée de retrouvailles est gaie.

Germinie officie en bout de table. Ava s'est assise en face de Virgil, reprenant la place qu'elle occupait adolescente. Mouton, couchée sur ses pieds, s'endort presque aussitôt. Ils se régalent de crozets cuits dans un bouillon de bœuf, nappés de crème infusée d'ail et parsemés de tomme de Savoie râpée. Leur ancienne vie leur revient. Malgré tout ce temps écoulé, ils évoquent le passé comme s'ils s'étaient quittés la veille. Comme si le fil de la conversation n'avait jamais été rompu. Ava écoute les phrases qui vont tout lentement leur train, entrecoupées d'exclamations en patois et de brefs éclats de rire malgré les soubresauts du destin. Veuve depuis des décennies, Germinie n'a jamais refait sa vie. Le couple de Virgil a explosé. La mère et le fils ne demandent aucune nouvelle de sa santé à Ava qui n'aborde pas la question. Et c'est bien ainsi, cette trêve dans la maladie.

11

Jean-Raymond ronfle comme un sonneur alors que le soleil est levé depuis longtemps. La tisane fait encore son office. À le voir baver sur l'oreiller, Ava soupçonne Germinie d'avoir mis autre chose que de l'arolle dans sa tasse. Sans bruit, elle sort du lit surmonté d'un crucifix de bois, quitte la chambre pieds nus et en nuisette. Elle rejoint la Savoyarde, seule à la table du petit déjeuner. Virgil est rentré chez lui après dîner.

— Dis-moi, Minie, il y avait quoi, dans la tisane ?

— De la menthe poivrée, contre la nausée.

— Mais encore ?

— Du pin cembro pour faire un gros dodo.

Elle rit. Jamais elle n'avouera y avoir ajouté de la gnôle de coing qui titre à cinquante-cinq degrés. Méthode critiquable, certes, mais efficace pour ne plus entendre le statisticien disserter sur tout et sur rien.

Germinie s'étant retirée pour aller faire sa toilette, Ava écoute le glougloutement de la fontaine par la fenêtre ouverte. Attirée par le berceau de verdure enchâssé dans la pente, elle emprunte l'escalier qui mène au jardin, chausse les sabots rangés au pied des marches. Mouton la rejoint en se dandinant, plante ses yeux humides dans les prunelles féminines. Avec son air de peluche échappée d'un magasin de jouets, la chienne lui inspire confiance.

Ava lève les yeux sur le mont de Grange et le mont Chauffé, embués par la réverbération de la lumière. Le soleil n'est caché par aucun nuage. Elle devrait porter ses lunettes noires qu'elle a laissées dans la chambre. Retourner les chercher, c'est risquer de réveiller Ray. Or elle a envie de profiter du jardin en peinarde. Elle va s'abriter sur le banc en pierre qu'un cognassier ombre. En général, cette essence fruitière périclite au-dessus de 1 000 mètres d'altitude, mais l'arbre produit des fruits aromatiques, jaunes et larges, en forme de pomme dont on fait de la gelée et de la gnôle.

Ses pieds nus sur le bord du tronc creusé empli d'eau, elle contemple le chalet tricentenaire, typique des constructions de la vallée d'Abondance. Au premier étage, une galerie fleurie s'étend sur toute la façade en épicéa qui a pris, au fil du temps, une belle teinte roussie. S'y ouvrent portes et fenêtres aux volets gris. Une croix détachée du mur décore le milieu du pignon en signe de dévotion. L'accès à l'habitation se fait par une entrée abritée d'un avant-toit orienté au sud. Du bois est empilé sous le balcon découpé d'entrelacs. Au-dessus, des oignons sèchent.

Une brise légère fait tomber des brins de foin sur Ava qui s'époussette les cuisses. Elle réalise alors qu'elle est en nuisette. Elle était si pressée de quitter la chambre à coucher qu'elle est sortie sans peignoir. Si pressée de quitter Paris qu'elle a fait sa valise à la va-vite. Son contenu n'importait pas. Ou du moins, il serait temps d'y songer plus tard.

Elle laisse glisser ses pieds dans l'eau fraîche et limpide, reconnaît les sensations vécues ici même, bien des années plus tôt. L'eau sert à arroser le jardin des simples. Germinie y cultive des plantes aux vertus médicinales sur d'étroites terrasses qui montent à l'assaut de la montagne. Une barrière les protège de la gourmandise des chèvres du voisin. À l'autre bout du potager est érigé un mazot, ce chalet miniature où les anciens entreposaient leurs biens de valeur pour les sauver en cas d'incendie de l'habitation principale. En aval se dresse l'étable que les Savoyards appellent « écurie » même en l'absence de cheval. La porte ouverte laisse voir un bâtiment vide, hormis quelques vélos. Dans le temps, l'écurie abritait des laitières. Des vaches d'Abondance au ventre blanc et à la robe pie acajou, au pourtour des yeux brun, signe d'une adaptation de la race au milieu montagnard où les agressions du soleil sont fortes. Ces taches sombres permettent d'atténuer la réverbération et de protéger l'œil des maladies ophtalmiques. Ava rouspète à voix haute :

— En dehors de moi, tout le monde avait des lunettes de protection. Même les vaches !

Du bruit appelle son attention sur la route d'accès au chalet : ronflement de moteur, claquement de portière, pas dans l'escalier. Peu après, Virgil passe sous le linteau de porte sur lequel *28 mars † 1707* est gravé. Sa chemise à manches courtes laisse voir ses bras musclés. Il caresse la chienne qui jappe joyeusement.

— Bien dormi, Ava ?

— Comme une marmotte ! Et toi ?

— Comme un sabot !

Ils échangent un sourire de connivence. Il la trouve charmante dans sa nuisette d'un vert satiné qui semble sortie d'un conte de fées.

— Les vaches sont sur l'alpage pour l'été ? demande-t-elle.

— Nous n'en avons plus.

— Et les chèvres, alors ?

— On les a vendues aux Taylor, nos voisins anglais.

Ava conserve le souvenir des poursuites après les cabris qui refusaient de regagner l'étable, des éclats de rire quand l'un d'eux grimpait dans un arbre. Des heures passées à chercher Germinie, souvent par monts et par vaux.

La Savoyarde partait sans prévenir à la rescousse des gens qui la sollicitaient pour rétablir leur santé.

Elle est faiseuse de secrets, une pratique de soulagement de la douleur, parfois de guérison, observée dans les Pays de Savoie, ainsi que dans les cantons catholiques du Jura, de Fribourg et du Valais. À l'instar d'autres soulageurs, elle a recours à des formules, des prières et des gestes spécifiques. Les coupeurs de feu apaisent les brûlures et l'eczéma. Les arrêteurs de sang stoppent les hémorragies et les raccommodeurs d'entorse réparent les articulations.

Germinie n'est ni une femme ni une mère comme les autres. Elle a perdu son mari alors que Virgil n'était encore qu'un garçonnet. À l'époque, elle se rendait au chevet des grabataires, imposait les mains sans jamais demander d'argent en retour. Les gens lui donnaient ce qu'ils voulaient. Ce qu'ils pouvaient. C'est une nature généreuse et confiante qui a toujours laissé une grande liberté à son fils qu'elle entoure d'amour. Ils ont vécu de la vente du lait, des œufs, du miel de sapin, des confitures de myrtilles et de la pâte de coings. Depuis l'adolescence, Virgil fait du bois, entretient le chalet, fouane l'été, déneige l'hiver. La mère et le fils ne roulent pas sur l'or, mais n'ont jamais manqué de rien.

En dehors du respect.

Dans les années 1970 et 1980, pour certains, Germinie était une espèce de charlatan qui échangeait contre des sous des remèdes pour loups-garous. On commentait sa tresse défaite, son tablier de cuir, ses sabots d'un autre âge. Avec le temps, elle avait appris à les ignorer, mais n'avait pu éviter qu'on s'acharne sur son fils. Il avait beau faire des détours, les persifleurs parlaient suffisamment fort pour qu'il perçoive un ricanement, entende un mot mordant qu'il ressassait longtemps, sans comprendre. Quand ils ne lançaient pas leurs enfants à ses trousses pour lui jeter des cailloux. Alors Virgil fuyait le village pour se réfugier en forêt où les gamins des méprisants n'osaient pas s'aventurer. Il se consolait au pied des arbres où son âme a puisé la force de supporter les premières années d'une semblable existence. Où son corps est devenu d'une solidité de roc.

12

— Je vais cueillir les œufs, dit Virgil. Tu viens avec moi ?

Cette expression rappelle des souvenirs à Ava. Gamine, elle l'accompagnait au poulailler pour fouiller la paille des perchoirs.

Alors qu'elle hésite à le suivre, elle entend la voix de Jean-Raymond que le courant d'air porte d'une fenêtre ouverte à l'autre :

— Il y a du réseau, quelque part ?

— Bonjour à vous aussi, réplique Germinie. Vu qu'il est bientôt midi, j'imagine que vous avez bien dormi.

— Oui, oui. Bonjour. J'ai fait des cauchemars, mais peu importe.

— Pour répondre à votre question, il n'y a pas de réseau.

— On est retournés en 1985 pendant que je dormais ? raille-t-il.

— Un opérateur a voulu installer une antenne relais l'an passé, mais on ne s'est pas laissé faire. Vous pouvez me croire !

— Je vois... Le problème, c'est que je dois absolument passer un coup de fil.

— Vous pouvez utiliser mon téléphone.

Germinie désigne le couloir.

Quelle stupéfaction pour le statisticien de découvrir l'antique appareil à la verticale sur le mur ! Il compose le numéro à l'aide du cadran rotatif avec des regards par-dessus son épaule pour vérifier que la soigneuse s'éloigne. Ava entend Ray tousser un bon coup pour s'éclaircir la voix, comme jadis, avant de pousser la romance. Il parle à une collègue de travail. Lui qui, en général, affecte avec ses collaboratrices un ton d'égalité courtoise, lui donne du « madame » appuyé, le ton charmant, le rire haut.

Sitôt raccroché, il entreprend Germinie sur ce qu'Ava n'a pas le droit de faire. La Savoyarde réplique à chaque point, s'insurge sur la difficulté à tenir ces recommandations. Lui, insiste, ajoute de nouvelles injonctions sur un ton théâtral. Ils discutaillent dans une cacophonie de paroles, de vaisselle et de casseroles. Ava regarde en direction du poulailler. Il est à l'ombre des arbres, donc à l'abri du soleil. Virgil patiente en silence, ne sachant pas si elle va rejoindre le statisticien ou cueillir les œufs avec lui. La voyant chausser les sabots en bois de sa mère, il comprend qu'elle n'est pas fâchée de pouvoir s'échapper un instant. Il lui tend un panier d'osier, ravi d'avoir gagné la partie.

Tous deux longent le soubassement du chalet, la chienne sur leurs talons. Malgré les sabots qui lui tiennent mal aux pieds, la rousse sautille de l'autre côté du chemin, si rétréci qu'il se termine en cul-de-sac. Pour la première fois depuis longtemps, elle se sent insouciante. Sortir sans lunettes, c'est comme sortir sans culotte. Un comportement à la fois défendu et grisant. Et pourtant, elle enfreint cet interdit avec une grande désinvolture. D'autant plus grande qu'elle est nue sous sa nuisette. Une sorte de légèreté de l'âme et de la chair. Au diable l'opinion du monde !

Virgil va ouvrir à la dizaine de poules qui, trémulantes et curieuses de l'autre côté du grillage, semblent attendre sa venue. Elles s'éparpillent en caquetant, pressées d'aller gratter la terre alentour. Il les enfermera ce soir pour les protéger des renards rusés et des fouines sanguinaires. Pendant qu'il vérifie la solidité du grillage, Ava cherche les œufs dans les nids. Elle soulève le paillis, tâte jusqu'à rencontrer une forme oblongue. Panier au bras, elle retrouve des sensations oubliées, le souvenir des omelettes au lard fumé.

— J'en ai un ! s'exclame-t-elle avec un sourire venu de l'enfance.

Virgil se tourne vers elle, devine la peau laiteuse sous le satin de la nuisette, l'arrondi d'un sein. Ava lit dans ses yeux qu'il est ému qu'elle soit là, avec lui. Ne sachant quoi faire d'autre, il lui décrit la dextérité de la fouine qui échappe aux pièges tendus.

— Quand elle ne vient pas saigner les poules, elle gobe les œufs. J'imagine que tu n'as pas ce genre de problème en ville.

— Détrompe-toi, on a des nuisibles nous aussi. Ils dorment tout le jour et s'activent au crépuscule, empêchant les gens qui travaillent de dormir.

— Je sais comment les déloger. Je te montrerai mon astuce à l'occasion.

— Je ne demande qu'à voir.

Elle a lâché cette phrase à double sens, exprès. Pour vérifier s'il sait pourquoi elle est ici. Pour aborder le sujet qu'ils ont évité la veille. Virgil ne sait que répondre. Il lui semble que l'instant est grave, mais c'est un taiseux. Il préfère laisser venir les mots, les confidences, et agir ensuite. Son silence embarrassé, ce n'est pas ce qu'Ava espérait. Elle sort du poulailler avec son panier plein d'œufs. Se lance :

— Tu sais que mes yeux sont malades ?

Les prunelles du Savoyard s'assombrissent mais il ne cille pas.

— Ma mère m'en a parlé.

— Je suis venue dans l'espoir qu'elle pourra me guérir avec ses plantes médicinales.

Le visage de Virgil se ferme une poignée de secondes.

— Je ne sais pas s'il existe une plante bonne pour ton cas.

— Avec l'imposition des mains, alors.

— Peut-être.

Ava prend conscience que ce « peut-être » représente l'élan qui l'a poussée à venir à Abondance. Elle murmure :

— Si Minie ne peut rien, je vais perdre la vue.

— Ne dis pas n'importe quoi !

— C'est ce que tout le monde pense, de toute façon. Les médecins, Jean-Raymond, et même toi.

— Bien sûr que non ! proteste-t-il.

— Et pourtant, c'est écrit. Je vais devenir aveugle.

— Jamais je ne laisserai faire une chose pareille !

Ces mots, qui peuvent paraître superficiels, sonnent néanmoins de façon rassurante aux oreilles d'Ava. Chevaleresque, même.

— J'apprécie que tu veuilles voler à mon secours, mais tout ça me dépasse. Et te dépasse aussi, sans vouloir te vexer.

— Les choses vont s'arranger.

Il pose sa grande paluche sur l'avant-bras féminin, ajoute :

— Tu viens à peine d'arriver. Prends le temps de souffler.

— Je ne peux pas. Le temps m'est compté. Je dois trouver une solution rapidement.

— Tu oublies qu'ici le temps dure longtemps.

Virgil tend sa main droite devant lui, la déplace d'un geste circulaire, ample et lent. Autour d'eux, les fleurs sauvages se dressent doucettement à la chaleur du soleil. L'œil d'Ava embrasse d'un coup le manteau verdoyant dont le hameau du Mont est revêtu. Elle élargit son regard. Un rayon détache en lumière les cimes sur un ciel très pur. Il lui semble que l'étau qui lui prend la gorge se desserre grâce à ce bleu incomparable. Ce bleu d'altitude qui lui a tellement manqué à Paris.

13

— On devrait rentrer, dit Ava.

Ray ne manquera pas de s'agacer s'il la cherche sans la trouver.

Elle remonte avec Virgil jusqu'au cul-de-sac où les chèvres des Taylor broutent les abords du chemin avec leurs biquets. Il y en a une dizaine, toutes de robes différentes. Un petit vient se mettre entre ses sabots en émettant des bêlements proches du miaulement. Ava a envie de se pencher pour le toucher, se retient. Pour ne pas renverser son panier. Pour ne pas faire exploser ses yeux. Attentif à ses faits et gestes, le montagnard soulève avec douceur le cabri noir comme la suie.

— Tu peux le caresser, si tu veux.

Au contact de ce petit être mi-peureux, mi-confiant, elle ressent de nouveau sa révolte contre le sort qui lui est fait. Elle voudrait poser à Virgil la question « pourquoi moi ? », mais parler altérerait cette impression nouvelle d'apaisement. Le chevreau repart en cabriolant.

Ils traversent le chemin, longent le chalet. En apercevant l'étable qu'elle sait vide, Ava s'arrête et demande :

— Ce n'est pas trop difficile financièrement, pour ta mère, sans la vente du lait ?

— Oh, tu sais, elle a toujours su se débrouiller. Et puis, la traite deux fois par jour, c'était très contraignant. Ma mère est trop fatiguée pour ça. J'ai pris la relève pendant quelques années, mais je n'ai plus le temps.

Ava aimerait bien savoir ce qui peut occuper Virgil à ce point, mais cela ne la regarde pas. Remarquant le froncement des sourcils auburn, il comprend qu'elle s'inquiète pour eux.

— On n'a jamais roulé sur l'or, mais on ne manque de rien, tu sais. J'y veille.

— J'en suis sûre, dit-elle, embarrassée qu'il pense qu'elle le juge. Ce n'est pas ce que je...

Elle est interrompue par le vrombissement d'un moteur.

— C'est la voiture du docteur ! s'alerte-t-il en reconnaissant le caducée rouge sur le pare-brise.

Virgil se précipite, conscient que le praticien ne peut avoir roulé jusqu'au cul-de-sac par hasard : il vient forcément ici.

L'homme qui en descend est beaucoup plus jeune que leur médecin de famille, nouvellement retraité. C'est un garçon au front haut, aux cheveux châtains, légèrement frisés, à la poignée de main franche, qui inspire confiance.

— Docteur Velpeau. Je suis venu aussi vite que j'ai pu.

Virgil échange avec Ava un regard inquiet. Germinie a dû faire un malaise en leur absence et Jean-Raymond a appelé le médecin, ne sachant pas où ils se trouvaient.

Virgil conduit aussitôt le généraliste à l'intérieur du chalet. Ava abandonne les sabots en bas de l'escalier, gravit les marches derrière eux, tombe nez à nez avec Ray qui la détaille. Elle réalise alors qu'elle est pieds nus, en nuisette, et, pire encore, sans lunettes. À voir son air ébahi, elle se fait l'impression d'être nue dans la rue. Elle attend les remontrances, mais le statisticien a plus urgent à faire. Il retire ses mocassins, examine leurs semelles souillées. En cherchant Ava, il a marché dans un amas de crottes de chèvre. Des crottes fraîches et molles. La matière fécale s'est immiscée de façon savante entre les picots de ses chaussures. Il pousse des cris outrés :

— Regarde-moi ça ! Ils sont fichus ! Ils m'ont coûté une fortune.

La futilité de son invective lui apparaît en même temps que le silence qui l'accueille.

Virgil grogne des reproches à Ray, le jugeant bien égoïste alors que l'heure est grave.

— Maman, ça va ? Qu'est-ce qui se passe ?

— Oui, mon fils. Tout va bien. Je l'ignore. Qui est ce jeune monsieur ?

— Bonjour, dit le médecin, intimidé par la présence de Germinie dont la réputation n'est plus à faire. Je suis le nouveau...

— C'est moi qui vous ai fait venir, le coupe Jean-Raymond.

— C'est pour Ava ? interroge la guérisseuse, une main sur le cœur.

— Pour qui d'autre voulez-vous que ce soit ? siffle Ray.

— Tu aurais pu me prévenir, murmure la rouquine, gênée et médusée qu'il ait fait appeler le docteur pour l'informer sur son état de santé. Sans même lui en parler en plus. C'est tout Ray, ça !

— Je l'aurais fait, si tu ne t'étais pas volatilisée ! Il se détourne d'elle pour s'entretenir avec le généraliste qui assure qu'on peut compter sur lui. En attendant le premier rendez-vous à Lausanne, il viendra examiner Ava régulièrement. Virgil le raccompagne à sa voiture dont le vrombissement décroît puis meurt.

— Tout est ficelé ! triomphe Jean-Raymond.

Germinie le dévisage. Il y a chez cet homme teint quelque chose de dérangeant. Elle ne sait pas trop quoi, mais elle devine qu'il n'est pas porté à s'apitoyer sur les autres. Difficile à accepter pour celle qui prolonge avec abnégation toute une vie de générosité, sans penser à la retraite.

— Je vais prendre une douche, annonce-t-il. Tu devrais aller t'habiller, Ava. Tu vas finir par prendre froid. Je te rappelle qu'il t'est interdit d'éternuer.

Virgil, de retour dans la cuisine, ne peut s'empêcher de rire.

— Qu'est-ce qui vous amuse ? s'étonne Ray.

— Que vous pensiez qu'on puisse prendre froid par cette chaleur.

— Écoutez, mon vieux, je fais mon possible pour qu'Ava puisse rester ici malgré le danger que ça représente. Elle est venue contre mon avis et prend un risque important en s'installant loin de tout. J'espère qu'elle n'aura pas à le regretter.

Ray s'est laissé aller à un besoin de sermonner qu'il tient de son père. Assombri, le montagnard réfléchit à ce qui est en jeu quand sa mère lance à la cantonade :

— Allez vous laver les mains, les enfants ! Nous allons passer à table.

Virgil et Ava échangent un regard mi-triste, mi-amusé. C'est comique d'être encore considérés comme des gamins à leur âge.

14

Le lendemain après-midi, Virgil emmène Ray à la gare de Thonon. Ce dernier a refusé qu'Ava l'accompagne, préférant lui éviter un aller-retour sur les routes de montagne et une bousculade sur le quai. Voilà pour la version officielle.

La version officieuse est qu'il veut se soustraire aux au revoir sur le quai. Cela le peine de la laisser. Et même s'il a porté à la connaissance du médecin son état de santé, il ne peut s'empêcher de s'inquiéter pour elle. C'est pourquoi il souhaite profiter du trajet pour renouveler ses recommandations à Virgil. Il aurait préféré la confier à quelqu'un d'autre qu'à ce rustre mais à qui ? Dans les faits, le mal des transports cloue le bec à Ray car son chauffeur conduit comme s'il voulait le verser dans un fossé. À la gare, le montagnard le pousse d'une main ferme sur l'épaule pour être certain qu'il ne rate pas son train.

Dans le même temps, Ava profite d'un tête-à-tête avec la faiseuse de secrets. Quatre heures sonnent au clocher.

— C'est Victorine qu'on entend, fait remarquer Germinie. Elle a été fondue en 1840, du temps où on était sardes. C'est la doyenne des quatre cloches de l'abbatiale.

— Comment se prénomment les trois autres ? s'égaye la lectrice.

— Marie-Roberte, Marie-Alice et Marie-Jeanne-Thérèse-Clothilde.

— Pas facile à porter, ça !

Germinie sourit en lui servant du pain et de la confiture pour son quatre-heures, comme quand elle était petite.

— Mange ! Il faut que tu te remplumes. Tu es maigre comme un coucou.

La quinquagénaire n'a pas faim, mais elle s'abstient de le dire. C'est bon d'être dorlotée. Elle mâche longuement le pain au levain à la mie alvéolée recouvert de gelée de coing. Elle voudrait demander à la guérisseuse si elle a déjà soigné des yeux, mais elle ignore comment aborder le sujet. Elle ne l'a pas vue depuis longtemps et Germinie l'intimide par son autorité naturelle. Elle cherche une entrée en matière quand la Savoyarde s'exclame :

— Ah ! Ce Jean-Raymond ! Quel sacré compagnon !

Après quoi, elle hoche la tête à plusieurs reprises.

Ava s'interroge. Faut-il y voir de l'irritation ou au contraire de la considération ? La septantenaire lui parle sans lever le menton. Elle épluche des pommes de terre sur un journal ouvert dont les pages se chiffonnent sous son coude. Un grand tablier recouvre sa robe. Ce tablier en cuir appartenait à son défunt mari, forgeron de métier. La rouquine a soudain l'impression que Minie s'affaire ainsi parce qu'elle est émue. Il y a chez la leveuse de maux quelque chose de changé. Elle a vieilli, bien sûr, mais ce n'est pas cela. À cet instant, Germinie ajoute sur un ton presque moqueur :

— Au petit déjeuner, Jean-Raymond m'a demandé un jus détox, de la purée d'amandes blanches et du pain sans gluten.

— Qu'est-ce que tu as répondu ?

— Qu'il pouvait avoir du jus du pressoir, de la purée de pois et une miche au levain acide.

Un rire s'empare d'elles deux, les secoue une bonne minute. Ava n'en revient pas. Vouloir manger comme à son ordinaire, c'est Ray tout craché. Il a demandé des aliments urbains à une femme qui considère avec méfiance tout ce qui vient des grandes villes. De Paris en particulier. Plus encore, elle estime que la nourriture va de pair avec la santé. Pour vivre longtemps sans maladie physique ou mentale, il faut éviter l'alimentation industrielle et manger ce que l'on cultive soi-même, ou que l'on cueille dans la nature. « Le reste n'est que mort-aux-rats », aime-t-elle à répéter.

Si Germinie est intransigeante, elle a des circonstances atténuantes. La vie l'a malmenée toute petite. Privée d'enfance par le travail, elle n'est guère allée à l'école. À vingt ans, elle a soigné François qui avait pris un retour de flamme à la forge. Ils se sont promis respect et fidélité devant la chapelle de saint Didier, garant des serments engagés. De sa jeunesse, elle a conservé l'habitude de batailler contre l'adversité. Femme d'énergie, née pour lutter contre la cruauté du sort, elle sait la fragilité de la vie humaine. Le destin ne s'y est pas trompé. C'est avec les caractères de cette trempe qu'on forge les meilleures guérisseuses.

Parce que la Savoyarde est silencieuse à présent, Ava pose la première question qui lui vient à l'esprit. Une question éloignée de ses préoccupations, mais qui est pourtant sortie de sa bouche :

— Il se plaît, Virgil, au centre du village ?

— Je crois. Il a emménagé là-bas avec sa femme après leur mariage. Maud ne voulait pas habiter ici. Elle me trouve arriérée.

Impossible pour Ava de dissimuler le frémissement de curiosité et d'attente que ce prénom aiguise. La soigneuse hausse les épaules, reprend, avec dans la voix une sorte de fausse indignation :

— Je lui fais honte. Pour te dire la vérité, c'est réciproque. Il faut la voir ! Toujours dépoitraillée. Figure-toi qu'elle a refusé de porter une robe blanche à son propre mariage. Elle s'est présentée en pantalon ajusté devant monsieur le curé.

Elle disait préférer mourir que de ressembler à une meringue.

Ava réprime un sourire. Tout en Germinie détonne, du plus petit geste jusqu'à la tournure de phrases. En sa compagnie, la lectrice a le sentiment d'avoir changé d'univers. Ici, tout s'apaise. Tout est doux et tiède, comme si elle était blottie sous le ventre d'une poule.

15

— Virgil vit toujours avec sa femme ? se risque Ava.

— Non. Maud a quitté le domicile conjugal avant même leur démariage.

Elle rassemble les épluchures de pommes de terre qui finiront sur le tas de compost.

— Tu veux dire qu'ils sont divorcés ?

— Divorcés, démariés, ça revient au même : il est tout seul dans sa maison. Je pensais qu'il allait la louer et revenir vivre avec moi au chalet, mais il est resté là-bas.

Ava sourit car elle a dit « là-bas » comme si l'autre bout du village était aussi éloigné que la planète Mars.

— Il a certainement ses raisons, ose la rousse, espérant en apprendre davantage sur la vie privée du montagnard.

— Il dit qu'il ne supporte plus les malades qui se pointent ici à n'importe quelle heure. Mais ce n'est pas mieux de son côté.

— Comment ça ?

— Son patron l'appelle n'importe quand. C'est un bûcheron qui vient le chercher à tout bout de champ.

— C'est paradoxal, en effet, admet Ava, découvrant avec stupéfaction ce qui occupe autant Virgil.

Ainsi son métier consiste à abattre des arbres ! Aussitôt les mots de Victor Hugo lui viennent à l'esprit :

Dans une telle création de la nature, le bûcheron est un vandale.

Un arbre est un édifice ; une forêt est une cité.

— Mon fils accepte qu'on débarque chez lui de jour comme de nuit, mais il se plaint de voir arriver les blessés chez moi. Quarante ans que je pratique le secret... c'est sûr que les gens connaissent mon adresse. Mais je dois reconnaître que je fatigue ces derniers temps. Parfois, je file en douce dans le mazot pour avoir la paix. Quel bonheur de pouvoir faire une sieste sans être dérangée !

Elle tait que, dans ces moments de pieds traînés, de grisaille des idées, Germinie pense parfois à sa mère, partie bien trop tôt. D'elle, il ne subsiste aucun portrait, aucun cliché. Ne reste qu'un prénom, Irène, que son père évitait de prononcer.

Ava porte lentement le pain à ses lèvres, croque une bouchée qu'elle mastique longtemps. Jamais elle n'aurait cru que Germinie se cachait pour se reposer. Le silence retombe. Elle demeure face à la septantenaire, hésitant à poser les questions qui l'obsèdent après ses révélations. Au terme d'une poignée de secondes durant lesquelles elle rassemble son courage, elle se risque :

— Tu crois que je vais finir aveugle ?

Sans savoir pourquoi, elle a chuchoté. Et comme Minie s'active à râper les pommes de terre sans répondre, elle suppose qu'elle a parlé trop bas. Aussi repose-t-elle sa question en haussant la voix.

— Pas la peine de répéter ! J'ai entendu.

— J'ai cru que...

— Que j'étais dure d'oreille ? tonne Germinie avec une colère qui semble feinte.

— Pas du tout.

— Alors quoi ?

— En fait, tu n'en sais rien, constate la rousse, dépitée.

— Qu'est-ce qui t'arrive ? Tu n'es pas contente d'être de retour en montagne ?

— Si, bien sûr. Mais j'ai peur.

— De quoi donc ?

— De ne plus voir les montagnes, justement. De ne plus pouvoir lire. De perdre mon autonomie. De dépendre des autres.

— La peur n'évite pas le danger, ma petite !

La soigneuse a affirmé cette idée avec tant de force et de certitude qu'Ava songe qu'elle a peut-être raison. Si son destin est de perdre la vue, ce n'est pas en s'inquiétant qu'elle changera le cours des choses. Alors à quoi bon se tourmenter ? Et si elle parvient à voir pendant des années encore, alors elle se sera rongé les sangs pour rien.

La lectrice de manuscrits se sent mieux. La Savoyarde a réussi à apaiser la stérile agitation de son esprit. Elle veut lui dire combien ses mots lui ont fait du bien, mais Germinie sort avec les épluchures, la laissant quelque peu désemparée. Elle refuse qu'on lui porte son seau, préférant s'essouffler dans les escaliers tant qu'elle peut encore les emprunter.

Ava avise le poste de télévision surmonté d'un napperon en dentelle. Depuis combien de temps n'a-t-elle pas regardé les informations ? Pas de télécommande, mais un interrupteur marche-arrêt et des boutons à enfoncer pour accéder aux programmes. Trois chaînes françaises en plus de la télé suisse romande. Guerre en Ukraine, avortement interdit aux États-Unis, épidémie de variole du singe en Afrique, tremblement de terre en Afghanistan, inondation au Pakistan, canicule, feux de forêt en France… des images de désastres s'enchaînent.

À son retour, Germinie lui jette un coup d'œil réprobateur :

— Tu vas t'abîmer les yeux à regarder ces horreurs.

— C'est vrai que les nouvelles sont mauvaises, admet Ava en basculant l'interrupteur sur arrêt.

— À ce propos, Jean-Raymond est bien rentré ?

— Je l'ignore, vu qu'il n'y a pas de réseau ici.

— En fait, il y en a.

— Dans le chalet ?

— Non. Dehors, sous le cognassier. Virgil l'appelle « l'arbre à deux barres », ajoute-t-elle d'une voix amusée. Essaie, pour voir.

La rouquine va s'asseoir sous le fruitier avec son portable. Deux barres apparaissent sur l'écran.

— Il faut bien rester sur le banc, sans quoi ça coupe, lui conseille Germinie du haut de l'escalier.

Elle descend les marches en se tenant à la rampe, se laisse tomber sur l'assise en pierre.

— Merci encore de m'accueillir, dit Ava.

— Je ferais n'importe quoi pour la fille de ma meilleure amie.

Autour d'elles, une hirondelle tourne et vire, décrivant des courbes gracieuses. Dos noir bleuté, ventre blanc nacré, ailes effilées : maintes idées riantes volent avec elle dans le ciel bleu faïence.

— Virgil ne va pas tarder, annonce la soigneuse.

Il y a dans sa voix tout l'amour qu'elle porte à son fils. Il y a dans cette phrase courte la vie d'ici. Naturelle et spontanée. Des gens aux goûts simples. À cet instant, l'hirondelle rase le sol, remonte vers l'azur lumineux. Son vol circulaire, son retour éternel au même endroit prend les yeux et retient le cœur.

16

Le jour du rendez-vous à Lausanne est arrivé. Ava doit se rendre à l'Asile des aveugles dont le nom ne lui dit rien qui vaille. Qu'est-ce qui l'attend sur la rive opposée du Léman ? Va-t-on la rassurer, ou lui annoncer une dégradation de son état de santé ? Elle sent la frousse l'envahir.

Germinie et Virgil, habillés en dimanche, n'en mènent pas large non plus. Ils sont mal à l'aise en ville et Lausanne, avec ses cent cinquante mille habitants, est une grande ville. Il leur faut aller en combi jusqu'à Évian, prendre le bateau pour traverser le lac, trouver un taxi pour rejoindre le cabinet du professeur Beauregard. L'ophtalmologue leur dira comment vont les yeux d'Ava. Pourra-t-elle repartir avec eux ? Ou devra-t-elle rester à l'hôpital pour subir une nouvelle intervention ?

Au volant, Virgil attend les deux femmes devant le chalet. Un coup d'œil à sa montre lui apprend qu'ils ont quelques minutes de retard sur l'heure de départ prévue. Il descend du van, grimpe les marches, trouve sa mère en train de fouiller dans son sac à main. À la recherche de quoi ? Elle-même l'ignore.

— Il faut y aller, maman. Sans quoi, on va manquer le bateau.

On dirait que Germinie, d'habitude ponctuelle comme un chronomètre, fait tout pour les retarder. Elle ne peut s'empêcher de penser au jour où son mari est parti avec les pompiers pour ne jamais revenir. Depuis, elle redoute l'hôpital.

— Pourquoi tu ne resterais pas ici ? lui propose Ava en vérifiant que son portable est bien dans son sac.

— Hors de question !

La guérisseuse veut voir de ses yeux ce médecin suisse, s'assurer qu'il a une bonne tête. Elle a un don pour percevoir si les gens sont dignes de confiance. Elle se trompe rarement sur la nature profonde des personnes. C'est d'ailleurs la cause de la brouille avec Louise-Anne. Celle-ci n'avait pas supporté que son amie la mette en garde contre Charles, avant même qu'il ne devienne son mari. « Il y a un hic avec cet homme », l'avait avertie Germinie.

Elle avait alors vu éclore les déchirements intestins qui tiraillent aujourd'hui encore Ava et son père. Mais Louise-Anne, follement amoureuse de son reporter-photographe, n'avait pas voulu l'écouter.

— Allons voir si cet œilliste est digne de confiance, commande la soigneuse en prenant sa canne.

C'est ainsi qu'elle appelle les oculistes. Les opticiens, eux, sont affublés du nom de « lunettiers ».

Elle monte à l'avant du combi tandis qu'Ava prend place à l'arrière, lunettes solaires sur le nez. Le véhicule passe devant la chapelle Saint-Didier, s'élance dans la descente, faisant jaillir un lièvre, aussitôt disparu dans la végétation. Alors que d'autres bonds roux surgissent du trèfle, une camionnette rouge à plateau arrive en sens inverse. Virgil s'arrête, tire le frein à main sans couper le moteur.

— J'en ai pour une minute.

— Ça ne lui suffit plus d'envahir sa vie ! peste Germinie. Il faut maintenant qu'elle vienne jusqu'ici.

Intriguée, Ava suit le montagnard des yeux. Une jolie brunette saute du pick-up et s'avance vers lui sous un ciel chargé de nuages menaçants. Son attitude affirmée, sans timidité, laisse supposer qu'elle le connaît bien. Ils échangent quelques mots, un hochement de tête, puis chacun regagne son véhicule. Ava remarque qu'elle est fagotée n'importe comment. Il doit s'agir de Maud. C'est donc son ex-femme qui fait demi-tour avec adresse au bord du ravin tandis que le combi repart avec un conducteur mutique. Visiblement, ces deux-là n'en ont pas fini l'un avec l'autre.

Pour se distraire de ces sombreurs, la rousse attache son regard sur le paysage qui défile. Cette route, qu'elle a trouvée si belle quelques jours plus tôt, lui paraît terne ce matin. À l'aller, elle n'a pas remarqué cette carrière à l'abandon, cette entrée de mine obstruée, cette forêt dévastée par l'avalanche. Soudain, elle aperçoit une silhouette féminine qui trottine sur le bord de la route, harnachée à un gros chien.

— Quelle drôle d'idée ! s'exclame Germinie.

— C'est de la cani-randonnée, explique Ava, qui a vu une publicité dans la vitrine d'un voyagiste parisien. Cette activité plaît aux citadins désireux de faire de l'exercice.

Virgil prend alors part à la conversation :

— Si le chien voit passer un troupeau de lièvres, sûr que la coureuse va battre un record.

L'entendre se gausser de sa propre plaisanterie déride les deux femmes.

Plus loin, ils traversent un hameau désert, puis la route commence sa descente sur la cité lacustre. Évian-les-Bains : station thermale, nautique et climatique, réputée pour son eau minérale, son port de plaisance, sa plage et ses rives fleuries. La ville a conservé ses villas Belle Époque, les anciens thermes, l'hôtel des frères Lumière, le funiculaire, le casino, les palaces surplombant le Léman, ce lac de montagne grand comme une mer.

Une fois devant l'embarcadère, Ava remarque que la mère et le fils, empruntés dans leurs vêtements de ville, ont perdu le sourire. Le bateau de la CGN est à quai sous un ciel qui se dégage sous l'effet de la brise. Le trio emprunte la passerelle, s'installe dans l'embarcation bondée de frontaliers travaillant en Suisse et de touristes de toutes nationalités. Ava prend place à côté de Germinie, importunée par des gens bavards et bruyants. Virgil s'assoit de guingois. Il est à l'étroit sur son siège, avec ses épaules plus larges que le dossier.

Alors que le bateau navigue, Ava voit les Préalpes dont l'impressionnante Dent d'Oche qui domine Évian, avec son refuge du Nid d'aigle sous le sommet. Germinie se tient raide au milieu du brouhaha. Son sac posé sur ses genoux et sa canne calée contre sa hanche lui donnent un aspect extrêmement convenable. Virgil fixe la rive opposée par la vitre. Ava, au milieu d'un tel étourdissement de voix, de vagues et de vent, est prise par le vertige de cette traversée. Se perd dans la solitude qui rend les prochaines heures aussi incertaines qu'une nage en eaux troubles.

17

Le bateau accoste au port d'Ouchy que survolent des mouettes. Avec son flegme habituel, Virgil aide les femmes à débarquer. Il semble prêt à faire face à n'importe quelle situation, même si, au fond de lui, son cœur de fils s'inquiète. Comment sa mère va-t-elle réagir si les nouvelles sont mauvaises pour Ava ? Germinie aura-t-elle la force de supporter une nouvelle épreuve ?

Au sortir du port, un taxi les conduit pour parcourir les trois kilomètres qui les séparent de l'Asile des aveugles. Ava s'adresse à la secrétaire derrière le comptoir, prénommée Daisy d'après son badge.

— Bonjour. Ava Blanc. J'ai rendez-vous avec le professeur Beauregard.

— Ava... comme l'actrice américaine ?

— Oui.

— Blanc... comme neige ?

— Euh... Blanc, comme la couleur.

— Le blanc n'est pas une couleur, objecte Daisy. C'est une nuance, comme le noir. Le blanc est la somme de toutes les couleurs tandis que le noir est la somme des couleurs foncées. Le blanc reflète la lumière alors que le noir l'avale comme…

— J'ai compris, la coupe Ava qui n'a pas besoin qu'on évoque le noir à cet instant.

La secrétaire consulte son écran d'ordinateur :

— Je n'ai personne à ce nom.

Germinie, qui tapote des doigts sur le comptoir, entre en scène, irritée :

— Si nous n'avions pas rendez-vous, pourquoi aurions-nous fait toute cette route ?

Ce n'est pas pour entendre une leçon sur les couleurs qu'ils sont descendus dans la vallée et ont traversé le lac sur un bateau bondé. Sans parler d'avoir affaire aux Suisses, ces ballots avec leur drapeau carré et leurs trente mots pour dire « trognon de pomme ».

— Vous êtes sa mère ? s'enquiert Daisy.

— Non. Sa mère est morte, je la remplace.

Elle a répondu du tac au tac, comme si Ava était mineure. La soigneuse a rassemblé ses forces et est prête à défendre bec et ongles celle qu'elle considère comme sa fille. Ou sa belle-fille. Ou un oisillon tombé du nid. Ou tout ça à la fois.

— Dans ce cas, vous devrez rester dans la salle d'attente. Seule la famille est acceptée en consultation avec le patient.

Ava pâlit à l'idée d'affronter seule le spécialiste.

— Ne t'inquiète pas, la rassure Virgil. Je vais t'accompagner.

— Vous êtes le mari ? interroge Daisy.

— Non.

— Il est mort, lui aussi ?

— Il est vivant malheureusement, mais il se trouve à Paris. Je le remplace.

Ava et Germinie écarquillent les yeux de surprise. Virgil reste embarrassé. Il n'en revient pas de ce qu'il vient de dire.

— Ah, ça y est ! s'exclame la secrétaire. Ava Blanc. Vous êtes en surbooking.

— Vraiment ? Comme dans les avions ?

— Oui, mais ne vous inquiétez pas. Le professeur va vous recevoir quand même. En attendant, vous devez remplir ce document en désignant cette dame, ou ce monsieur, comme personne de confiance.

Ava veut s'exécuter mais tout est écrit en gris sur blanc et en petits caractères de surcroît. Elle relève la tête, jette un regard paniqué à Virgil qui complète le formulaire à sa place.

— Je me demande comment font les aveugles pour remplir cette fiche, ironise Germinie.

— Vous pouvez y aller, ronchonne Daisy en désignant la salle d'attente quasi pleine.

Tous trois patientent, avec en fond sonore une radio qui analyse la guerre en Ukraine, de l'invasion russe aux exécutions sommaires en passant par la résistance acharnée du port de Marioupol – symbole du combat des Ukrainiens contre l'envahisseur. Ava et Virgil croisent et décroisent les jambes, traînent les pieds jusqu'à la machine à café, font des allers et retours aux toilettes. La faute aux nombreux thés et cafés avalés. Germinie dodeline de la tête sur sa chaise en plastique. Une femme lâche des soupirs exaspérés tout en feuilletant un magazine rempli d'histoires déprimantes destinées à remonter le moral des lectrices. En couverture, William et Harry se chamaillent. Un homme, qui émet des bâillements sonores, se lève. Il s'approche de la secrétaire médicale, occupée à sucer des Sugus à l'abri du comptoir – ces bonbons carrés, créés en 1931 par Suchard, sont inscrits au patrimoine culinaire suisse depuis 2008.

— Ça fait une heure que j'attends. Ça va être encore long ?

Daisy lève la tête de ses dossiers en mastiquant son Sugus à l'ananas, son préféré. Elle dévisage le rouspéteur, balaie la salle d'un coup d'œil indigné jusqu'à la porte des toilettes, au fond du couloir.

— Le professeur Beauregard n'accepte de se pencher que sur les cas les plus extrêmes, dit-elle en tentant de décoller avec sa langue le carré logé dans sa molaire. Il ne se pressera pour aucun d'entre vous. Il ne fera aucune exception, car chaque cas est en soi une exception. Si la cécité vous menace, il est le seul à pouvoir sauver votre vue.

Elle avale à regret ce qui reste du bonbon avant d'ajouter :

— Le professeur n'a pas son pareil pour débusquer la présence d'autres maladies dans la rétine : sida, syphilis, tuberculose, lupus. C'est à cause de votre mode de vie désastreux qu'il vous faut maintenant patienter. Ou prendre la porte.

Daisy désigne la sortie d'un geste agacé du menton tandis que l'homme pressé fixe le lino entre ses pieds. Il vient d'apprendre à ses dépens que l'Helvétie arrive bon dernier dans le classement mondial des pays chaleureux, accueillants et conviviaux.

18

Il y a un silence que trouble seule la respiration oppressée d'Ava. Le spécialiste va-t-il dépister une maladie supplémentaire ? Sa hantise est d'être opérée encore une fois, de devoir à nouveau séjourner à l'hôpital. Elle songe à s'en aller sur la pointe des pieds. Virgil doit s'en douter car il lui prend la main pour la réconforter. Et pour l'empêcher de se carapater. Il se fait un devoir de veiller à ce qu'elle soit suivie correctement et ne cherche pas à échapper aux soins dont elle a besoin.

Il jette un œil sur sa mère dont le visage trahit l'inquiétude apparue le jour où Ava a téléphoné. Germinie n'a pas hésité à l'accueillir au chalet mais il redoute de la voir souffrir. Certes, elle sait prendre la douleur des autres pour les soulager avant de s'en débarrasser à son tour. Mais le malheur de ses proches, elle l'absorbe et est incapable de s'en défaire. Il s'insinue partout, touche aux endroits les plus tendres.

À cet instant, une jeune assistante se présente avec du collyre destiné à dilater les pupilles. Sur le lino, ses sabots en plastique génèrent des crépitements d'électricité statique.

— Madame Blanc ? demande-t-elle à la ronde.

Ava se redresse en devinant ce que son accent incompréhensible exige en français pourtant : de pencher la tête en arrière. Des doigts aux ongles vernis de bleu maintiennent ses paupières écartées pour laisser tomber avec une précision suisse deux gouttes corrosives sur ses conjonctives.

— Ça va piquer un peu, précise l'assistante.

Un peu, c'est un euphémisme, songe Ava en plissant les yeux sous l'effet de ces gouttes épicées au piment.

La porteuse de sabots plastiqués les accompagne jusqu'à une porte qu'elle ouvre sur une pièce plongée dans la pénombre. Malgré l'interdit, Germinie entre, suivie par Virgil qui conduit Ava par la main. Le professeur Beauregard est un homme grisonnant, la soixantaine, le dos droit, l'air las mais courtois.

— Madame Blanc, vous nous arrivez de Paris. Étant donné que les meilleures cliniques ophtalmologiques sont là-bas, je ne m'explique pas pourquoi vous venez vous faire soigner à Lausanne.

Le regard aigu du médecin se pose sur Ava qui se sent prise en faute, comme si Ray se tenait dans le cabinet. Il ne l'a pas encore auscultée, mais déjà, il sait que les yeux de sa patiente ont été forcés.

— Je suis venue me reposer dans ma famille, explique-t-elle. Et votre établissement est le plus proche.

La mère et le fils ne bronchent pas mais sa réponse les touche : ainsi, Ava les considère comme ses familiers.

— Vous avez pris un risque en vous installant en montagne.

— Le risque était plus grand encore de rester à Paris. Je ne dormais plus, je ne mangeais plus. C'était devenu invivable.

— Qu'est-ce qui vous rendait si anxieuse ?

— La peur de perdre la vue.

— Et aujourd'hui, vous avez moins peur ?

— Un peu. Oui. À Paris, j'ai été transférée d'une clinique à l'autre, trimballée de chirurgien en chirurgien au point de perdre confiance dans les spécialistes. Depuis que je suis arrivée à Abondance, mon anxiété a diminué. J'ai conscience que cela peut paraître absurde, mais je me sens plus sereine.

— Cela n'a rien d'absurde. On sait aujourd'hui combien l'état d'esprit du patient est primordial pour sa guérison et nous allons tout faire pour restaurer la confiance. Pour cette première visite, je vais établir un bilan complet de chaque œil. Mais avant, racontez-moi avec vos mots l'histoire de votre cécité.

— Mais je ne suis pas encore aveugle ! se récrie Ava. Et j'espère bien éviter ça ! C'est d'ailleurs la raison de ma présence ici.

— Bien sûr. Mais pour vous tirer d'affaire, j'ai besoin de savoir.

Elle prend sa respiration pour répondre avec précision.

— Au départ, j'ai été opérée de la cataracte aux deux yeux.

— En même temps ?

— À huit jours d'intervalle. Alors que j'étais au bloc pour le deuxième œil, celui opéré la semaine précédente a lâché.

— Qu'entendez-vous par là ?

Il fait bouger son fauteuil à roulettes avec ses pieds.

— Avec mon œil gauche que je devais garder ouvert, j'ai vu des méduses noires, entourées de filaments. J'ai aussitôt alerté le chirurgien mais il était lancé dans l'opération de l'œil droit.

— Qu'est-ce qu'il a dit ?

— Mais qu'est-ce que vous me racontez là ?

— Pardon ?

— Il a dit : « Mais qu'est-ce que vous me racontez là, madame Blanc ? »

— Ah ! J'ai saisi. Et après ?

— Il a terminé de remplacer le cristallin par une prothèse. Puis je suis allée en salle de réveil avant d'être admise aux urgences où le personnel était décontenancé de me voir revenir. L'encre et les méduses étaient dues à une hémorragie. Le corps vitré s'était décollé, entraînant une déchirure de la rétine. Le chirurgien a admis que de graves complications opératoires s'étaient produites.

— Captivant ! s'exclame le professeur Beauregard, aussi émoustillé que s'il avait trouvé une pépite au fond d'un tamis.

Puis, soudain pressé d'ausculter sa patiente, il lui enjoint :

— Venez par ici. Asseyez-vous.

Ava lâche la main de Virgil à qui elle confie son sac. Elle prend place sur la chaise mécanique qu'elle appelle « chaise électrique » car celui qui y prend place peut se retrouver condamné à ne plus voir le jour se lever.

— Placez le menton dans le bénitier et poussez la barre avec le front. Je vais examiner votre rétine.

Le praticien oriente sa lampe, pose une bille de verre sur son globe oculaire gauche. Des rayons lumineux se croisent comme des sabres. La rousse et le grisonnant se font face, leurs yeux en miroir. Lui, promène sa bille sur l'œil féminin, tel un patineur ses lames sur un lac vitrifié. Verre sur chair. Elle, transpire, halète au cours de ces longues minutes passées à touche-touche, unie à lui par le front, à respirer dans son haleine, dans la chaleur de son souffle.

Sans prévenir, il détache la bille dans un bruit de ventouse, se rejette en arrière dans son fauteuil, donne son verdict :

— Les interventions ont fragilisé vos organes. Vous avez une bombe à retardement dans chaque œil. Ils peuvent exploser à tout moment.

Germinie et Virgil échangent un regard catastrophé tandis qu'une boule se gonfle dans la gorge d'Ava.

— Mais nous n'allons pas vous garder, précise le professeur Beauregard. Cela ne servirait à rien, car nous ignorons quand ces bombes vont exploser. Ni même si elles vont exploser. En revanche, il faut surveiller car la tension oculaire est trop élevée. Je vais vous prescrire des collyres pour la faire baisser. On se revoit dans quinze jours. Évidemment, vous revenez en urgence si vous percevez des éclairs ou un voile noir.

Un sentiment d'allègement provisoire décontracte le trio qui ne demande pas son reste. Ava est libre de partir et c'est tout ce qui lui importe à cet instant. Quant à la mère et au fils, ils sont soulagés de pouvoir la ramener au village. Alors que Virgil lui tend son sac à main, un bruit se fait entendre.

— *Vrrr... Vrrr...*

Ava sursaute. C'est son téléphone qui vibre. Elle le tire de son sac. *RAY* s'affiche en écriture lumineuse sur l'écran.

— Dis-moi vite, jette-t-il.

Elle lui répète les mots du professeur en attendant le taxi. N'a pas le temps de finir qu'il a raccroché. Il est pressé. Et c'est tant mieux : elle n'a pas vraiment envie de parler.

Sur le bateau qui les ramène à Évian, Germinie et Virgil décident de croire qu'une amélioration peut se produire en quinze jours.

19

Une aube éclatante pointe, ce matin de juin, quand Ava prend le chemin des alpages avec Virgil, flanqué du berger australien. Elle, lunettes de haute protection sur le nez. Lui, musette en travers du torse. Elle a hâte de gagner la pelouse alpine pour pouvoir humer le vent d'altitude et peut-être toucher les nuages.

Germinie, trop fatiguée pour arpenter les sentiers, les a envoyés « aux emplettes », comme elle dit. Elle a établi une liste de plantes au dos d'une enveloppe EDF pour éviter de gaspiller le papier. Ils ont ordre de les cueillir avant la chaleur qui dérobe aux végétaux leurs vertus. C'est bien connu.

Au commencement de la grimpée, la largeur du chemin permet à Ava de marcher à côté de Virgil. Il va du pas tranquille du montagnard qui connaît chaque pierre du sentier. Le cœur de la rousse s'échauffe quand il la prend par la taille parce que le raidillon s'étrécit. Que c'est troublant de cheminer au bord du vide, accolée à lui de l'épaule à la hanche ! Le danger passé, il désigne de l'index les taches colorées d'une plante tapissante.

— Ce sont des centaurées des montagnes.

Ava profite qu'il aille en chercher quelques-unes pour avaler des goulées d'air. Cela fait bien longtemps qu'elle n'a pas randonné. Le souffle lui manque. Virgil revient pour lui montrer les fleurs bleu cyan dont le centre pourpre attire abeilles et papillons.

— Ma mère s'en sert pour soigner les troubles de la digestion et les rhumatismes.

Elles disparaissent dans sa sacoche en osier tandis que la rosée luit au soleil. Il fait ensuite provision de génépi, d'arnica et de joubarbe des montagnes.

— C'est avec la joubarbe qu'elle apaise les brûlures, commente-t-il. C'est un coupe-feu naturel. Elle en écrase les feuilles pour soigner les coups de soleil, les piqûres d'insecte, le zona, les verrues et l'eczéma. En décoction, cette plante soigne aussi les aphtes. Et en tisane, elle soulage les ulcères.

Ava observe les rosettes de feuilles charnues dont la forme évoque un artichaut fleuri de rouge. Elles rejoignent les autres dans la musette. Ils traversent un bois qui sent la résine, débouchent sur une friche bourgeonnant d'épilobes à tige dressée. Haute d'une cinquantaine de centimètres, la plante aux fleurs rose pâle et aux feuilles velues s'épanouit dans les clairières d'altitude. Virgil en ramasse quelques-unes.

— Tu ne m'énonces pas ses vertus ? s'étonne Ava.

— Ça ne te servira à rien, c'est une plante pour homme.

— Je veux savoir ce qu'elle soigne.

Passé un moment d'hésitation, il lâche :

— La prostate. Ma mère affirme que les épilobes permettent de se retenir d'uriner, d'avoir un jet fort et d'éviter les gouttes retardataires. Elle a même inventé un slogan pour en vanter les mérites.

— J'aimerais bien le connaître, s'amuse Ava.

— Avec l'épilobe à tige dressée, retrouvez le plaisir de pisser sans stresser.

La randonneuse part d'un éclat de rire, aussitôt imité par Virgil.

Quel plaisir d'être là, avec ce beau gars qui prend le temps de tout lui montrer, de tout lui expliquer, de mettre son pas au rythme du sien !

À présent, le chemin se fait escarpé. Mouton a la langue pendante. Les hêtres deviennent rares. Seuls les épicéas parviennent à cramponner leurs racines dans le sol. Ce sont des conifères de grande taille avec des rameaux composés d'aiguilles vert clair, raides et très fines, qui forment des franges. Songeuse, la lectrice observe le montagnard. Ses épaules de boxeur. Ses jambes de coureur. Sa nuque brunie qui disparaît dans le col de son polo bleu nuit. Il s'arrête pour examiner les conifères. Ava se demande pourquoi il en éprouve le tronc des doigts, comme s'il cherchait à deviner l'épaisseur de l'écorce. Se livre-t-il à des repérages pour savoir lesquels abattre ? Lui qui aime tant se rendre en forêt depuis l'enfance, pourquoi a-t-il opté pour la coupe d'arbres ? Est-ce pour des raisons financières ? Entre sa mère qui ne peut plus compter sur la vente du lait et sa femme adultère et dépensière, les fins de mois sont certainement difficiles pour Virgil.

Ava trouve néanmoins étonnant son choix de métier. Elle souhaite aborder le sujet, mais pas maintenant car le moment est divin. Le soleil, qui vient de passer par-dessus les crêtes, éclabousse la nature de lumière. Des perles de rosée étincellent aux pointes des aiguilles d'épicéa. Elle s'abandonne à la sérénité de l'instant. La paix régnant sur les lieux est si profonde qu'elle peut entendre le doute battre en retraite. Dans sa situation, le plus sûr moyen de guérir est de faire confiance à cet homme singulier et à sa mère, cette faiseuse de secrets dont les pouvoirs échappent au monde rationnel.

20

Ils grimpent depuis plus d'une heure sans un arrêt. Voyant Ava pâle comme un linge, Virgil se reproche aussitôt sa négligence.

— Je t'ai fait marcher trop longtemps.

— Tu n'y es pour rien. Je manque d'entraînement, c'est tout.

Depuis quelques jours, elle se sent vaseuse. Ses mains lui font mal. Son rythme cardiaque est irrégulier. Son cœur tape comme un sourd dans sa poitrine alors qu'elle se repose, puis va comme un escargot tandis qu'elle s'active.

— Quel idiot je fais ! Excuse-moi. Il ne faut pas hésiter à me dire quand ça ne va pas.

— Je vais retrouver des forces en mangeant, ne t'inquiète pas.

Bien qu'assise à l'ombre, elle peine à reprendre son souffle. Mouton vient poser sa truffe sur ses genoux. Ava caresse l'affectueuse boule de poils qui repart laper un filet d'eau courant entre des rochers.

— J'ai de quoi te requinquer, dit Virgil, jetant un regard inquiet sur son front voilé de sueur.

Il tire de la musette du fromage d'Abondance, une gourde et du gâteau de Savoie. Il coupe des tranches de pain et du saucisson aux noisettes avec un Opinel. Ava a lu dans une revue que, depuis 1985, le célèbre Victoria and Albert Museum de Londres a reconnu le couteau savoyard comme faisant partie des cent objets les mieux dessinés du monde – avec la Porsche 911 et la montre Rolex.

— Quelle est cette marque sur ton couteau ?

— Un marteau et une enclume, l'emblème des forgerons. C'est mon père qui l'a gravé. C'était son couteau de tous les jours.

Virgil n'a que peu de souvenirs de son père, disparu quand il était petit. Mais son rire est gravé dans sa mémoire. Quand François riait, c'était comme une cascade d'éclatements joyeux, une colonne d'eau qui répétait son fracas radieux. Quand son père rigolait, sa mère s'esclaffait, la terre entière se gondolait. Aujourd'hui encore, Virgil rêve de sentir le rire paternel s'abattre sur ses épaules tel un jet d'eau claire, rafraîchissant et délassant.

— Ma mère me l'a donné le jour de mes sept ans, poursuit-il. Pour me signifier que j'entrais dans l'âge de raison. À partir de ce jour-là, je devais bien me comporter.

— Et ça a marché ?

— Pas vraiment, vu que j'ai été puni le lendemain pour avoir donné de la confiture au cochon.

La gelée de coing que ma mère avait préparée pour la vendre au marché. Je n'avais pas compris que c'était une expression. Ma mère était fumasse mais le cochon était content.

Virgil, rassuré de voir Ava rire, verse un peu du contenu de la gourde dans un gobelet en fer-blanc.

— C'est de l'eau rougie. Ça devrait te remonter.

Elle boit l'eau mêlée de vin à petites gorgées. Il la regarde manger du bout des dents. Elle passe sous silence que la boisson a un drôle de goût tandis que le saucisson n'en a aucun.

— La prochaine fois que ma mère nous enverra aux emplettes, on ira à plat le long du ruisseau. Il y a des plantes intéressantes aussi et ce sera moins fatigant.

Elle a envie de lui demander si l'une de ces plantes est connue pour préserver la vue, mais elle se contient. Il a été si évasif la dernière fois qu'elle n'ose plus aborder le sujet.

Il y a un silence auquel Virgil voudrait se soustraire, mais il ne trouve rien d'autre à dire. Il ne trouve jamais ses mots en présence d'une femme qui l'impressionne. Et Ava l'épate par sa force de caractère. Elle a fait preuve de courage en se débrouillant seule à Paris quand elle a dû arrêter ses études de lettres pour gagner sa vie. Certes, elle a hérité de l'appartement de la Mouffe, mais elle manquait d'argent pour payer les factures. C'est ainsi qu'elle a commencé à travailler comme lectrice chez un éditeur, en sus de correctrice, pour faire bouillir la marmite. Virgil a toujours regretté de ne pas s'être battu davantage pour préserver leur relation à son retour du service militaire. Mais à l'époque, elle refusait de quitter Paris et lui redoutait de laisser Germinie seule à Abondance.

N'y tenant plus, Ava demande d'une voix où Virgil décèle un reproche :

— Parmi toutes les plantes que tu connais, il n'y en a vraiment aucune qui pourrait soigner mes yeux ?

Il courbe les épaules, lui donnant le sentiment de plier sous le poids de la culpabilité. Il secoue la tête pour dire « non ». Elle soupire faiblement. Ce « non », c'est comme s'il lui lâchait la main au milieu d'un torrent blanc d'écume. Comme s'il l'abandonnait une nouvelle fois. À l'instar de son père, parti vivre à l'autre bout du monde, et de sa mère, qui s'est défaite d'elle-même. La rousse reproche au montagnard de n'être pas venu la voir à Paris sous prétexte que Germinie ne pouvait pas se passer de sa présence. Or cette dernière n'a jamais rien exigé de tel. Il s'est dégonflé au moment où Ava avait le plus besoin de lui. La jeune fille d'alors a dû mûrir d'un coup face à la défaillance des siens. Et depuis trente-cinq ans, elle se débrouille comme elle peut.

Le montagnard se sent tellement fautif qu'il lance :

— Il y aurait peut-être une plante, mais…

L'espoir illumine le visage féminin au point de faire regretter à Virgil ses paroles. À défaut de pouvoir faire machine arrière, il cherche comment éviter de s'abaisser jusqu'au mensonge :

— Le bulbocode.

— On dirait un nom de robot.

— C'est une fleur très rare à la floraison éphémère.

— Jamais entendu parler ! Quand est-ce qu'elle fleurit ?

— À la fonte des neiges, répond-il en songeant qu'il aurait mieux fait de se taire. C'est la toute première fleur à s'épanouir, sur les rocailles ensoleillées. Avec le réchauffement climatique, on doit pouvoir en voir dès la mi-février. Malheureusement, comme je te l'ai dit, sa floraison est très courte.

— À quoi ressemble-t-elle ?

— À de belles fleurs lilas en forme d'entonnoir qui naissent d'un bulbe noir. D'aucuns la confondent avec le crocus dont la fleur est rayée, ou avec le colchique qui attend la fin de l'été pour fleurir. Le problème, c'est que le bulbocode a presque disparu de nos montagnes.

— Tu en as déjà trouvé ?

— Moi non, mais mon père oui. Il paraît que c'est un émerveillement de découvrir cette fleur rare, d'un rose-violet lumineux, qui émerge entre la grisaille des roches et les champs de neige.

Il lui sourit tristement, lui sert du gâteau de Savoie dont elle cherche à reconnaître le goût pourtant caractéristique.

Au moment de redescendre vers le village, la curiosité piquée, elle l'interroge encore :

— Et tu sais à quel endroit ton père en a découvert ?

— Il me semble que c'était au mont de Grange.

Haute de 2 432 mètres, cette énorme pyramide à trois faces a la particularité de partager son sommet et ses flancs entre les communes d'Abondance, de La Chapelle-d'Abondance et de Châtel. Ava a lu dans le dépliant touristique que la montagne abrite maintes espèces animales : chamois, mouflons, cerfs, loups, lynx, marmottes, crapauds accoucheurs, tétras-lyre, lagopèdes, cassenoix mouchetés, aigles et vautours. La flore y est tout aussi remarquable.

— C'est une zone naturelle protégée, de nos jours, réalise-t-elle.

Virgil ne la contredit pas, empêtré dans son histoire.

Tout au long du retour, elle demeure plongée dans ses pensées, peinant à marcher, bien qu'il ait ralenti l'allure. Elle songe au bulbocode. Est-ce parce que le montagnard lui a dit que cette plante est toxique qu'une ombre est revenue devant ses yeux ?

21

La faiseuse de secrets appelle le médecin. Ava a fait un malaise au retour de son escapade avec Virgil.

— C'est inutile, proteste-t-elle. Ce n'est qu'un étourdissement.

En attendant la venue du docteur, Germinie prépare une soupe avec l'oseille ramassée dans les prairies de fauche. Dans une cocotte en fonte, elle fait revenir de l'échalote et de l'ail, fait fondre l'oseille équeutée, ajoute des pommes de terre en dés. Elle agrémente ensuite la préparation mixée de crème fraîche épaisse.

Le docteur Velpeau arrive un peu avant l'heure du dîner, découvre Ava au bord de l'évanouissement alors qu'elle sort de la douche. Elle réagit mal aux collyres destinés à stabiliser la pression oculaire. Les bêtabloquants sont connus pour leurs effets indésirables : migraines, nausées, essoufflements, insomnies, démangeaisons, palpitations, asphyxie, arrêt cardiaque, altération du goût. C'est pénible, mais sans gravité. En dehors de l'asphyxie et de l'arrêt cardiaque, bien sûr.

— Il n'y a pas grand-chose à faire, dit-il, si ce n'est d'éviter de vous fatiguer. De ne rien porter de lourd, de ne pas forcer sur vos yeux et de garder le moral. On avisera dans une semaine, à l'issue de la prochaine visite à Lausanne.

Le médecin reparti, on sert la soupe, au menu été comme hiver. Ils dînent, Virgil en bout de table, Ava face à Germinie qui maugrée :

— Maud a téléphoné, elle te cherche.

Elle grimace en prononçant ce prénom.

— Je la rappellerai, élude son fils.

— Je ne sais pas où tu as emmené Ava, mais regarde dans quel état tu me l'as ramenée ! Je ne suis pas contente.

L'intéressée fait mine d'ignorer que l'on parle d'elle comme si elle n'était pas là tandis que Virgil se défend :

— J'ai réalisé trop tard qu'on était allés trop loin.

— Quelle manie de toujours crapahuter !

— Mais c'est toi qui nous as envoyés chercher des herbes !

— Ah, ça va être de ma faute, maintenant !

Virgil renonce à protester, lançant un regard désolé sur Ava qui s'efforce d'avaler sa soupe au goût de rien.

— Regarde-moi ça ! tonne la soigneuse. Elle est tellement fatiguée qu'elle n'arrive même pas à manger. Où avais-tu la tête ?

De façon qu'il n'ait pas à répondre, Ava intervient :

— Virgil n'y est pour rien. C'est le traitement qui me rend malade.

Il profite que sa mère aille chercher le fromage dans le garde-manger pour demander à Ava de garder secrète leur conversation du matin. Germinie aimerait savoir ce qu'ils complotent mais quand elle revient, le bavardage s'arrête net.

— Délicieux ! s'exclame la lectrice en dégustant le seul aliment dont elle sent encore le goût.

À la voir savourer le vacherin de Savoie, l'irritation de la guérisseuse s'estompe. Elle fixe néanmoins ses yeux soupçonneux sur son fils. Elle pressent qu'il a trop parlé. Qu'il a donné à Ava un espoir vain. Elle a pourtant fait promettre à Virgil de ne jamais la laisser croire qu'ils pouvaient la soigner avec des plantes. Il a découvert le malheur très jeune, et en reste trop égaré de révolte et de peine pour laisser ses proches souffrir.

— Je ne sais pas quelle idée tu as derrière la tête, Virgil, mais si tu ramènes encore une fois Ava sur les rotules, elle restera au chalet avec moi. Tu as bien entendu ?

— C'est de grand air qu'elle a besoin. Le médecin a dit qu'il fallait tout faire pour lui garder le moral au beau fixe.

— Vous savez que je vous entends, signale la rousse qui sent venir une migraine dans le sourcil droit.

— Toi, il est l'heure que tu ailles dormir ! tranche Germinie.

Ava capitule, trop harassée pour se rebiffer. Elle quitte la table, fait une halte à la salle d'eau. Les dents lavées, elle gagne sa chambre. Une armoire alpine en bois sculpté, une chaise à bascule, un plafonnier en porcelaine et un lit en alcôve constituent l'essentiel du mobilier. La lectrice s'étend avec délice entre les draps rustiques. La violette embaume l'air qui entoure l'oreiller. Ces fleurs servent à la fois de sent-bon et de douceurs, car Germinie en trempe dans du sirop de sucre. Elle cultive également des légumes qu'elle met en bocaux. Après la mort de son mari, il a bien fallu qu'elle pourvoie à la nourriture du petit Virgil. Depuis quelque temps, c'est lui qui entretient son potager.

Dans son lit, Ava songe à ce que lui a appris le montagnard au sujet du bulbocode. La fleur a disparu en raison de la cueillette excessive pour l'industrie pharmaceutique, du changement climatique et des sangliers dont les passages sont de plus en plus fréquents sur les pelouses alpines, jusqu'à 2 400 mètres d'altitude. N'empêche que le seul fait de savoir qu'une telle plante existe lui met du baume au cœur. Sans doute parce que c'est Virgil qui lui en a parlé et que tout ce qui émane de lui est rassurant. En la présence de cet homme tranquille, jamais pressé, elle se sent à l'abri. Ses craintes se dissipent. Elle ferme les yeux et le sommeil la prend, elle qui n'a, pour ainsi dire, pas dormi ces derniers temps.

22

Ava est réveillée par des chuchotis. Voix masculine et féminine. Virgil et Germinie. Elle ouvre les yeux. L'aube darde un rai de clarté dans la chambre, la preuve que sa vue n'a pas filé à l'anglaise pendant la nuit. Elle se lève, se débarbouille, emprunte le couloir. Là, elle est saisie d'un profond étonnement en réalisant qu'elle s'est trompée sur le détenteur de la voix d'homme, compte tenu de la soutane. Germinie barre un zona à un prêtre qui a hésité à la consulter. Et pour cause : la rumeur dit que la guérisseuse sait lire sur le front des gens s'ils sont – ou non – aimés du Ciel.

Dos tourné, elle baisse le menton pour effectuer des signes de croix de la main droite sans toucher le prêtre. Elle formule ensuite des prières qu'elle rend incompréhensibles à dessein. Après cela, elle ne retient pas le curé qui décampe, impressionné par cette leveuse de maux dont l'autorité naturelle magnétiserait n'importe qui.

— Te voilà enfin, la marmotte ! s'exclame-t-elle en découvrant Ava coite dans le couloir. Viens donc déjeuner.

Elle désigne la table sur laquelle trônent du pain natté et du beurre jaune.

— C'est gentil, Minie, mais je n'ai pas faim.

— Quand on est malade, il faut manger.

Ava porte la tartine beurrée à ses lèvres sous le regard scrutateur de la soigneuse qui sert le café dans deux bols.

— Où est Virgil ? demande-t-elle, la première bouchée avalée.

— Roxie l'a appelé et il a foncé, comme d'habitude. Va savoir où elle l'a encore entraîné ! Mais ne t'occupe pas de lui et mange.

— Qui est Roxie ?

— Son patron.

— Le bûcheron ?

— Oui.

— Le bûcheron s'appelle Roxie ?

— C'est Roxanne, en réalité, mais tout le monde l'appelle Roxie.

Ava n'en revient pas. L'abatteur d'arbres qui fait travailler Virgil de jour comme de nuit est en fait une femme !

— C'est plutôt une bûcheronne, alors.

— Bûcheronne, ça n'existe pas. Tu devrais le savoir, toi qui as toujours le nez dans les livres. On dit bûcheresse. Mais personne ne se risque à appeler Roxie comme ça. Elle déteste les pinailleries et personne ne veut se la mettre à dos, vu la taille de sa hache.

— Une bûcheresse, c'est la femme du bûcheron. Elle est mariée, cette Roxie ?

— Non. Enfin… oui et non ! Mais ça ne l'empêche pas de faire aller droit une dizaine de gaillards.

— Dont ton fils !

— Avec lui, c'est différent.

— Comment ça ?

— C'est autre chose.

Ava soupire. Que veut-elle dire ? Se peut-il que les liens qui existent entre Virgil et sa patronne soient de nature intime ?

— Depuis quand travaille-t-il pour la bûcheronne ?

— Roxie est bûcheron, insiste Germinie.

Ava songe que l'Académie française a beau avoir tranché en faveur de la féminisation des noms de métiers en 2019, le débat fait toujours rage. Si boulangère, éditrice, avocate, aviatrice et pharmacienne sont d'ores et déjà d'usage, philosophesse, portière ou traiteuse donnent matière à controverse. Dans le domaine littéraire, la lectrice a vu passer des auteures, des autrices, des écrivaines et « autresses ». La chose fait l'objet d'une polémique sans fin. Parfois parce que certaines femmes, parvenues à se faire une place dans des métiers d'homme, n'ont pas envie que les choses bougent. Elles ont bataillé pour en arriver là et craignent de perdre leur prestige si l'on féminise leur fonction.

Et puis, des noms de métiers devenus ridicules sont moqués, sans parler du temps perdu à devoir se justifier constamment.

C'est le cas de Roxie qui en a suffisamment dans le pantalon pour se faire appeler « bûcheron ». Ava ne peut lui en vouloir, elle-même réprouve ces chicanes qui ne font pas vraiment avancer la cause des femmes. N'empêche que le XXIe siècle est celui de la polémique, des outrages et des agressions sur les réseaux sociaux. Chacun déverse sur les autres un torrent d'injures, se moquant des entraîneuses, des peintresses, des cheminotes, des cheffesses et des jardinières de neige – ces monitrices s'occupant des enfants dans les stations de sports d'hiver.

Un silence laisse passer ses anges.

Ava peine à avaler sa bouchée de pain natté. Imaginer que Virgil puisse avoir une liaison avec l'insoumise Roxie suffit à la chagriner. C'est ridicule. Il est peu probable qu'un tel homme n'ait pas une femme dans sa vie. Et elle-même a Ray dans la sienne. Son séjour à Abondance fait naître en elle des déchirements qui la tiraillent. D'ailleurs, elle a cherché à joindre son compagnon. Sans succès. Elle repose sa tartine :

— Je n'ai vraiment pas faim. Désolée.

Germinie dévisage cette rouquine si pâle et qui a l'air tellement contrariée, lui demande à brûle-pourpoint :

— Qu'est-ce qu'il t'a raconté, Virgil, hier ?

— Rien de spécial. Il m'a montré où trouver les plantes qui figurent sur ta liste et comment les reconnaître. C'est tout.

La guérisseuse lui fouille les prunelles de son regard à la lumière obsédante.

— C'est bien vrai ?

— Bien vrai, ment-elle, le moins mal possible.

— C'est que mon fils, c'est un idéaliste, tu comprends. C'est aux docteurs qu'il faut te fier. Pas à lui. C'est un bon gars, mais il rêve d'un monde sans malheur. Et ça n'existe pas.

Plutôt contradictoire dans la bouche d'une faiseuse de secrets consultée chaque jour par des gens qui lui font davantage confiance qu'au corps médical.

— Dis, Minie…

Ava suspend sa phrase avant de reprendre avec une légère hésitation, comme pour s'excuser de se conduire avec indélicatesse :

— … pourquoi tu soignes tout le monde, sauf moi ?

— C'est pas Dieu possible d'entendre des choses pareilles !

— Est-ce parce que tu penses que les dés sont jetés ? Que je vais perdre la vue, fin de l'histoire.

— Qu'est-ce que j'en sais, moi ? s'irrite la guérisseuse.

— Si tu n'as pas la réponse, alors personne ne l'a.

— Tu me prêtes un pouvoir que je n'ai pas.

— Réponds-moi, au moins, supplie Ava. C'est perdu d'avance ou j'ai encore une chance ?

— Rien n'est jamais perdu d'avance.

— Dans ce cas, pourquoi tu n'essaies pas de me soigner ?

— C'est trop risqué, finit par répondre la septantenaire comme si elle faisait l'aveu d'une faute. Je préfère que les médecins s'occupent de toi. Si je me loupe encore, je ne me le pardonnerai pas.

Ava est sur le point de lui demander de quoi elle parle quand Germinie, gênée d'avoir laissé échapper ces mots, s'emporte :

— Mais dis-moi, toi... tu es jalouse des malades, ma parole ! On dirait ta mère. Louise-Anne, toujours à envier les autres, à vouloir ce qu'ils possèdent, sans même savoir quelle vie ils ont en réalité.

À ces paroles, les traits de la rousse s'enflamment.

— J'ignore à quoi tu fais allusion, se cabre-t-elle, mais tu as tort de croire que je ressemble à ma mère. Néanmoins, tu as raison sur un point : je suis jalouse de ces inconnus que tu soignes avec zèle alors que tu me laisses tomber. Je commence à comprendre pourquoi Virgil fuit le chalet. C'est insupportable, ce va-et-vient continuel de gens dont certains ne disent même pas merci.

La soigneuse se crispe des pieds à la tête.

— Pourquoi crois-tu qu'on t'emmène en Suisse, si ce n'est pour te soigner ? Te soigner vraiment. Pas avec des prières et des plantes, ajoute-t-elle en appuyant un peu sur ses mots. Les prières, parfois, ça ne suffit pas. Et les plantes, il n'y en a pas pour ce dont tu souffres. Virgil a dû te le dire.

Ava a l'air perdue, avec une telle expression d'égarement et de tristesse mêlés que Germinie ressent une entrave dans sa gorge.

— Tu guériras, Ava, aussi vrai que je suis en vie. Mais plus pour longtemps, si tu continues à me chercher des crosses. C'est ce que tu veux ? Que je calanche avant l'heure ?

— Bien sûr que non ! Je t'aime autant que j'aimais maman. Tu le sais bien.

Alors que ces mots colorent les joues de Germinie, touchée par cet aveu, on se racle la gorge derrière leur dos. Les deux femmes se retournent d'un même mouvement. Un blessé avec le bras bandé s'est posté sur le seuil. De derrière ses jambes sort un gamin boiteux.

— Qu'est-ce que vous avez, tous les deux ? leur demande la soigneuse, remontant le couloir à pas appuyés.

Elle s'attelle à raccommoder une luxation du coude au père et à renouer une entorse au fils, tous deux victimes d'une chute à vélo. Il y a sur le visage de Germinie une telle empathie qu'Ava se sent remuée jusqu'au fond de l'âme.

23

Ava prête main-forte à Germinie, débordée par le nombre de personnes qui toquent à la porte : coupure, chute, morsure de vipère, intoxication avec des baies, brûlure de barbecue. Les gens attendent leur tour en conversant à voix contenue, tous pris d'une fièvre d'appréhension, d'impatience et de curiosité en pénétrant dans l'antre de la faiseuse de secrets. Le souper venu, Virgil brille par son absence. Il n'a pas reparu depuis la veille.

— Il doit être chez lui, dit la guérisseuse, comme si elle avait lu dans les pensées d'Ava. Il a parfois besoin d'être seul.

La lectrice n'a jamais mis les pieds dans la maison aux volets rouges. Le montagnard ne l'a pas encore invitée chez lui et cela l'intrigue. Est-ce parce qu'il y a vécu en homme marié et que la situation le met mal à l'aise ? À moins qu'il n'ait quelqu'un dans sa vie. Roxie ? Ou Maud qui semble courir après son ex-mari ? Ou un autre prénom féminin jalousement gardé ? Pas étonnant que les femmes soient après lui. Il est vraiment bel homme.

La rouquine les chasse de sa tête pour servir le potage qu'elle a cuisiné avec les légumes du jardin. Germinie aspire chaque cuillérée avec bruit : sa façon de dire que la soupe est à son goût. Après le dîner, elle file au lit. Couchée avec les poules, levée avant le coq, c'est sa façon de vivre depuis toujours.

Ava se retrouve seule dans la cuisine. Minie dort comme une bûche, Virgil passe la nuit Dieu sait où. Ray ne la rappelle pas et pour couronner le tout, elle est sans nouvelles de ses collègues. Pas un mot de son amie Pénélope à qui elle a envoyé une dizaine de cartes postales kitsch dénichées à la boutique de souvenirs pour compléter sa collection. Les filles de la maison d'édition pensent-elles à elle, ou ont-elles d'autres préoccupations ? A-t-elle disparu de leur horizon aussi complètement qu'une pierre qui s'enfonce dans une mare ?

Elle ouvre la fenêtre. L'air, tiède tout le jour, a fraîchi. La lumière s'évapore de la terre et monte vers le ciel. La nuit promet d'être belle et Ava n'a pas sommeil. Téléphone en poche, elle gagne le jardin que balaie une brise d'altitude. Autour d'elle, les herbes aromatiques dansent. Les feuilles de rhubarbe se balancent avec des ondulations voluptueuses, telles des caresses. Des chauves-souris volent sous le cognassier chargé de fruits. Elle s'assoit sur le banc en pierre. Consulte son portable. Pas de signe de Jean-Raymond malgré ses messages. Elle se frotte les avant-bras pour se défaire de la peau de poule. Elle est chair. Une chair tendue, tout en nerfs. Pourquoi Ray est-il aux abonnés absents ? Elle lève le regard jusqu'aux cimes où s'éraflent les nuages, respire à pleins poumons. Le calme de la montagne qui s'endort lui offre un apaisement.

Dans la pénombre, elle ferme les yeux pour se concentrer sur ses autres sens. L'air fleure bon la menthe. Elle perçoit le froissement des feuilles, le chant des oiseaux nocturnes, les meuglements des veaux, le jappement d'un chien, des cloches au loin. Elle compte sur ses autres sens pour diluer le sang qu'elle a dans les orbites, réduire la profondeur de l'abîme dans lequel s'enfonce l'ascenseur de son destin. Apaisée par la présence familière de la fontaine qui glougloute, elle se laisse aller au recueillement.

Sa rêverie est interrompue par une sonnerie. L'arbre à deux barres a fait son office. C'est Ray. Il débite des nouvelles de son travail.

Alors que son monologue s'éternise, Ava est prise de vertiges, avec l'impression de flotter dans une brume épaisse. Ses paupières soudain sèches, elle n'a qu'une seule envie : passer de l'eau sur ses yeux qui la brûlent. Les minutes qui suivent la mettent à la torture. Elle lutte pour ne pas geindre au téléphone, finit par couper la parole à Ray qui se froisse. Elle regagne l'intérieur du chalet en se cramponnant à la rampe. Dans la cuisine, elle tangue avant d'atteindre l'évier. Il lui semble que ses orbites sont en feu, qu'elles vont exploser si elle ne parvient pas à les baigner dans la seconde. Son pouls s'emballe. Elle s'appuie sur le dossier d'une chaise qui bascule. Le bruit réveille Germinie qui sort de sa chambre. Ce qui l'inquiète tout de suite, c'est le mouvement circulaire des yeux d'Ava, le blanc devenu écarlate. Sur la table, elle dépose une bassine dans laquelle elle déverse un liquide incolore.

— Plonge ton visage là-dedans et ouvre les yeux.

La rousse, qui souffre le martyre, s'exécute sans réfléchir. Quelques secondes plus tard, elle sort la tête de l'eau pour reprendre son souffle. Nouveau plongeon. Respiration. Ses yeux ont cessé de tourner sur eux-mêmes. La brûlure est coupée mais le blanc de l'œil reste rouge vif.

— Que ça fait du bien ! dit-elle en s'essuyant la figure avec un torchon. Qu'est-ce qu'il y a dans ce saladier ?

— De l'eau des neiges de Saint-Joseph.

Germinie lui explique que si le 19 mars – jour de la Saint-Joseph – est jour de neige, il faut en récupérer le plus possible, la faire fondre et la mettre en bouteille. En général, c'est pour éviter que les brûlures ne fassent des cloques. Mais elle a eu l'idée d'en baigner les yeux d'Ava qui, soulagée, va s'allonger dans son lit. Elle ferme les paupières, s'assoupit, rendue de lassitude.

La leveuse de maux se tient penchée sur l'endormie, écoutant la respiration ralentie qui monte vers elle. La ressemblance entre Ava et Louise-Anne remue comme un regret pour ces jours d'autrefois, bien plus lumineux que ceux d'aujourd'hui. Germinie se lance dans des exercices de piété à voix basse pour conjurer le sort. Elle conjugue gestes rituels et récitations. Marmonne des litanies destinées à lier le monde concret au monde spirituel. Invoque les forces divines. Mot pour mot, c'est la même prière que celle que prononçait sa mère. Irène la tenait de sa propre mère qui l'avait elle-même reçue de sa mère.

Germinie se laisse tomber dans la chaise à bascule, près du lit en alcôve. Le soin l'a épuisée. Perdue dans de secrètes pensées, elle somnole depuis une trentaine de minutes quand Ava se réveille en sursaut, étreinte par une vive anxiété. Elle tressaille en sentant la caresse d'une peau sur la sienne. L'air de rien, la soigneuse cherche les battements dans sa veine, évalue son pouls.

— Dors, ma belle. C'est fini. Tout va bien.

Un bien-être enveloppe Ava, souple et doux comme un drap de soie. Elle se rendort sans se douter que Minie lui dissimule la vérité pour ne pas l'inquiéter. Une gravité mêlée de tristesse se peint sur sa figure ridée. Tout ne va pas bien, loin de là. Non seulement les yeux d'Ava portent en eux de quoi lui nuire, mais encore la guérisseuse va s'affaiblissant. Ses forces l'abandonnent. Elle craint d'être rappelée à Dieu sans avoir eu le temps de transmettre son don. Elle n'a pu le faire jusqu'à présent, car il se passe de mère en fille. Or elle n'a qu'un fils. Cette absence de fille, c'est la première fois dans leur famille depuis des temps immémoriaux et elle redoute de rompre le fil ancestral. Virgil peut-il être l'héritier du secret ? Si elle se loupe, ce sera terrible, car son garçon se révélera incapable de l'utiliser et de le transmettre à son tour. Germinie a peur que la faculté de guérir se perde à jamais. Cette idée lui retourne les sangs. Elle est la dernière faiseuse de secrets dans la région, et il n'y aura bientôt plus personne pour soulager les souffrants.

24

Riz au lait et pain grillé. Germinie entrechoque ses casseroles. Dans sa chambre, Ava ouvre les yeux, les égare autour d'elle. Pour la première fois depuis ses opérations, elle n'a pas de sensation de sable ni de picotements. Sa vue est un peu brouillée, mais ses paupières sont souples et mobiles. À peine s'est-elle assise au bord du lit qu'on toque à sa porte. Le battant s'ouvre, laissant apparaître le docteur Velpeau, venu l'ausculter. Il observe sa patiente, lui examine les pupilles avec douceur, touche son front, prend son pouls.

— Comment vous sentez-vous ?

— J'ai des palpitations.

— C'est le traitement qui accélère votre cœur, mais vous ne pouvez pas arrêter les collyres pour le moment. Tenez bon jusqu'au prochain rendez-vous à l'Asile des aveugles. En attendant, évitez de sortir pendant quelques jours.

Germinie le raccompagne à la porte tandis qu'Ava fait sa toilette. Les premiers mal en point ne vont pas tarder et elle tient à seconder la soigneuse de son mieux. Malades, café, blessés, œuf mollet. Huit heures défilent ainsi. Le soir venu, Virgil fait entrer avec lui l'odeur de la sciure de bois. Il apporte des courses, du pain frais et cette spécialité que seuls deux fermiers fabriquent encore : le vacherin d'Abondance. Connu depuis le Moyen Âge, ce fromage pesant une livre se présente sous la forme d'une galette d'une quinzaine de centimètres, cerclée d'une écorce d'épicéa qui l'empêche de couler.

— Miam, salive Ava.

C'est onctueux à souhait, avec une légère odeur de fermentation et de résine. Un délice presque aussi alléchant que l'exquis Virgil, assis en face d'elle, avec ses yeux sombres, de ce noir pailleté d'or qui semble contenir toute l'espérance du monde.

— C'est tellement bon, le remercie-t-elle. Tellement bon.

Elle se mord les lèvres aussitôt. De l'avoir pensé, de l'avoir dit dans la foulée. Il lui sourit avec les yeux. Elle a remarqué un phénomène étrange : à chaque fois que le montagnard lui rend visite, ses palpitations augmentent et pourtant elle se sent mieux.

Germinie profite de la présence de son fils pour rendre visite aux Taylor, les voisins qui élèvent désormais ses chèvres. Un couple d'Anglais à l'accent prononcé avec deux enfants bilingues qui ont fui le Brexit. La femme fabrique des crottins au lait cru, l'homme fait le taxi. Il s'est proposé pour emmener Ava en urgence à l'hôpital si Virgil était introuvable – il peut disparaître un ou deux jours.

Sa mère absente, le montagnard dépose de l'argent sur sa table de chevet afin de l'aider à payer ses factures. Il fait ensuite la causette à Ava, flanquée de Mouton qui la suit partout. Elle l'interroge sur son métier que, de façon incompréhensible, il semble exercer la nuit. Il laisse échapper quelques paroles seulement. Est-ce parce qu'il ne veut pas l'embêter avec son travail ? Ou qu'il ne veut rien en révéler, comme si c'était peu avouable ? Il y a dans ses mots autant de tristesse que de joie. De douceur que de fougue. La lectrice le détaille. Ses traits sont réguliers comme ces statues antiques que les intempéries patinent sans les altérer. Elle se focalise sur l'étincelle dans ses yeux qui dit que cet homme tranquille est quand même plein de flamme. Lui, l'étudie dans les moindres détails. Son teint de lait, sa bouche bien dessinée. Sa respiration, parfois heurtée, qui abaisse et soulève sa poitrine pleine. Il trouve qu'elle embellit le chalet de toute la sorcellerie de ses sourires irrésistibles.

Quand Virgil repart du Mont, Ava sent un vide. Heureusement, Germinie fait une entorse à son horaire de coucher pour lui raconter des anecdotes loufoques, comme ces gens venus lui demander de retrouver leurs clefs de voiture ou de définir les numéros gagnants du loto.

— Comme si je savais lire l'avenir ! persifle-t-elle.

Au tour d'Ava de lui raconter son quotidien à Paris. L'interruption de ses études après le suicide de sa mère, l'appartement qu'elle a gardé dans son jus pour préserver sa mémoire, ce lieu démodé que Ray a envahi de ses chemises fantaisie et vidé de ses amies. Les deux femmes apprennent à mieux se connaître. Elles se découvrent plus proches encore qu'elles ne le croient, grâce à Louise-Anne, point de rencontre fantôme de leurs destins pourtant si différents.

25

Tout en violet, Ava se regarde en pied dans le miroir de l'armoire. Elle approche son visage de la glace. Les effets indésirables des collyres prennent des formes inattendues : l'ambre de ses yeux a foncé et la longueur de ses cils a augmenté. La bonne nouvelle : le mascara devient superflu. La mauvaise : les cils ne sont pas les seuls à avoir une croissance exagérée. Le traitement provoque l'apparition d'une pilosité, en particulier sur le visage. Et Ray qui doit débarquer demain… Hors de question qu'il la voie avec du poil au menton ! Mais comment s'en défaire avec une vue défaillante ?

— Minie, tu pourrais venir m'aider ?

Armée d'une pince à épiler et d'une loupe, la soigneuse traque les intrus un par un. C'est le moment que choisit Virgil pour débarquer avec un pot de myrtilles et de la faisselle fermière, signe qu'il s'invite à déjeuner. Passé un instant d'étonnement, il a pitié du rictus qu'Ava affiche alors que le frisson de la honte lui parcourt le dos.

— Vous faites bien de désherber maintenant, lance-t-il sur un ton qu'il espère espiègle. La météo annonce la pluie.

Son esprit d'à-propos parvient à faire sourire la rouquine malgré son envie de rentrer sous terre. La prochaine fois qu'elle ira en courses, elle achètera un miroir grossissant et des bandelettes dépilatoires.

— Tu arrives juste à temps pour mettre le couvert, dit Germinie.

Au dessert, tous trois se régalent de la faisselle crémeuse aux myrtilles sauvages que Virgil a ramassées à la main, le peigne n'étant autorisé qu'après le 15 août. Il n'a pas choisi ce fruit au hasard : la baie d'un noir bleuâtre est réputée favoriser la vision nocturne. Les aviateurs de la Royal Air Force ont longtemps consommé de la confiture de myrtilles afin d'améliorer leur acuité visuelle lors des vols de nuit.

Ils en sont à débarrasser la table quand le facteur se présente avec un colis pour Ava. Ses collègues de la maison d'édition se sont cotisées pour lui envoyer des spécialités parisiennes : un flacon d'air pollué, un rat en peluche, des champignons de Paris et du confit de pétales de roses de Provins. Une idée de son amie Pénélope qui sait combien Ava raffole de cette gelée sucrée.

— Que c'est gentil de leur part, murmure-t-elle, émue de savoir que les filles du bureau ne l'ont pas oubliée.

Elle ne s'attendait pas à ce clin d'œil plein d'humour que les deux autres commentent avec amusement. Ils boivent le café sous le cognassier après quoi, Germinie triche aux cartes.

— Avec toi, les parties sont truquées pire que les élections, lui reproche son fils.

— C'est bien vrai ! renchérit Ava. Tu es pire qu'un dé pipé.

La septantenaire prend un ton faussement outré :

— Si on ne peut pas tricher avec ses enfants, ce n'est plus la peine de jouer aux cartes !

Le montagnard repart en fin de journée, non sans embrasser Ava sur la joue. Elle devine son odeur mi-animale, mi-boisée, plus enivrante que celle de la terre après la pluie.

— Ce violet met en valeur ta rousseur, dit-il d'une voix caressante.

Son baiser glisse et Virgil imprime un bécot sur ses lèvres. Une chaleur monte aux pommettes d'Ava, moitié gêne, moitié plaisir. Elle l'observe avec l'air de penser qu'il l'a fait exprès, comme pour lui rendre leur premier baiser. C'était elle qui en avait pris l'initiative, alors qu'elle rentrait à Paris, après l'avoir découvert nu dans le ruisseau. Lui s'était emparé de sa bouche fraîche, osant y mettre quelque passion. Liés l'un à l'autre par d'invisibles attaches, ils avaient ensuite correspondu jusqu'à leurs retrouvailles, tâchant de maintenir par lettres le souvenir émerveillé de l'été 1985.

Le montagnard dirige ses pas vers la porte comme à regret. Sans doute ne connaîtra-t-elle pas les sentiments qu'elle lui inspire encore et toujours, car il craint de n'avoir jamais l'audace de les lui avouer. Et pourtant, une force irrésistible l'y pousse. Il sort après un regard vers elle. Elle aurait aimé trouver un prétexte pour qu'il reste encore un peu, mais elle n'a finalement rien tenté pour le retenir. Elle songe à l'arrivée de Jean-Raymond, redoute que sa venue pour quelques jours ne rompe le charme des instants vécus au Mont. Ray a l'art de se montrer désobligeant avec les gens issus d'un milieu différent du sien. Elle en est là de sa réflexion lorsque la voix de la soigneuse la tire de ses pensées :

— Il est l'heure de notre papotage du soir.

Au cours de leur rituel amical, Ava revient sur la jeunesse de sa mère :

— Je ne comprends pas pourquoi elle a quitté Abondance.

— Elle rêvait d'une autre vie. Tu sais, ce n'était pas facile, ici. L'été, il fallait engranger de quoi tenir toute la mauvaise saison. L'hiver, on était coupés du monde. Il neigeait bien plus que maintenant. Il faisait plus froid aussi, et on n'avait pas de moyens.

Alors que les derniers rayons du soleil s'enfoncent derrière les crêtes, Ava insiste ensuite pour que Germinie lui raconte son enfance. L'esprit de la guérisseuse se perd alors, quelque part dans la vallée.

Depuis l'adolescence, elle a un don qu'elle exerce pour le compte d'un patron qui ne la paye pas : son père. Un jour de septembre 1960, elle remet l'épaule d'un voyageur, victime d'une mauvaise chute. L'homme est un Genevois à la recherche d'un terrain en altitude, persuadé que l'avenir est aux stations de bon air. Il revient de Rome où il a assisté aux jeux Olympiques. Sur la route du retour, il a recruté des charpentiers, des couvreurs, des forgerons et des maçons pour construire un hôtel de luxe. Il détecte le don de Germinie qui n'a pas son pareil pour soigner les blessures des chantiers. Sans même s'en rendre compte, cette fille de dix-sept ans œuvre selon les tours de main des leveuses de maux dont le savoir-faire est reconnu depuis des siècles. Le Suisse la veut à son service.

Voilà comment son père, qui ne voit en elle que source de problème, la laisse partir, moyennant finances cependant. Sa fille tient de sa femme, Irène, une voyante, et de sa belle-mère, une sorcière. Ava remarque que Germinie a utilisé le verbe « pardonner » à propos de son père car elle a renoncé à employer « aimer » à son sujet. Elle met en pratique « aimer » avec son fils mais, par pudeur, ne le prononce pas.

26

Jean-Raymond doit arriver au train du mercredi pour quatre jours à l'occasion du pont du 14 Juillet. Ava part le chercher à la gare avec Virgil. Selon les recommandations du médecin, elle devrait rester à se reposer au chalet, mais Ray fait le déplacement de Paris pour l'accompagner à son rendez-vous du jeudi, la date n'étant pas fériée en Suisse. Elle se doit d'être là pour l'accueillir. C'est la version officielle. L'officieuse : elle veut éviter le tête-à-tête entre Virgil et Ray durant le trajet entre Thonon et Abondance. Depuis que le premier l'a embrassée, elle est mal à l'aise vis-à-vis du second, même si ce baiser ne voulait rien dire. À moins que ce soit un acte manqué, auquel cas, ce baiser peut vouloir tout dire. Dans le dictionnaire qu'elle aime feuilleter au hasard, on peut lire :

Action maladroite considérée comme l'expression d'un conflit inconscient, et qui représente un désir refoulé.

Alors que Germinie cuisine en se préparant à supporter la présence du statisticien, Ava s'installe sur le siège passager. Virgil la trouve superbe dans sa robe noire qui lui dessine si bien le corps. Il repense au baiser volé, démarre pour se donner de l'assurance sans pour autant oser la complimenter. Par précaution, sa passagère a avalé un cachet de Vomipa. Vu son état nauséeux, il aurait fallu qu'elle en prenne deux, mais le médicament est déconseillé en cas de glaucome. Et puis, elle est assise dans un van et non dans le bateau d'un marin pêcheur sur une mer démontée. Elle ouvre sa vitre en grand. Il fait beau, même si les nuages n'ont pas encore complètement déserté le ciel d'un bleu de porcelaine. L'orage de la veille a lustré le vert des prés. Elle aspire l'air avidement pour chasser cette sensation qui occupe son esprit : ce baiser l'a troublée plus que de raison.

La route dévale au milieu des bois par une pente rapide. La passagère cogite en silence. La vie que mène Virgil l'intrigue davantage encore depuis que Germinie lui a confié qu'il est devenu secret, ces derniers temps. De son côté, le montagnard est lui aussi mal à l'aise. Comment a-t-il fait son compte pour embrasser Ava sur la bouche ? Cette maladresse, c'est à la fois l'embarras de l'équivoque et le tendre souvenir d'un baiser revenu du passé.

— Comment tu te sens ? lui demande-t-il, espérant nouer le fil d'une conversation normale.

— Ça va, merci.

Il retire sa main du levier de vitesse pour la poser quelques secondes sur celle de la rousse. C'est sa façon de lui dire qu'il n'est pas dupe, mais qu'il respecte son envie de garder le silence. Il est comme ça, Virgil, rustique et délicat à la fois. Il n'ajoute rien jusqu'à la gare. Il se sent gêné, et la venue du statisticien n'arrange rien. Il a beau le détester du fond du cœur, cet homme est le conjoint d'Ava depuis vingt ans. Qui est-il pour se mettre en travers de leur relation ?

Jean-Raymond descend du train. Il a le cheveu citronné, l'air sérieux, méthodique. En guise de retrouvailles, il embrasse sa compagne sur la pommette avec une affectueuse brusquerie qui la laisse perplexe. Après lui avoir fait l'éloge de sa robe au décolleté brodé de dentelle, il en vient à la partie critique :

— La nourriture est riche, à ce qu'on dirait !

Un soupçon de malaise se fait jour.

Sur la route du retour, le silence entre Virgil et Ava se meuble d'un bruit continuel : le bavardage incessant de Jean-Raymond, monté à l'avant. Sans rien demander à personne. Contrairement à ce qui était prévu, il ne restera qu'une nuit à Abondance, repartira directement de Lausanne sitôt le rendez-vous terminé. Et tant pis pour sa compagne qui devra rejoindre seule Abondance, malgré les troubles visuels dus à ses pupilles dilatées par le collyre.

— Quand tu parlais de m'accompagner, je croyais qu'il s'agissait de l'aller et du retour ! se plaint-elle, peinée qu'il revienne sur sa parole.

— Si tu rentres avec moi à Paris, ce sera le cas. Il ne tient qu'à toi.

— Vous avez une façon de planter là les gens ! peste Virgil.

— Je n'ai pas trouvé de remplaçant, se justifie Ray. On peine à recruter.

Sur la banquette arrière, Ava l'observe à son insu. Il lui semble qu'il a changé. Ce n'est pas seulement ses vêtements neufs, beaucoup moins tape-à-l'œil qu'à l'accoutumée, il a l'air moins fatigué, moins impatient. Plus léger. Comme si le fait de vivre loin d'elle avait éloigné chez lui la nervosité et l'agacement. Elle en est secrètement blessée, car il paraît comme délivré d'un fardeau. Elle lui en veut avant de se rappeler que c'est elle qui a insisté pour venir au village. Ce sourire sur les lèvres de Jean-Raymond, pourtant, quelle en est la raison ? Il n'y a pas d'amélioration pour sa compagne, au contraire. Une tension oculaire est venue s'ajouter au tableau déjà chargé et on ignore ce qui sortira du prochain rendez-vous médical. Mais Ray paraît avoir balayé tout ça d'un revers de main. Il a fait sa B.A. en apportant à Ava les affaires dont elle a besoin. Il ne faut rien espérer de plus de sa part.

À peine est-il descendu de voiture que le cabri noir vient se frotter contre ses jambes. Le statisticien le repousse du pied. Il émet un bêlement si plaintif que Mouton déboule de nulle part. Voyant le petit se réfugier derrière la chienne, Virgil songe que le chevreau sait déjà distinguer son tyran – le loup – de son défenseur – le chien de berger.

— Ça sent bon, complimente Ava en entrant dans la cuisine.

— J'ai fait simple, annonce Germinie tandis que son fils sort du four un plat gratiné.

Ray renifle. Son nez lui dénonce un mélange plein de lactose : fromage fondu, pommes de terre, crème, lardons et oignons. Tout cela est trop gras et promet des ballonnements.

Au cours du repas arrosé de Crépy de Savoie, la soigneuse leur raconte comment elle a barré la douleur d'une poussée dentaire à un bébé aux joues écarlates. Elle s'interrompt, tourne la tête vers le grelottement du téléphone mural dans le couloir. Elle quitte sa chaise, décroche le combiné, appelle Jean-Raymond. La communication est pour lui. Il termine son verre de vin cul sec avant de se lever de table. Les trois autres échangent des regards étonnés tandis qu'il parle à voix basse. Il réapparaît, s'adresse à sa compagne, avec au visage un air triomphant :

— J'ai une surprise pour toi.

La chienne fait entendre un grondement comme si elle flairait un piège. Alertée, Ava ne bouge pas, se contentant d'interroger Ray du regard. Il a sa tête des jours de bourdes.

— C'est ton père, précise-t-il, surpris par son manque de réaction. Il voudrait te parler.

Elle blêmit. Ce passé douloureux qu'elle s'efforce d'effacer de ses souvenirs, cet homme qu'elle associe à l'abandon, au suicide de sa mère et au saccage de ses yeux resurgit sans crier gare. Or l'oubli est un pansement qu'il ne faut pas arracher. En un instant, elle n'est que rébellion. Hors de question qu'elle parle avec Charles ! Farouche, elle fait « non » de la tête avec force. Les paroles de l'oculiste lui reviennent aussitôt en mémoire : « Ne secouez pas la tête ! »

Trop tard !

Déjà une araignée noire déroule les fils de sa toile dans son champ de vision. Elle ferme un œil, puis l'autre. Du sang coule à l'intérieur du gauche et elle est la seule à s'en apercevoir. Une suée d'effroi lui trempe le buste, entre les seins. Et c'est à son compagnon qu'elle le doit ! Retrouver son père au Pérou, le faire appeler chez Germinie, sans même lui en parler... Mais qu'est-ce qui lui est passé par la tête ? On dirait que Ray et Charles se sont alliés pour la plonger dans le noir.

Sa bouche entrouverte n'exprime plus qu'un désarroi incrédule. La chienne, qui sent sa détresse, vient lui faire part de son affection. Ava la caresse. Peut-être est-ce sa dernière occasion de la voir avec cet œil-là. Cette pensée lui fait bondir au cœur un sentiment de panique. Mais lancer l'alerte signifierait devoir se rendre aux urgences avec Ray. Compte tenu du sale tour qu'il vient de lui jouer, elle ne le supportera pas. Aussi s'exhorte-t-elle à garder son sang-froid.

— Ava, c'est ton père au téléphone, insiste-t-il, le ton entre l'aigre et le doux. Il appelle de loin.

Virgil s'écrie intérieurement : « Qu'il est con ! » Au même instant, il intercepte le regard que Jean-Raymond jette à Ava, chargé d'une indiscutable mise en garde : qu'elle réfléchisse bien à ce qu'elle fait. Voyant qu'elle campe sur ses positions, Ray disparaît dans le couloir, l'air renfrogné. Il prononce quelques mots, puis raccroche le combiné sous l'œil soupçonneux de Mouton. La chienne a pris sa décision : elle se refuse à adopter le blond chez qui elle a détecté une odeur acide comme citron. Ce type-là, elle ne le sent pas.

Il revient en maugréant à voix si basse que les autres prennent ses paroles pour des pleurnichages sur son sort. Ce qui est une juste appréciation de l'humeur du statisticien, partagé entre exaspération et incompréhension – il s'est donné du mal pour retrouver la trace du reporter-photographe. Il a le sentiment d'être un intrus qui, une fois assis, dérange la tablée de sa présence. Ava l'observe du coin de l'œil tandis qu'il descend un autre verre de Crépy. Elle convoque sa volonté pour ne pas pleurer. Germinie décide de parler en tête à tête avec Jean-Raymond. Faire appeler Charles chez elle est le plus sûr moyen de s'attirer son animosité.

27

Virgil éloigne Ava du chalet, le temps que sa mère apprenne à vivre au statisticien.

— Allons faire un tour à la fruitière où sont fabriqués les vacherins ! propose-t-il. C'est à deux pas.

Le visage d'Ava se décrispe. Elle hésite à lui dire que son œil saigne, mais puisqu'elle est la seule à le voir, autant le garder pour elle. Encore un peu, le temps de recouvrer son calme, de digérer l'affront. Pour l'heure, elle a davantage besoin de s'éloigner de Ray que d'appeler au secours.

Ils pénètrent dans un bâtiment rustique. Des chaudrons s'élève une senteur de lait cru que traverse, par effluves, l'odeur du caillé. La rude et bonne odeur du fromage fermier. Depuis le XIIIe siècle, les fruitières désignent les coopératives où les paysans de montagne mettent en commun le fruit de leur travail : le lait. C'est un lieu d'échanges conviviaux.

Un gars vêtu d'un short de toile et de bottes en caoutchouc blanc leur adresse un grand sourire.

— Blaise, je te présente Ava, dit Virgil.

En guise de main, le fromager lui tend le coude.

En général, on fabrique du vacherin d'Abondance de décembre à mars. Mais ce passionné fait des essais tout au long de l'année car il cherche à reproduire la recette d'origine – au cloître de l'abbaye, des vacherins figurent sur les peintures murales du XVᵉ siècle. Il faut voir Blaise plonger tout l'avant du corps au-dessus d'un chaudron de cuivre rempli de lait entier et emprésuré. Chauffé à trente-trois degrés, le caillé est moulé à la louche dans des toiles de lin. Les batistes blanches sont ensuite placées dans des cercles en bois, puis sur une table d'égouttage.

— Il faut les retourner tous les jours pendant trois semaines dans une cave à douze degrés, explique-t-il. C'est du gros boulot.

Bien que confidentielle, la production de Blaise connaît un succès grandissant par le bouche-à-oreille.

— Vos fromages sont divins, le félicite Ava.

— Le cerclage en épicéa produit une fermentation particulière. Avec le temps, le bois transmet à la pâte son essence résineuse. C'est la finesse de la sangle qui fait son goût inimitable.

Il montre à Ava la trempe des sangles dans de l'eau chaude. Lorsqu'elles ont retrouvé leur souplesse initiale, il en ceinture les vacherins dès leur démoulage. Le fromager choisit la longueur des sangles de manière que les deux extrémités se recouvrent. Il les fixe au fromage à l'aide d'une cheville de bois de quatre centimètres qui pénètre dans la pâte. Cette cheville est laissée en place jusqu'au ressuyage complet du vacherin, seul fromage au monde à se présenter dans un double emballage en bois : la sangle et la boîte.

Au moment de quitter Blaise, la lectrice s'aperçoit qu'elle a presque oublié l'incident du déjeuner. Cette fruitière où se perpétue une tradition ancestrale est un havre de paix. Elle retourne au chalet avec Virgil quand le taxi de monsieur Taylor ralentit à leur hauteur, sans s'arrêter pour autant. Assis à l'arrière, Ray scrute Ava par la vitre baissée, le visage hostile. Leurs regards se croisent. Il lui crie dessus de toute la force de ses yeux. Si elle veut rester dans la bouse, grand bien lui fasse. Pour le moment, le soleil brille, mais quand le brouillard envahira la vallée, que les commerces saisonniers fermeront, elle rentrera la queue basse à Paris. Il suffit d'attendre.

Ava se fige, interloquée dans sa robe sombre si seyante. À cet instant, l'araignée noire qu'elle a dans l'œil se balance au bout d'un fil. Sa toile s'épaissit. Le retour à la réalité lui mord le ventre. Il faut bien annoncer à Virgil la mauvaise nouvelle :

— Je crois que mon œil saigne.

— Rentrons, dit-il en la prenant par la taille pour soutenir son courage.

Au chalet, Germinie tord la réalité pour expliquer le départ précipité de Jean-Raymond :

— J'ignore quelle mouche l'a piqué.

Elle omet le « Tu vas riper d'ici, tu m'entends ? » menaçant.

Le temps pour les deux autres de jeter quelques affaires dans un sac de voyage – au cas où –, ils prennent la route de Lausanne. Sans la soigneuse. Inutile de lui infliger de nouveau l'épreuve de l'hôpital. Avec Virgil, c'est différent. Même si Ava l'a deviné sensible sous sa rusticité, il y a en lui une résistance qu'il s'est forgée dès l'enfance. Et la rousse a besoin de cette robustesse-là. Une force sans renoncement à laquelle elle puise comme à une source de bienfaits.

Voiture, port, bateau, taxi... Le montagnard sait comment arriver au plus vite aux urgences ophtalmologiques.

Dilatation des pupilles, menton dans le bénitier, front contre la barre, bille de verre, lampe à fente... Ava connaît ses classiques.

— Que voyez-vous ? lui demande l'oculiste de garde.

— Une araignée noire sur sa toile, suspendue dans l'air.

L'examen du fond d'œil étant insuffisant dans son cas, il utilise un miroir spécial appelé « verre à trois miroirs » pour visualiser la rétine périphérique et les lésions.

— Et vous, que voyez-vous, docteur ?

— Du sang. Il y a une hémorragie. Le vitré s'est décollé. Il tire sur la rétine. Il faut faire en urgence un barrage au laser Argon pour éviter qu'elle se décolle à son tour et engendre une cécité.

Il ajoute que le laser, qui se sert de l'énergie lumineuse pour coaguler les tissus, est indolore. Ava accepte la sentence avec la résignation d'un condamné qui sait toute plainte inutile. Elle appuie son visage contre un microscope de table relié au laser. L'ophtalmologue bombarde son œil d'une lumière verte dont les éclairs forment une soudure autour des lésions. Mille deux cents impacts lumineux en quelques minutes.

— Une vraie mitraillette ! s'exclame le praticien, enthousiasmé par cette performance quasi militaire.

— Indolore ? gémit-elle, un pincement brûlant au plus profond de l'œil.

— La douleur ressentie durant la séance est très variable d'un patient à l'autre, corrige-t-il, un brin gêné. Vous pouvez reculer la tête.

— À quoi dois-je m'attendre ?

— Votre œil étant fortement ébloui, votre vision sera trouble ce soir. Votre pupille restera dilatée pendant cinq heures, peut-être plus, car vous avez les yeux clairs. Vous pourrez souffrir de violents maux de tête pendant une semaine. Vu vos antécédents, je voudrais vous revoir demain pour vérifier si le barrage est efficace.

— Et s'il ne l'est pas ?

— Il faudra réopérer.

En sortant du cabinet, Virgil remarque qu'Ava se retient de pleurer. C'est la deuxième fois aujourd'hui.

Chagriné, il l'enlace à pleins bras. Elle demeure empêtrée de sa personne, troublée. Ce n'est pourtant pas la première fois qu'il la presse ainsi contre son torse. Elle s'est déjà blottie dans ses bras. Il l'a consolée à plusieurs reprises, dans sa jeunesse. Ils demeurent ainsi un moment, scellés l'un à l'autre, comme seul le passé peut river les êtres entre eux. Elle inspire son odeur d'homme des bois, ressent un désaccord entre son cœur endormi et sa chair maintenant à demi réveillée.

28

— Puisqu'on doit revenir demain, autant dormir à Lausanne, propose Virgil. On a du rechange dans le sac pour une nuit.

Ava accepte. Sur un site hôtelier, il déniche deux chambres abordables dans une pension de famille ressemblant à un théâtre rongé par le temps. Ils en informent Germinie, mais pas Ray – mieux vaut attendre que sa colère retombe.

Ils dînent de filets de perche dans le restaurant brillant d'un air de majesté fatiguée d'où on a vue sur le Léman. Virgil examine à la dérobée le décolleté bordé de dentelle en face de lui. Devine la rondeur des seins. Ava a la féminité ensorcelante. Les souvenirs charnels qu'il a d'elle lui reviennent en mémoire. Il affiche un air si troublé que la lectrice en est troublée à son tour. Elle est saisie par l'attitude du montagnard. Ce je-ne-sais-quoi dans sa posture, cette sorte d'aplomb mêlé de retenue, mais dépourvu d'embarras. Elle détourne la tête pour qu'il ne voie pas sur ses joues le rose qu'elle y sent monter. Elle concentre son attention sur le lac qu'elle entend respirer. Se perd dans le flottement moelleux des cygnes sur les eaux tranquilles. Parce qu'elle garde le silence, Virgil amorce une conversation :

— Ma mère m'a dit que vous aviez beaucoup parlé, toutes les deux, ces derniers temps.

— C'est vrai que nous avons pris l'habitude de bavarder, le soir. On appelle ça « la causerie d'avant dormir ».

— Vous êtes de vraies jacasses.

— On jaserait moins si tu restais avec nous au lieu de disparaître à la tombée de la nuit, comme un loup.

— Ce n'est pas ce que tu crois ! rétorque-t-il, saisi.

Il la regarde dans les yeux. On dirait qu'il s'apprête à lui confier quelque chose, mais il se retient, comme tenu au secret.

— Dans ce cas, dis-moi ce que tu manigances, cachottier !

— Le cachottier, ce n'est pas moi, louvoie-t-il. C'est ma mère. Je parie qu'elle a oublié de te dire qu'elle s'est fait attraper par les gendarmes en train de cueillir des fleurs protégées.

Il ajoute, comme elle s'en montre surprise :

— Vu qu'elle ne regarde pas la télé et qu'elle boude les journaux, elle ignorait que certaines plantes sont maintenant protégées.

Là-dessus, tout en mangeant, il se lance dans un récit fantaisiste de l'arrestation de Germinie. Tout le village était en révolution. On ne parlait que de ça dans la vallée. Ava l'écoute, amusée d'entendre le montagnard s'offusquer des frasques maternelles.

— Et comment ça s'est fini ? demande-t-elle en jouant avec ses cheveux.

— Il a fallu que je fasse jouer mes relations, sans quoi ils me l'auraient mise en prison.

— N'exagère pas !

Elle rit franchement à présent. Ravi de son effet, il s'emballe :

— Le garde champêtre a témoigné que ma mère a toujours respecté la nature. Le curé a confirmé que c'est une guérisseuse réputée et que les gens viennent de loin pour la consulter.

À peine le dernier mot prononcé, il réalise qu'il s'est engagé dans des sables mouvants. Et, en effet, la réaction de la rouquine ne tarde pas :

— C'est vrai. Ta mère soigne tout le monde. Sauf moi. Je suis pourtant venue de Paris pour ça.

Virgil la dévisage en silence, attentif à son souffle. Il y a dans son visage délicat une expression qui mêle fatalisme et colère. Il y devine une indignation, une lutte aussi acharnée que la sienne. Après tout, ils ont tous deux perdu un parent, sont sans enfants et leurs couples agonisent. Mais aujourd'hui, il semble à Virgil que ses yeux menacés sont l'épreuve de trop sur un chemin semé d'embûches. Cette fois, les atteintes du sort dépassent les forces d'Ava. Il se persuade alors qu'il peut la sauver. Qu'il doit la sauver. Oui, il va secourir cette femme dont le cœur bat si fort que la dentelle de son décolleté frémit à chaque respiration. Autant de promesses de charmes et de drames.

29

L'ophtalmologue rassure Ava : le barrage au laser est correctement réalisé. Pour l'instant, il empêche la rétine de se décoller.

— Mais il ne sera pas consolidé avant une quinzaine de jours, pendant lesquels vous devrez mener une vie calme, sans efforts et sans contrariété. Il faut vous détendre. Changez-vous les idées, sortez. Toujours avec vos lunettes de protection. Sans mettre de collyre.

Comme beaucoup de médecins, il parle bien, mais d'une façon paradoxale, avec des phrases d'un illogisme remarquable.

— Et pas de galipettes ! ajoute-t-il, s'adressant à celui qu'il prend pour le mari.

Le montagnard ouvre des yeux grands comme des soucoupes tandis qu'Ava pose une question qui la taraude depuis des semaines :

— Un de vos confrères m'a dit qu'un baiser sur la bouche pouvait me faire perdre la vue. Comment est-ce possible ?

— Lors d'un baiser passionné, on a tendance à faire des pauses respiratoires qui altèrent l'oxygénation du sang. Cela augmente la pression veineuse qui élève la pression dans l'œil.

La lectrice quitte la « chaise électrique », lisse sa robe à pois en songeant qu'il y a d'étranges fatalités dans sa vie.

À présent, le combi orange roule sous un ciel voilé où une brume de chaleur est caillée en nuages dodus. Virgil et Ava babillent comme des étourneaux en cage. À l'entrée d'Abondance, ils laissent derrière eux la maison du fromage, la boucherie et la boutique de souvenirs. Route des Frasses, le van longe la boulangerie franco-suisse, puis passe devant la maison de Virgil, située passage du Jardin-du-Curé.

Au Mont, un vieux tracteur est garé au milieu du cul-de-sac. Depuis le poulailler, Germinie leur fait signe, sans sa canne mais en compagnie d'Hilarion, venu rendre visite à sa tendre amie pour la fête nationale. Virgil et Ava les rejoignent. La brise d'altitude sent le suint des moutons fumant d'avoir couru, les foins mis à sécher au soleil, le suc des fleurs. La rousse hume *ce bon air des Alpes qui vivifie*, tant vanté dans la brochure touristique. Des sauterelles d'un rose vif giclent des herbes fraîches.

Rose ? Bizarre pour des sauterelles. Sa perception des couleurs est probablement altérée par le laser.

— Salut la jeunesse ! s'exclame Hilarion qui touche à ses huitante ans.

Virgil lui répond d'un signe de tête distant, comme s'il existait un différend entre eux. Ce boulanger à la retraite en pince pour Germinie depuis des décennies. Il a toujours aimé ce petit bout de femme qui souvent râle, parfois se tait, et tout soudain parle en maître. Il aurait bien voulu l'épouser après la mort tragique de son mari, mais la veuve avait ses raisons de refuser. Le temps passant, les deux anciens sont devenus des âmes amoureuses. Souvent, ils refont le monde en mangeant les fromages de chèvre de madame Taylor : de minuscules crottins qu'ils sucent comme des bonbons.

Le huitantenaire a une physionomie sympathique avec son chapeau noir, ses moustaches à la gauloise et un visage tout marqué de rides, comme un billot à bois. Des rides de bon vivant, aimant bavarder. Il ne lit pas la presse en dehors du journal local, ne s'occupe pas de Pierre ou de Paul. Il mène son train, refusant rarement de choquer le verre. S'adresse à la guérisseuse en patois, lui parle des sujets qui les préoccupent, eux, les vieux du pays qui étaient adolescents lors du passage de l'ancien franc au nouveau.

Le retraité complimente la rousse sur sa robe à pois. Il se tourne alors vers Germinie :

— Tu avais presque la même au bal du 14 Juillet, tu te souviens ?

— Tu m'avais fait danser la tarentelle.

Un battement de cils malicieux croise un œil qui frise, et les deux amis de cœur éclatent de rire face à leur propre audace. Virgil est surpris de voir sa mère rougir telle une jouvencelle. Et cette soudaine impression qu'elle est un peu éprise apparaît comme une incongruité. Hilarion a beau être âgé, il n'en fait pas moins la cour à son amoureuse. Sans doute sont-ils puérils de s'exalter sur une image flatteuse, vieille de plusieurs décennies. À moins qu'ils aient tout compris : il faut vivre pleinement l'instant présent. Peut-être devrait-il les imiter en proposant une sortie à Ava. Il se tourne vers celle qui écoute les deux anciens raconter leur jeunesse.

Sous ce ciel tiède, cet attachement au long cours semble touchant à la lectrice qui n'a connu que les disputes parentales. Heureuse de les voir entichés l'un de l'autre, elle se laisse étourdir par leurs histoires du passé, migrainer par la lumière estivale, les senteurs vertes, les vagues de couleurs déformées. Bientôt son visage exprime le malaise. En quelques secondes, il devient livide. Son front se couvre de transpiration.

— Ça n'a pas l'air d'aller, fait remarquer Germinie.

— La tête me fait mal.

Virgil scrute ses yeux d'un ambre laiteux à la cernure violâtre.

— Tu es restée bien trop longtemps au soleil, réprouve-t-il.

La mère et le fils l'accompagnent au chalet tandis qu'Hilarion rentre chez lui. La soigneuse fait bouillir des feuilles de calendula et des brins de thym avec des gouttes de gelée royale. Un remède connu pour soulager les hémicrânies, comme elle appelle les migraines. Sans succès. Un étau serre la tête d'Ava, broie ses orbites. Elle porte les mains à ses tempes où battent des marteaux. Des névralgies lui coupent la face en deux. Elle s'alite dans le sombre de sa chambre aux volets tirés, ferme les yeux. Son visage est blanc dans l'obscurité, comme un glacier dans la nuit. Ses cheveux, un peu dénoués, s'étalent sur l'oreiller. La chienne renifle sa main qui pend du matelas. Sa truffe se tire-bouchonne pour flairer la peau mouillée d'une sueur froide.

Germinie dépose sur ses paupières des compresses de blanc d'œuf mêlé de crocus blanc. Peine perdue. Ava se cache sous les draps avec le souffle saccadé d'un animal qui souffre. Virgil la scrute avec une expression de tendresse inquiète. Sa mère débite le collier de piété qu'elle a tiré de sa poche de jupe. Son esprit attristé fait des comparaisons avec le passé. Alors elle emploie les grands moyens : tisane d'arolle, gnôle de coing et miel de sapin pour cacher la saveur âcre de la morelle furieuse. Une pincée seulement car la plante est mortelle. Elle provoque des troubles cardiaques suivis d'un coma et d'une mort par paralysie de l'appareil respiratoire. Mais la morelle furieuse est aussi connue pour ses propriétés antalgiques et mydriatiques. Dans l'ancien temps, les Vénitiennes s'en servaient pour envoûter les hommes grâce à leurs pupilles dilatées.

Le breuvage avalé, Ava ressent une vague dans son dos et ses jambes. Une onde court le long de son échine, lui embrouille le cerveau. La douleur est remplacée par un sourd bouillonnement de l'organisme et de la pensée. Une sensation que nulle force humaine ne peut contrôler. La migraineuse rabat le drap sur ses cuisses, découvre ses jambes entortillées dans les plis de sa robe. Emberlificotées dans des algues. Elle flotte sur le Léman, nage entre deux eaux d'où elle croit entendre des voix. Elle boit la tasse, tousse d'une toux humide, a l'impression d'étouffer, la gorge pleine de cocons de soie. Après plusieurs heures de délire et d'hallucinations, elle se réveille, moite de silence et d'obscurité.

30

Au pied du lit, Mouton fixe la malade de ses yeux bleu glacier. Le chien de berger se dresse sur ses pattes, s'étire, secoue ses oreilles, renifle l'air à petits coups. Ava s'assoit au bord du matelas, se met sur ses pieds avec précaution. Fait quelques pas. L'affreuse migraine a disparu. Quel soulagement !

Elle ouvre la fenêtre. La lune, ronde comme un œil, éclaire faiblement le paysage montagnard. La forêt est une masse foncée, les génisses sont des taches claires couchées au sol. Ava voudrait voir se lever une journée sans toile d'araignée dans l'œil. Elle voudrait que le monde retienne son souffle quinze jours, le temps qu'elle négocie avec ses autres sens, au cas où le barrage laser céderait.

Elle a lu dans un magazine scientifique que les personnes privées de l'usage de la vue sont à même de voir avec le corps tout entier qu'elles utilisent à la manière d'un amplificateur. Une sorte de corps augmenté, capable de prouesses : intercepter les sons, percevoir les mouvements, déceler la nervosité dans une voix, détecter le véritable caractère des gens, repérer l'excitation, flairer le danger, lire avec la pulpe des doigts. Les compensations sensorielles permettraient aux aveugles d'accorder leur confiance avec plus de discernement, sans tomber dans le piège d'une flatteuse apparence ou se laisser duper par une attitude hypocrite. Ces capacités impressionnent Ava qui aspire à devenir un corps voyant. Mais elle doute de parvenir à s'adapter suffisamment pour voir d'un œil qui sent et sentir d'une main qui voit.

— Et si j'essayais ? murmure-t-elle, se parlant à elle-même.

Debout devant la fenêtre, elle hume la nature endormie, écoute le froissement des feuilles du hêtre contre le chalet. La profondeur de la forêt la pénètre. Son esprit s'ouvre devant l'aube qui erre au bas du ciel. Elle retire sa robe froissée de la nuit, offre sa poitrine, son ventre et son sexe au vent qui pénètre dans la pièce. Elle sent ses seins devenir pointus sous la provocation de la fraîcheur d'altitude. La lune éclaire sa physionomie, fait ressortir les contours de sa silhouette, donne du relief à sa féminité.

C'est le moment que choisit Virgil pour entrer, inquiet de savoir si elle est encore sous l'effet hallucinatoire de la potion maternelle.

Et de tomber sur Ava, nue comme un cierge !

Son regard ne peut se détacher de ce spectacle enchanteur. Avec les années, elle a changé. Elle est plus femme, plus désirable avec son visage tendre planté sur un corps plein de courbes à tous les étages.

Au bruit de la porte, elle s'est retournée par réflexe, avant de faire pivoter son buste sur les hanches pour dissimuler son intimité. Virgil se retrouve ainsi face à ses fesses auxquelles ses yeux se collent.

— On peut savoir ce que tu fabriques ? s'exclame-t-il en se tournant brusquement.

Cela ne l'aide en rien car son regard tombe sur le miroir de l'armoire dans lequel il voit la rousse. Blanche et dévêtue. Son corps galbé à lui faire perdre le souffle. Comme dans le passé, quand la plus mince aventure partagée avec elle enflammait son imagination. Et pourtant, il n'est plus l'adolescent de l'époque. Mais qu'est-ce qui lui arrive ?

— Je prends l'air, répond-elle en cherchant sa robe à tâtons.

Virgil s'étonne lui-même de son émotion de jeune mari au soir de ses noces. Il a beau s'exhorter au calme, ses sens s'excitent. Dire qu'il est encore plus attiré par elle que dans sa jeunesse ! Il a soif de l'embrasser, faim de l'étreindre. Seulement, il a encore dans l'oreille la recommandation de l'ophtalmologue : « Pas de galipettes ! » Pour le bien d'Ava, il doit modérer l'emballement de ses idées.

— Tu vas attraper froid ! rouspète-t-il en quittant la chambre à contrecœur.

Il sort respirer l'air du matin, trempe ses avant-bras dans le bassin, mouille sa nuque d'eau fraîche. Il traverse le potager, le jardin des simples, parvient à dompter sa fougue, sans toutefois pouvoir éteindre la flamme désormais inextinguible d'un engouement irraisonné.

Ava profite d'être seule pour enfiler une tenue confortable. Elle s'apprête à rejoindre le montagnard quand des phares forment deux ronds jaunes sur le chemin, éclairant beaucoup plus loin que nécessaire. Ce n'est pas une voiture, mais une camionnette. Un pick-up, en fait. Une silhouette féminine en descend. Il doit s'agir de Maud. Aussitôt rejointe par Virgil qui coupe à travers champs. Ava sort en tapinois, reste à les observer dans le sombre du jardin, l'oreille tendue pour exercer son audition. Elle entend la radio en sourdine, perçoit le timbre de leurs voix. Devine le mot « sanglier ». Un rire. On dirait une fête à laquelle elle n'a pas été invitée. Elle voit le montagnard embrasser son ex-femme. Un seul baiser. Elle y voit trop flou pour trancher s'il s'agit d'une bise sur la joue ou d'un baiser furtif au coin des lèvres, comme un couple installé dans sa routine. Elle sent une morsure dans sa poitrine : celle de la jalousie. C'est ridicule, elle le sait, mais son goût pour Virgil lui met le cœur à vif.

Alors que le pick-up fait demi-tour, elle va s'asseoir sans bruit sur le banc en pierre. À l'abri du cognassier. Sous cette voûte feuillue, l'obscurité est telle que le bassin ne se voit même pas. Les phares s'éloignent, illuminent la route, la fruitière, l'ancien cimetière. Le muret en pierres sèches, la croix en métal ouvragé. Les défunts enterrés avec leur passé, leurs problèmes d'argent, leurs querelles de famille, leurs émois amoureux, leurs secrets inavouables, leurs mensonges. Autant de préoccupations devenues vaines avec la mort.

Le gazouillis de la fontaine détourne Ava de l'agaçant sentiment de rivalité, tout frais, tout vif. L'eau dégouline dans une rigole qui irrigue le jardin. L'horizon présente des lueurs rosées. Le chant des insectes se fait entendre. Des grillons crépitent avec une âpre allégresse. C'est le cri tremblé des mâles, prélude à l'accouplement. Leur déchaînement contraste avec l'état d'esprit de la rousse qui se sent dépérir lentement. Faute de baisers, de gestes tendres et d'ébats charnels, il lui semble que la vie se retire peu à peu d'elle.

Des bruits de pas l'arrachent à ses réflexions. Virgil marche en direction de l'escalier. Parce qu'il passe sans la voir, elle toussote. Il sursaute, la découvre sur le banc.

— Ava ? Tu tombes bien ! J'allais te chercher pour prendre le petit déjeuner avec moi. Ça te tente ?

— Je me damnerais pour un café.

Le soleil se lève quand le montagnard dépose des billes noires sur une tranche de pain beurré qu'il tend à la lectrice, ses yeux dans les siens. Il affiche un air satisfait tandis qu'elle avale avec gourmandise la confiture de myrtilles. Après une gorgée de café brûlant, elle s'évente de la main en silence, prise d'une bouffée de chaleur. Et d'une bouffée de bonheur. C'est la première fois qu'un homme lui fait ses tartines.

31

Au fil des semaines, Germinie, Virgil et Ava s'installent dans une sorte de routine agréable, parfois entrecoupée par un appel de Jean-Raymond. Sa compagne refuse de lui parler. Elle n'a pas digéré qu'il contacte son père dans son dos. Et pire encore : que Charles se permette de téléphoner au chalet. Mais qu'est-ce qui leur est passé par la tête, à ces deux-là ?

Pendant que la soigneuse officie, Ava a pris l'habitude de se rendre au village. Plusieurs matins par semaine, elle part avec un sac à dos, revient avec les courses. Virgil a protesté, mais elle a dispersé d'une pichenette toutes ses objections. Tout d'abord, elle tient à participer aux frais de la maisonnée. Ensuite, elle doit sortir et se changer les idées. Enfin, elle a repris du poil de la bête. Tous deux n'ont plus reparlé du bulbocode. Cela n'est plus nécessaire, puisque les quinze jours de cicatrisation sont écoulés.

Ava connaît de mieux en mieux les commerces d'Abondance. Au sortir de la boulangerie, elle traverse la route à hauteur de l'office du tourisme, longe la Brasserie du Mont-Blanc fréquentée par les vacanciers. Elle emprunte le pont sur la Dranse, poursuit jusqu'au bistrot Les Touristes, camp de base des Savoyards, devenu son café. Devant l'entrée, une plaque bleu-blanc-rouge annonce la couleur :

Maison recommandée par le club automobile
des comptables et fonctionnaires publics

Ava achète les journaux à la presse Là-Haut, juste avant la route de Charmy-l'Envers. Le dimanche, une carrossée de gamins encravatés s'éparpille sur la place du marché. Ces filles et ces garçons en blazer marine sont les internes de l'établissement Sainte-Croix-des-Neiges. Au retour, Ava passe devant la bibliothèque municipale qui fait face à la maison de Virgil, deux bâtiments dont elle n'a encore jamais poussé la porte. Le premier parce qu'elle peine déjà à lire les manuscrits envoyés par l'éditeur. Le second parce que l'invitation tarde à venir.

Plus loin est établi un loueur de VTT qui se transforme en loueur de skis l'hiver. Il y a aussi un magasin de sport, une pharmacie et une épicerie. D'un commerce à l'autre, Ava apprend au jour le jour cette quantité de petits faits qui font le quotidien et le charme de la vie de montagne où personne ne s'impatiente de la lenteur des autres. Les gens du coin ayant connu Louise-Anne ne lui parlent pas de sa mère, mais tous savent que cette rousse à lunettes noires est la fille de la suicidée.

Virgil a fini par accepter qu'Ava fasse les courses, à condition qu'elle ne porte rien de lourd. Il estime néanmoins que ses allers et retours sont imprudents car elle est alors seule sur une route peu fréquentée. En secret, il garde un œil sur elle.

Un matin de mi-août, le ciel capte d'aveuglants rayons de jour pur. Des sauterelles, ivres d'été, stridulent. La rousse revient du bourg avec le journal local qui titre :

Vague de chaleur : La Haute-Savoie
n'est pas épargnée. 11 °C à l'Aiguille du Midi
à 3 842 m d'altitude !
D'énormes blocs se détachent du glacier.

Ava délaisse la route principale où le soleil lui rôtit les épaules pour prendre un chemin de traverse en partie ombragé. Elle marche sur le sentier en lacets surplombant le lit semi-asséché de la Dranse quand ses jambes se dérobent sous elle. Son sac de provisions lui échappe. Ses bras battent l'air. Elle tombe en arrière, sur son sac à dos. Entend une musique d'ascenseur. Un sentiment de déjà-vécu la saisit : elle est effondrée sur le lino. On l'attend dans les étages, mais la cabine l'entraîne vers le sous-sol. La lumière du plafonnier vacille. Ava sombre dans le néant.

Elle rouvre les yeux sur les narines d'un homme dont il lui faut quelque temps pour reconnaître le visage.

— Tu me vois ? interroge Virgil. Tu m'entends ?

La crainte qui habite ses yeux sombres effraie davantage Ava que l'abîme obscur dans lequel elle a plongé.

— Oui, répond-elle, les lèvres fendillées.

Elle se lèche un coin de la bouche. C'est poussiéreux et salé. Elle a soif. Et chaud. Elle relève la tête, découvre ses commissions dispersées. Le papier de boucher, grand ouvert. Les tranches de jambon maculées de terre. Elle se redresse d'un coup de reins, refusant l'aide du montagnard.

— C'est la chaleur, explique-t-elle, comme pour s'excuser. Mais c'est passé. Je me sens déjà mieux.

Ses mèches auburn lui voilent le visage. Elle passe ses doigts en peigne dans ses cheveux, sent une bosse à l'arrière de son crâne. Virgil ramasse ses courses tandis qu'elle fait quelques pas dans l'herbe pour s'éloigner de lui. Elle vérifie discrètement le contenu de son sac. Tout semble intact.

— Promets-moi de ne rien dire à ta mère.

Il hésite. Préférerait en informer Germinie, mais d'un autre côté, elle est fatiguée et déjà très soucieuse en ce moment. Inutile d'en rajouter.

— D'accord, à une condition : je t'emmène faire un examen de contrôle à Lausanne.

— C'est inutile. Je ne vois ni mieux ni moins bien qu'hier. Le barrage laser a tenu.

— Et la bosse qui soulève tes cheveux ?

— Je mettrai de la glace au chalet.

— Le combi est garé un peu plus bas. Je te ramène.

Pendant le trajet, elle s'applique à se tenir droite pour rassembler ses idées.

— Mais dis donc, toi ! s'exclame-t-elle soudain. Comment se fait-il que tu aies su aussi vite là où j'étais ?

Pris de court, il s'empêtre dans ses explications, voulant éviter d'apparaître tel un chasseur qui piste un lièvre. Quand elle comprend qu'il biaise, elle attaque de front :

— Tu ne me suis pas à la trace, quand même ?

— Bien sûr que non ! Enfin... si. Mais pas comme tu crois.

— C'est-à-dire ?

— Je te suis à la jumelle.

— Quoi ? s'étrangle-t-elle, sidérée d'apprendre qu'il épie ses faits et gestes.

Elle râle ferme, mi-furieuse, mi-flattée. Il promet de ne plus recommencer. Dans le fond, elle ne peut s'empêcher d'être touchée par sa prévenance.

32

Dix jours se sont écoulés depuis la chute d'Ava. Virgil a pris l'habitude de s'installer avec elle sous l'arbre à deux barres, après dîner. Ils attendent que le jour s'épuise, assis sur le banc en pierre. Ils refont le monde en chuchotant pour respecter le sommeil de Germinie.

Ce soir, un vent d'altitude pousse dans le ciel des nuages d'orage qui roulent sur eux-mêmes avant d'éclater en Suisse. La Haute-Savoie, en alerte sécheresse renforcée, manque d'eau. Le débit des ruisseaux est au plus bas. La chaleur sévit. Les glaciers fondent. Les montagnes, ébranlées jusque dans leurs fondements, chancellent. Des blocs rocheux se détachent, s'effondrent, forment des pierriers, des ravins. Les graminées passent du vert au roux. Bientôt, les champs se couvriront de meules de foin. Les endroits les plus pentus seront ratiboisés à la faux par un paysan portant à la ceinture la pierre à aiguiser dans son étui.

Ava aime cette heure où le soleil décline enfin, où les couleurs se dispersent. Une forme noire est tapie dans le jardin des simples. C'est un chat. À l'affût des surmulots, il ne voit pas que la chienne le surveille, plaquée au sol derrière la grange. Cette nuit de fin juillet s'annonce avec un souffle tendre. Un souffle qui frôle la peau de la lectrice. Sous cet arbre fruitier, elle a la sensation de se situer entre deux univers : un espace connecté à l'extérieur et un monde hors du temps. Comme si une mémoire séculaire lui révélait une loi universelle : la perfectibilité de l'être humain réside dans son besoin ambigu de stabilité et de progrès. Une sorte de code moral pour équilibrer l'opposition entre la durabilité de la Terre et le caractère transitoire de ses habitants. À mesure que la nuit avance, Ava a la délicieuse impression d'être posée sur de solides fondations en pierres de taille. D'avoir les pieds sur un socle inaltérable, inaccessible à la maladie, et peut-être même à la mort. De même que les livres survivent à leurs auteurs.

Virgil a tenu sa promesse de ne rien dire à sa mère qui ne s'est aperçue de rien. Qu'il croit ! Germinie n'est pas née de la dernière pluie. Elle a remarqué la bosse qui soulève encore les cheveux auburn. Aussi, quand son fils a annoncé au souper qu'il souhaitait emmener Ava en soirée, la soigneuse s'en est mêlée :

— Quelle soirée ?

— La nuit d'équinoxe.

— Tu n'y penses pas ! Il va faire nuit.

— C'est le principe, maman !

— Veiller, c'est fatigant.

— C'est aussi amusant. Ava se reposera en rentrant.

— Avec tes combines, elle sera bientôt plus fatiguée ici qu'à Paris.

— Je vais décider moi-même, dit l'intéressée en s'interposant comme elle aurait séparé deux enfants.

Elle sait déjà qu'elle ira car, cette sortie, c'est la façon qu'a Virgil de lui signifier qu'il considère son malaise comme de l'histoire ancienne. Qu'il renonce à vouloir la faire marcher uniquement sur le tapis du salon. Elle ne peut vivre dans la ouate. Et puis, elle meurt d'envie de découvrir où il va à la tombée du jour, de savoir ce qu'il fait de ses soirées. Ava attend la nuit d'équinoxe avec l'impatience d'une demoiselle invitée au bal des débutantes.

Ce premier soir de septembre, alors qu'ils font la vaisselle après dîner, une voix lance du bas de l'escalier :

— Salut, la maisonnée !

— Salut, Hilarion, répond Virgil.

Il s'apprête à dire à l'ancien boulanger que sa mère est partie se coucher quand Germinie apparaît en chemise de nuit. Elle l'a entendu arriver.

— Quel bon vent t'amène ?

— J'ai la fesse en feu.

La guérisseuse sourit. Elle aime qu'il ait la rusticité des gens de montagne, le goût du vin entre copains, le langage grossier mais franc, le compliment maladroit et la bonne humeur à toute épreuve.

— Allez, grimpe !

Hilarion peine à monter les marches. De vives douleurs lui prennent le bas du dos et irradient jusque dans son pied gauche. Il entre dans la cuisine avec un panier laissant échapper quelques gouttes sur le sol. Il pose sur la table trois poissons pour s'excuser du dérangement. Il sait que Virgil déteste autant les arrivées intempestives qu'il raffole des truites des montagnes.

— Virgil, tu veux bien les vider dehors ? demande Germinie.

C'est ce qu'elle a trouvé de mieux pour épargner à Hilarion les foudres de son fils.

— Ce chalet est plus ouvert qu'une halle à grains, rouspète ce dernier en sortant avec le panier dégoulinant.

Quelques années après la mort de son père, il a endossé le rôle d'homme de la maisonnée. Il a toujours veillé sur sa mère et surtout chassé les prétendants qui avaient bien du mal à approcher, à moins d'avoir comme excuse d'être blessé. Et encore. Il restait à proximité pour s'assurer que le soin ne prenait pas une autre tournure.

— J'ai mal là et là, dit Hilarion en montrant sa fesse et sa cuisse.

Il refuse de prendre des médicaments contre la douleur, persuadé que le remède est pire que le mal. Et aussi parce que cela lui donne une bonne excuse pour rendre visite à sa bien-aimée.

— C'est ta sciatique qui fait des siennes, déclare Germinie. Je m'en vais te défroisser.

Sa mimique gestuelle, son air absorbé, la lenteur de son élocution, tout semble conférer à ce soin ancestral une certaine solennité.

Ava est embarrassée de la voir repositionner par pressions le sacrum d'Hilarion. Aussi s'empresse-t-elle de rejoindre Virgil sur le banc, affairé à vider les truites dans les feux couchants du soleil.

— Tu en fais une tête ! s'exclame-t-elle face à son air renfrogné.

— Je ne comprends pas pourquoi ma mère s'impose encore d'accueillir les gens à tout moment.

Il a remarqué que les soins qu'elle prodigue la fatiguent de plus en plus. Inquiet de sa santé, il s'interroge. Pourquoi ne met-elle pas un frein à tout ce remue-ménage ? Avec ce qu'il lui donne chaque mois, elle a de quoi vivre. Alors quoi ?

— Je crois qu'elle redoute la solitude, ose Ava. Après tout ce temps passé à aider les autres, elle appréhende de se retrouver isolée, au Mont. Si plus personne ne vient toquer à sa porte, elle n'aura plus la possibilité de se rendre utile. Et quand on a le sentiment de jouer un rôle insignifiant, on croit perdre sa place dans la société.

Virgil ne peut dire ce qui s'empare de lui tout à coup. Il ignore si c'est de l'accablement, car la crainte de sa mère lui a échappé. Ou de la consolation, puisque Germinie, si revêche et si secrète, a fait d'Ava sa confidente. Il la regarde intensément. Quelle singulière personne que cette rousse, inconsciente de son charme !

33

Une chauve-souris à moustaches griffe l'air au-dessus d'eux. Une sauterelle stridule. L'étoile du berger apparaît au sommet de la montagne. Ava se demande si elle a déjà connu une telle paix. Rue Mouffetard, il est difficile de laisser la fenêtre ouverte à cause des fêtards qui beuglent après la fermeture des bars. Jean-Raymond affirme ne plus y prêter attention. Ava, elle, n'entend qu'eux.

Elle lui a téléphoné pour lui parler des factures. La paperasse, c'est elle qui s'en occupe. Ou plus exactement, c'est elle qui règle les frais de l'appartement, alors qu'il gagne bien mieux sa vie qu'elle. Il estime que c'est normal, vu que l'appartement est à elle. Lui s'acquitte des factures de la villa de Cabourg, occupée par son ex-femme et sa fille, pourtant adulte. Cela étant dit, il lui arrive d'inviter Ava dans un restaurant gastronomique, ou de lui offrir une paire de chaussures à hauts talons. Autant de coups d'éclat alors qu'elle aime la simplicité.

Avant de raccrocher, elle lui a dit qu'elle payerait. Comme d'habitude. Même si les rentrées d'argent se font plus rares.

En montagne, ce monde pressé, bruyant et contraignant qu'est la capitale paraît bien loin. Ava a appris à goûter les nuits d'été en altitude. Elle ferme les yeux. Dans ce jardin suspendu, entre les plantes qui rampent au pied des roches et celles qui tendent vers le ciel, elle se sent libre de toute tension. Sous cet arbre à fruits fleurant le miel règne l'ambiance des vacances, loin des tracas quotidiens. Près d'elle sur le banc, Virgil l'enveloppe du regard. Un bien-être chaud l'emmaillote.

Pendant ce temps, Germinie achève de reformer l'alignement naturel du bassin d'Hilarion avec sa colonne pour obtenir une décompression vertébrale.

— Me voilà tout neuf ! s'exclame le moustachu, la fesse décontractée et le sourire facétieux.

Il se place face à la soigneuse, lui fait une génuflexion, comme devant une reine. Reçoit en retour une caressante gronderie. Puis elle s'en va chercher dans la réserve de simples un mélange de millepertuis et de prêle.

— Je t'en donne uniquement parce que tu ne prends aucun médicament, dit-elle à son retour – elle se méfie des interactions. Tu t'en feras de la tisane.

Elle sort la gnôle de coing, deux godets et du sucre en morceaux.

Choquement de verres.

Les vieux amoureux trinquent à leur santé respective, parlent du temps. Celui qu'il fait et celui qui court. Des gens. Ceux qui sont encore là et ceux qui sont dans le journal à la rubrique nécrologique. Un silence laisse passer un ange. En dépit de l'âge, ces deux-là ne poussent pas un soupir qui n'ait son écho dans l'âme de l'autre. La main masculine posée sur la main de la femme aimée. Hilarion voit apparaître sur le visage de Germinie ce sourire céleste qui lui plaît tant. Elle trempe un canard dans son verre, laisse fondre le morceau de sucre dans sa bouche. Il finit sa gnôle avec un claquement de langue. Pour remercier.

Un baiser sur les lèvres, un autre sur le cœur et la leveuse de maux raccompagne son soupirant. Le retraité salue au passage Virgil et Ava, assis épaule contre épaule dans les derniers rayons du crépuscule. Le tracteur s'éloigne en pétaradant. Germinie ne peut que remarquer l'air pensif de son fils, ce silence dont elle ignore la cause.

— Vous êtes trop sages pour être honnêtes, vous deux ! De quoi parliez-vous ?

— On parlait de…

La rousse hésite, se met à bafouiller qu'elle a fait un drôle de rêve. Un rêve récurrent. Elle raconte la musique d'ascenseur, les portes qui se referment dans un fracas, la descente dans les profondeurs, l'éclairage de secours.

C'est si imprévu que Virgil en reste un instant interloqué.

— Ah, les rêves..., commente la guérisseuse. Ils révèlent nos blocages, nos traumatismes, mais aussi notre identité fondamentale. Ce à quoi on ne sait pas résister. Prends mon fils, par exemple. Son identité consiste à courir les bois, de jour comme de nuit. Et la tienne à filer au village tous les matins. Or, je suis fatiguée. J'ai besoin de vous deux. Vous m'aideriez en restant ici.

Ava est médusée, rivée au banc. Germinie a-t-elle deviné ce qu'elle fabrique au bourg ? À moins que Virgil n'ait vendu la mèche ? A-t-il cessé de couvrir son manège ? Elle l'interroge d'un imperceptible mouvement ascendant du menton. Il a ce regard franc, véritable. Plein comme un cœur. Ce regard doux, velouté. Un paradis de tendresse.

— Alors ? s'impatiente la soigneuse. Vous restez ?

— Je... je... Oui... oui..., dit la lectrice balbutiante. Je reste. Avec toi. Demain.

— D'accord, acquiesce le montagnard.

— À la bonne heure ! À demain, les tourtereaux !

La faiseuse de secrets va se coucher, un air satisfait au visage. Il y a là, elle le sait, entre son fils et la fille de Louise-Anne, quelque chose de rare, voire de sacré.

34

Ava ouvre les volets de la chambre d'amis, devenue la sienne, quasi. L'aube étire un fil de clarté grise sur l'immensité de la montagne. Première à la cuisine, elle remplit de café moulu le filtre de la cafetière quand Virgil apparaît avec des croissants chauds et des cernes de fatigue. Après une partie de la nuit à discuter avec Ava sur le banc, il n'a dormi que quelques heures.

— Je vais soudoyer ma mère avec ces viennoiseries pour qu'elle te laisse venir avec moi.

— Où vas-tu ?

— Je n'ai encore rien décidé, mais on pourrait aller se balader.

Il bâille de fatigue quand la soigneuse les rejoint :

— Tu devrais plutôt aller dormir. Tu meurs de sommeil.

— Je vais boire un bon café noir et l'envie me passera.

— Dans ce cas, tu pourrais t'occuper du potager.

— C'est bien prévu.

— Quand ?

— Demain, maman. C'est promis.

— Demain, il va pleuvoir.

— Ce soir, alors.

Germinie regarde le ciel par la fenêtre. L'horizon présente des lueurs argentées.

— Ce soir, la pluie sera déjà là.

— Alors, je ne sais pas quand.

— Ce n'est pas grave. Ava m'aidera.

— Tu sais bien qu'elle doit éviter de se pencher.

— Je peux jardiner agenouillée, intervient la rousse.

— Tu pourras t'occuper des simples pendant que je ramasserai les légumes, dit Germinie. Grâce aux étroites terrasses, on peut cueillir les herbes sans avoir à se pencher.

— Ton magasin de tisanes peut attendre un peu, grommelle Virgil.

— En pleine saison, il faut ramasser tous les jours.

— Tous les jours, mais pas aujourd'hui. C'est dimanche, le jour du Seigneur. On a le droit de chômer. D'ailleurs, tu ne devrais pas être à la messe ? Le bon Dieu va t'attendre.

— Laisse le bon Dieu en dehors de ça !

De tout temps, ils se sont chicanés. Et cette fois, sa mère n'en démord pas. Ava a fait un malaise après une randonnée en montagne avec Virgil et un autre en revenant seule à pied du village. Elle veut la garder avec elle, persuadée de pouvoir ainsi la préserver d'un mal quelconque.

Le montagnard harponne le regard d'Ava, la prie de ses grands yeux tendres de venir avec lui tandis que la soigneuse se racle la gorge pour accrocher son attention. La lectrice se fait l'effet d'être un jeu de cartes divisé en deux paquets. Elle tranche en faveur de Germinie. Elle a promis de lui donner un coup de main et n'a qu'une parole.

— Comme tu voudras, maugrée Virgil qui bat en retraite.

Dehors, un soleil d'eau monte à l'horizon. Sa mère a raison. Ce soleil blafard annonce la pluie. Il faudrait ramasser les légumes ce matin. Mais le montagnard en a assez de besogner jour et nuit. Entre son travail très physique, le potager, l'entretien de sa maison et celui du chalet, il n'a pas une minute à lui. Souffler quelques heures, une fois de temps en temps, est-ce trop demander ? Néanmoins, laisser s'abîmer la récolte, après tous ces efforts pour garnir la table sans dégarnir le porte-monnaie, ce serait un beau gâchis.

Alors qu'il s'apprête à retourner auprès des femmes, une voiture survient en trombe, pile en bas des marches. En sort une mère avec un enfant tombé à plat ventre dans un champ d'orties. La voix maternelle appelant à l'aide est couverte par celle du garçonnet qui hurle et gémit à la fois. C'en est trop pour Virgil qui se ravise et monte dans le combi tandis que Germinie prend la mesure de la situation.

Le pauvre petit fait peine à voir. Ses bras, ses jambes, son cou et jusqu'à son visage sont rougis par l'irritation douloureuse due au liquide urticant renfermé dans les poils des feuilles. Les piqûres d'ortie sont généralement bénignes. Mais quand il y en a autant, elles peuvent provoquer une réaction allergique. Et justement, un gonflement apparaît sur les avant-bras de l'enfant en pleurs qui se gratte sous le coup des démangeaisons. Germinie se tourne vers Ava, figée devant la cafetière fumante :

— Va déterrer des carottes ! lui ordonne-t-elle tandis qu'elle se prépare à couper le feu de l'urtication.

Passé une seconde d'hésitation, la rousse dévale l'escalier, saute dans les sabots. Elle fonce chercher une bêche et se rend devant le mazot dont le bois a roussi au soleil. Le chalet miniature a plusieurs fois fait l'objet d'offres d'achat de la part de promoteurs immobiliers. Malgré les sommes rondelettes, Germinie a toujours refusé de vendre ce mazot construit par les anciens, du temps où ils étaient sardes.

Ava remue la terre autour des racines à l'aide de sa bêche. Ce sont des carottes Rouge sang, une variété rustique, adaptée au climat montagnard. Elle agrippe fermement les fanes, se redresse et secoue les carottes pour en faire tomber la terre.

Alors seulement, elle réalise qu'elle s'est penchée en avant pour les arracher. Il lui prend une petite suée.

— Merde ! lâche-t-elle.

Alarmée, elle regarde autour d'elle en tâchant d'identifier les symptômes d'un éventuel saignement. Elle observe quelque chose à proximité : un sabot. Visible. Elle reporte ses yeux vers la grange, devine les vélos à l'intérieur. Elle lève la tête, capte en plein ciel un grand carré de jour pur. Elle ferme aussitôt les paupières, éblouie par la lumière argentée du soleil d'eau.

Pas d'araignée noire, ni de toile d'encre.

— Ouf ! souffle-t-elle.

Heureusement que Virgil ne la voit pas, ainsi courbée sur la terre ! Le jardin… les carottes ! Elle se hâte de les laver dans le bassin, les égoutte puis regagne le chalet avec sa précieuse récolte. Une fois les racines rouges pelées, Germinie applique des compresses de carotte râpée sur la peau de l'enfant qui renifle ses larmes. Et c'est au tour de sa mère de se mettre à pleurer. L'eau lui coule des yeux sans qu'elle arrête le flux de ses remerciements.

35

— On a bien mérité un café ! s'exclame Germinie.

— Avec un croissant ! renchérit Ava qui le mord à pleines dents.

Ah, ce feuilletage ! Et ce goût de beurre ! Une saveur qui fait revivre certains instants de son enfance, à travers la nuit du passé. Sa mère laissait à ramollir le beurre qu'elle achetait à la crémerie du quartier. Quand il était suffisamment malléable, Louise-Anne le tassait dans une empreinte en bois rapportée d'Abondance. Après un passage au réfrigérateur, il en ressortait décoré d'une rosace sur le dessus. Charles jugeait ridicule cette pratique d'un autre âge, mais sa femme persistait dans cette tradition qui la rattachait à ses racines. Cela le mettait en rage, au point de jeter l'empreinte dans le vide-ordures.

Ava se cache le visage derrière son bol de café. Malgré le chagrin qui afflue, elle cherche à se reprendre car Germinie l'interroge :

— Tu vas accompagner Virgil à la nuit d'équinoxe ?

— J'en ai bien envie.

— Il t'a dit de quoi il retourne ?

— Non. Seulement que c'est une surprise.

— J'ai peur que ça ne corresponde pas à tes attentes.

— Difficile à dire sans y être allée.

Ava estime être assez grande pour décider. Et savoir que c'est une surprise la met en joie. Elle envisage sa soirée avec Virgil, les idées les plus folles à l'esprit.

— Il faut que je trouve une tenue, s'enthousiasme-t-elle.

— Le plus simple, le mieux, à mon avis.

Elles sont occupées à discuter le coup devant un deuxième café quand Germinie remarque que la lectrice a changé de visage. Le blanc de ses yeux tremblote comme de la gelée dans un plat. Ses sourcils sont agités de spasmes.

— Ça n'a pas l'air d'aller, s'alarme-t-elle en la voyant cligner des yeux.

Ava n'a pas le temps de réaliser que ses paupières lui tombent sur les yeux de même que deux rideaux de fer.

— Mes paupières pèsent une tonne, gémit-elle. Je ne parviens plus à les ouvrir.

En même temps, elle sent des piques dans ses globes oculaires, comme si des silex aigus en perçaient la cornée. Elle a chaud, très chaud. Germinie comprend qu'elle va se trouver mal. Elle la guide jusqu'au canapé pour qu'elle s'allonge.

— Je vais appeler le médecin. Je reviens.

— Ce n'est pas la peine, tente-t-elle de la rassurer.

Mais déjà, la soigneuse marmonne dans le téléphone mural, puis raccroche. Elle s'affaire à la cuisine, revient dans le salon, dépose sur ses paupières maintenant enflées un linge imbibé d'eau des neiges de Saint-Joseph. Elle demande d'une voix à l'inquiétude mal contenue :

— Tu as encore mal ?

— Un peu moins. Ça va passer.

Le docteur Velpeau arrive peu avant Virgil, de retour au chalet avec des figues achetées au marché du dimanche. Sa mère raffole de ce fruit sucré et charnu qui ne pousse pas à cette altitude. Le montagnard est dans ses petits souliers en découvrant Ava couchée sur le canapé, méconnaissable. Il écoute le médecin récapituler à voix haute :

— Blanc des yeux qui tremble, fermeture involontaire des paupières, contractions répétitives du muscle frontal, un sourcil levé, l'autre abaissé, interruption forcée de l'activité visuelle… il s'agit d'un blépharospasme.

— De quoi ça vient ? demande Germinie.

— Ce dysfonctionnement survient lorsque les yeux sont secs, sensibles à la lumière, ou fortement sollicités par la lecture, un écran d'ordinateur, ou encore la conduite d'un véhicule.

— Il doit y avoir une autre explication. Ava ne conduit plus et elle a mis entre parenthèses son travail de lectrice. La télé n'est jamais allumée et il n'y a pas d'ordinateur au chalet.

— Madame Blanc, avez-vous fait des efforts visuels soutenus, ces derniers temps ? persiste le docteur.

Flottement dans la pièce. Hésitation dans la voix de la rouquine.

Germinie n'en revient pas d'apprendre ce qui se passe à son insu. Ray a apporté son ordinateur portable à Ava qui le trimballe chaque jour dans son sac à dos jusqu'au café des Touristes – où la connexion internet lui permet de télécharger les manuscrits qu'elle reçoit. Elle lit les textes sur son écran et renvoie des fiches de lecture via sa messagerie électronique. Et pour couronner le tout, c'est avec la complicité de Virgil qu'elle a pu reprendre en partie le travail.

Le médecin se montre rassurant : la situation n'a rien d'anormal, d'autant plus qu'Ava est restée à la lumière oblique du soleil ce matin et qu'elle s'est penchée pour ramasser des légumes.

— Je vais néanmoins le signaler au professeur Beauregard. En attendant, gardez les yeux fermés jusqu'à midi.

Il repart en recommandant à sa patiente de lire les manuscrits sur papier, de dormir avec un masque de nuit, de ne pas jardiner, de porter des lunettes de soleil même à l'intérieur.

Virgil surveille Ava pendant qu'elle repose ses yeux. Il observe le mouvement de respiration, parfois traversé de saccades, qui soulève sa poitrine. D'un froncement de lèvres, elle maîtrise quelques larmes qui se suspendent au bord de ses cils abaissés, humectent à peine ses cernes. Sous les paupières closes, il pleut des menaces. Tout cela remue le montagnard et lui prend le cœur.

À peine midi sonne-t-il au clocher qu'Ava quitte le canapé, lunettes noires sur le nez. Autant pour suivre les conseils du médecin que pour éviter de se donner en spectacle. La paupière gauche reste fermée pour l'instant. Seul l'œil droit est ouvert. Elle a l'air cruche avec ce clin d'œil perpétuel.

Elle gagne la cuisine où Germinie malmène les truites. Elle fulmine en silence d'avoir appris les cachotteries de Virgil, affairé à dresser le couvert. Devinant qu'elle va ouvrir les hostilités, il se lance, la meilleure des défenses étant l'attaque :

— C'est bien la peine de garder Ava avec toi !

Sa mère ne répond pas, fouille dans le vaisselier à la recherche d'une spatule pour retourner les poissons. Ou taper sur les doigts des polissons devenus grands.

— Quelle idée de lui faire arracher des carottes ! poursuit-il.

— Si tu étais resté pour t'occuper du potager, ça ne serait pas arrivé.

— Si tu arrêtais de vouloir…

Il s'interrompt de lui-même : il se pose en juge alors qu'il a dissimulé des choses à sa mère. Peut-il réellement lui reprocher de vouloir secourir la terre entière ? Et si elle portait assistance aux autres pour se pardonner d'avoir échoué à sauver ses proches ? Lui-même ne cherche-t-il pas à se relever en aidant Ava ? Tous deux s'évertuent, chacun à sa manière, à gommer le malheur.

La rousse est gênée d'avoir manqué de franchise avec Germinie, mais celle-ci n'aurait jamais accepté qu'elle reprenne son activité. Or, son statut d'indépendante ne lui permet pas de s'arrêter longtemps. Sans parler de son goût immodéré pour la lecture. Ava lance de droite et de gauche des regards tracassés que dissimulent ses lunettes noires. Autour de cette table, non seulement chacun cache quelque chose à quelqu'un, mais encore chacun cache quelque chose à soi-même.

Le silence envahit la cuisine. On n'entend plus que les ronflements de Mouton. La chienne s'est endormie sous la chaise de la lectrice dont la paupière récalcitrante s'est relevée complètement. Ses yeux ne sont plus obstrués par ce fichu rideau de chair.

— La pluie sera bientôt là, dit Germinie. Je la sens dans mes os.

Une poignée de minutes plus tard, de lourdes gouttes s'écrasent sur les ardoises du toit.

36

Ce vendredi 23 septembre, la durée du jour est égale à celle de la nuit. C'est l'équinoxe d'automne, début de la saison éponyme. La journée commence par les nouvelles écoutées à la radio : ouragan Fiona, arnaques au bois de chauffage. Un malheur ne venant jamais seul, la journée se poursuit par un coup de fil de Ray. À sa grande surprise, c'est Ava qui répond. À peine a-t-elle évoqué le blépharospasme qu'il lui annonce être sur le point de décrocher une promotion. L'échange devient un monologue débité avec une assurance dont il ne peut se départir dès qu'il discute avec sa compagne. La conversation s'achève sans qu'elle ait fait mention de la nuit d'équinoxe. Elle raccroche avec le sentiment d'avoir manqué de franchise. Cette soirée avec Virgil n'a-t-elle d'attrait que parce qu'elle est risquée ?

L'après-midi s'écoule en préparatifs. Choix d'une tenue pour la soirée. Mise en forme de ses cheveux à la brosse ronde qu'elle appelle « brushing » et que Germinie nomme « bombage ». Quand Virgil vient la chercher, Ava est déçue de devoir se changer. Elle qui a revêtu une robe de crêpe mat et des salomés, est maintenant affublée de chaussures de sécurité à sa pointure et d'une combinaison de travail orange dans laquelle elle nage. Cadeaux du montagnard qu'elle hésite à remercier. Cette sortie prend une drôle de tournure.

— Ça fait sac à patates, rouspète-t-elle.

— Le plus beau sac à patates que j'aie jamais vu, réplique-t-il, un sourire taquin accroché aux joues.

Il semble l'aimer comme elle est, malgré ses rondeurs nouvelles. Mais ce n'est pas pour cette raison qu'elle s'éternise à Abondance. Ou peut-être que si. Un peu.

— Je n'ai pas trouvé plus petit, s'excuse-t-il. Mais ça ira très bien pour ce qu'on va faire.

— C'est une soirée tri sélectif ? ironise-t-elle.

— Très drôle ! Assez traîné ! Allons-y !

Il prévient Germinie de ne pas les attendre. Et les voilà partis sur une route en lacets bordant une forêt en pente. Ava n'y comprend plus rien : où l'emmène-t-il ? Peut-il y avoir un endroit pour sortir, si loin de tout ? Virgil se gare à l'entrée d'un sentier, à côté d'un véhicule qu'elle reconnaît au premier regard. Ce pick-up rouge appartient à Maud. Qui en descend, justement. Vêtue d'une salopette bleue parfaitement ajustée. Manquait plus qu'elle ! ronchonne Ava *in petto*. Décidément, la nuit d'équinoxe n'est pas la soirée qu'elle a attendue dans la fièvre !

— Viens que je te présente.

Le montagnard rejoint la femme au pick-up qui lui sourit d'un air amusé tandis que la lectrice sent comme une boule se gonfler dans sa gorge. L'appel de Ray à qui elle a menti par omission, la combinaison de travail bien trop grande, les chaussures à bouts coqués, la présence de la jolie brunette, Ava s'est mise dans une situation ridicule. Elle n'aurait pas dû venir.

Toc, toc ! Elle sursaute sur son siège.

— Ne fais pas ta timide, sors de là ! ordonne Virgil.

Elle s'exécute en traînant les pieds, s'étonne de voir plusieurs tronçonneuses sur le plateau.

— Ava, je te présente…

— Roxie, le coupe la salopette bleue.

La bouche de la rousse s'arrondit de surprise. Elle balbutie :

— Vous êtes sûre ?

Roxie se méprend sur son étonnement et d'un ton sec :

— Je sais encore comment je m'appelle.

Ava n'en revient pas : la jolie brunette n'est pas l'ex-femme de Virgil, mais Roxie, sa patronne. La bûcheronne.

— Enchantée ! lance-t-elle, la voix plus aiguë qu'à l'accoutumée.

— J'aimerais bien pouvoir en dire autant, mais vu que Virgil délaisse mon exploitation pour vous rejoindre, je vais me contenter de ne pas vous sauter à la gorge.

Et la bûcheronne d'éclater d'un rire gras. Elle précise au montagnard qu'elle a pris soin de procéder à une coupe raisonnée en respectant le code forestier. Puis elle demande :

— Tu veux voir ce qu'on a fait tomber aujourd'hui ?

— C'est pour ça qu'on est là.

Tous trois s'enfoncent dans la forêt de conifères où montent les cris de la chevêchette, cette minuscule chouette de soixante grammes aux yeux jaunes et aux gros sourcils. Ils s'arrêtent sur le sol tapissé d'aiguilles dont l'esprit résineux gagne le fond de la gorge. Roxie montre les coupes faites plus tôt dans la journée.

— C'est pour ça qu'on est là ? répète Ava.

Roxie la regarde comme si cette grande tige à lunettes noires et brushing était une énigme, puis s'adresse à Virgil :

— Tu as jusqu'à demain matin, Sanglier, après quoi l'équipe reviendra pour les ébrancher.

Sanglier ? Ava a déjà entendu ce mot entre ces deux-là.

— Je vais chercher mes outils, dit-il. Je n'en ai pas pour long.

Les deux femmes regardent ce dos d'Hercule se diriger vers le combi dissimulé derrière un rideau d'arbres.

— Sacré gars, hein ! fait Roxie avec un air entendu.

Ava la dévisage. Sa remarque lui fait monter le sang aux tempes. Elle cherche quoi répondre quand un hurlement se fait entendre. Une voix rauque s'unit aux cris de la chevêchette.

— On dirait un loup ! s'écrie-t-elle.

— C'est un loup. Il y en a plus d'une centaine en Haute-Savoie.

— J'ai l'impression qu'il est tout près de nous.

— Ne t'inquiète pas. Avec le Sanglier dans les parages, il n'approchera pas.

— C'est Virgil que tu appelles comme ça ?

Ava s'étonne de ce surnom peu flatteur. C'est vrai qu'il a tout du mâle solitaire et qu'elle l'a déjà entendu grogner mais elle ne l'a jamais vu charger quelqu'un. Encore que, sur ce dernier point, il ne faudrait pas qu'un agresseur vienne menacer sa communauté.

— Je sais qu'il n'aime pas trop, reconnaît Roxie, mais sanglier, leveur de sangles, quelle différence ?

Parce que la rousse manifeste un étonnement muet, elle ajoute :

— Il ne t'a rien dit, c'est ça ? Il est sanglier de métier. Et toi, tu fais quoi dans la vie ?

— Je lis.

— Je veux dire, comme métier.

— Je suis lectrice.

La brunette en salopette esquisse une moue.

— Lectrice, ce n'est pas un métier.

— Sanglier, non plus.

— C'est pourtant comme ça que Virgil gagne sa vie.

— En faisant peur aux loups ?

La salopette bleue la dévisage, la tête penchée sur le côté. Il en met du temps, Virgil, à revenir, songe Ava qui se risque :

— Je croyais qu'il était bûcheron.

— Pas du tout ! se récrie Roxie. C'est moi, le bûcheron.

— Mais tu le payes bien pour abattre des arbres ?

— Que non ! C'est moi qui coupe les arbres et ce sont les fromagers qui le payent.

— Tu cherches à m'embrouiller, c'est ça ? C'est une sorte de bizutage ?

Froissée, Ava écoute Roxie lui expliquer que le métier de sanglier consiste à lever des sangles sur les épicéas. Autrement dit, des lanières d'écorce qu'il vend aux fruitiers qui en ceinturent les vacherins d'Abondance. Comme Blaise. Le sanglier est un artisan recherché par le bûcheron, car il effectue à sa place une grosse part de l'écorçage, travail pour lequel il ne réclame pas d'argent en échange des bandes de bois dont il fait commerce. Virgil est le sanglier attitré de Roxie qu'il suit tout au long de la saison d'abattage.

— Je l'ignorais, avoue Ava. Il n'en parle jamais.

— Il est obligé de se montrer discret, tout comme moi. Si les relations bûcheron-sanglier sont bonnes, il en va autrement avec les marchands d'épicéas en grume. Ils reprochent aux sangliers que la levée des sangles fait ressortir la torsion de la fibre et que les bois écorcés sont sensibles aux insectes. Et ils me reprochent de ne rien payer contre un travail que je devrais effectuer. Les forestiers cherchent à faire interdire les sangliers sur les coupes. C'est pour ça que je fais venir Virgil en fin de journée, une fois les équipes reparties. Il faut qu'il ait drôlement confiance en toi pour t'amener ici.

Ava vient de comprendre où Virgil passe ses soirées. Elle était loin de se douter de ça. Quand il les rejoint enfin avec son sac et ses outils, elle ne le regarde plus de la même façon.

— Houlà ! Je n'avais pas vu l'heure, lance la bûcheronne. Ma femme va m'attendre. Je me rentre. Soyez sages, les amoureux !

— N'en fais pas trop, tu veux ? réplique Virgil.

— Roxie a une femme ? demande Ava une fois le pick-up parti.

— Elles ont été parmi les premières du mariage pour tous.

Elle se sent stupide d'avoir imaginé que Virgil l'emmènerait danser, stupide d'avoir pensé qu'il avait une liaison avec la bûcheronne, stupide d'avoir cru que la conductrice du pick-up était Maud. Elle en a la cervelle brouillée, perdue par l'incompréhension des bribes de paroles qu'elle entend parfois en voulant développer son audition.

37

Virgil dépose crampons, boutoir et pèle-tronc près du premier tronc couché au sol.

— Tu dois te demander pourquoi je t'ai amenée ici.

— Un peu, c'est vrai.

— Je voulais te montrer à quoi j'occupe mon temps le soir. Je ne veux pas que tu te fasses de fausses idées. Quand je ne suis pas avec toi, c'est que je travaille. Rien d'autre.

Son explication lui coupe le sifflet. Au moins, il ne s'encombre pas de non-dits. Elle apprécie son franc-parler. Qu'elle aimerait, elle aussi, être capable de s'exprimer librement, sans détour ni contraintes !

— On est très loin de la soirée que j'avais imaginée, rit-elle.

— La nuit d'équinoxe est la plus importante de l'année pour moi. La sève descendante en montagne est le meilleur moment pour prélever des sangles. C'est presque une nuit sacrée.

— Dans ce cas, montre-moi en quoi consiste le métier de sanglier.

— Je préfère leveur de sangles.

Il chausse ses crampons tout en lui expliquant que les forêts du Haut-Chablais, près de la frontière franco-suisse, sont soumises à un rude climat. Les conifères ne connaissent que quatre mois de croissance. Le bois fait d'anneaux fins à la texture serrée est idéal pour fournir de longues fibres élastiques.

— Comment sais-tu quel arbre convient parmi tous ceux abattus ?

— Je cherche les plus belles grumes, nettes de nœuds.

Virgil choisit un tronc très élagué, de fil droit avec une sous-écorce grasse – comprendre épaisse. Grâce à ses crampons, il se juche dessus sans perdre l'équilibre. Écorce l'épicéa avec son pèle-tronc, puis une plumette.

— Maintenant que la préparation est terminée, je vais commencer la levée avec cette cuiller.

D'une poussée douce et continue, Virgil détache la première sangle avec l'outil à triple tranchant. Il prélève des lanières d'écorce de trois millimètres d'épaisseur et de quatre centimètres de largeur correspondant à la hauteur des boîtes de vacherin. La longueur des lanières est fonction de la circonférence des boîtes, et donc de la taille des fromages.

— J'aimerais bien t'aider, propose Ava.

— Tu peux vérifier la qualité des sangles, si tu veux. Elles ne doivent comporter aucun trou, être de largeur régulière, sans reste d'écorce.

Celles qu'elle estime exemptes de défauts, l'apprentie les empile sur un tronc voisin. Et met les autres de côté.

— Tu veux essayer d'en lever toi-même ?

— J'aimerais bien.

Il l'invite à s'asseoir à califourchon sur l'arbre à terre. Prend place derrière elle, si près que ses cheveux caressent son visage carré. Il l'enveloppe de ses bras. Leurs mains s'entrelacent sur le manche du boutoir. Dans un même mouvement d'avant en arrière, ils raclent le bois avec ce rabot. Virgil guide ses gestes pour lui faire ressentir la résistance de l'écorce. Son souffle léger dans son oreille lui murmure des mots doux qui se perdent dans la vaste forêt. La nuque appuyée contre son torse, Ava savoure la volupté du balancement. Ses paupières laiteuses s'abaissent, forment deux demi-lunes au-dessus de ses joues que colore le rose du désir. Tout pareillement, Virgil est remué au-dedans de lui-même. Il n'a plus besoin de se torturer avec le passé, d'inventer quoi que ce soit. Tout se passe ici, son corps pressé contre cette femme au sang ardent et au cœur égal. Tous deux travaillent sans parler, profitant de l'instant que leur offre cette nuit immense dans laquelle ils sont aujourd'hui réunis.

Une fois qu'ils ont levé toutes les sangles, ils cessent leur bercement, restent un instant immobiles.

Ava sent que le montagnard va l'embrasser dans le cou. Son cœur s'affole. Elle sait qu'elle n'y résistera pas. Elle songe à Jean-Raymond. Même s'il n'est pas le plus attentionné des compagnons, cela ne lui donne pas le droit de le tromper pour autant. Elle se lève pour s'éloigner de la force d'attraction de Virgil et lui fait face :

— Et maintenant ?

Une bourrasque agite les mèches folles échappées de son brushing. Il se racle la gorge. Elle lui échappe.

— Il faut retourner la grume.

La levée reprend sur l'autre face du tronc, se poursuit jusqu'à la tombée de la nuit. Derrière eux, la montagne s'endort au chant des crapauds. Ava et Virgil s'équipent de lampes frontales. Il leur faut écorcer deux arbres pour obtenir mille sangles. Alors commence une course contre la montre pour éviter leur dessèchement et, par voie de conséquence, leur déformation.

— Je dois aller traiter la production. Tu veux que je te dépose au chalet ou tu m'accompagnes chez moi ?

Malgré sa nervosité, il espère qu'Ava va accepter cette invitation. Il est temps qu'elle franchisse le seuil de sa maison. Grand temps qu'il lui ouvre le sanctuaire de sa vie intime.

38

Passage du Jardin-du-Curé, Virgil stoppe devant une barrière en bois peinte en blanc.

— C'est ici, indique-t-il en désignant la maison surplombée par l'église abbatiale.

D'extérieur, la construction ne déroge en rien de l'habitat montagnard. La façade principale garnie de volets rouges est exposée au sud. Les palines du balcon représentent des végétaux, selon la tradition locale.

— Quand tu disais habiter sous l'abbaye, je pensais que c'était pour plaisanter, le taquine-t-elle.

— En fait, l'église abbatiale est indépendante de l'abbaye fondée au XIIe siècle par des chanoines, précise-t-il. L'église est remarquable par son décor en trompe-l'œil, son déambulatoire, ses chapelles rayonnantes et son clocher à bulbe. L'abbaye l'est par son cloître gothique et ses sculptures en molasse qui mettent en scène des travaux de champs, des signes du zodiaque et des grotesques.

Ava boit ses paroles, découvrant avec plaisir combien ce sanglier est féru d'histoire.

Derrière la porte d'entrée, elle découvre une cuisine ouverte sur une pièce de vie disposée autour de l'imposante bourne – cette cheminée monumentale typique du pays. Avec toutes ses vieilles poutres, l'ensemble est chaleureux.

— C'est convivial, chez toi, le complimente-t-elle.

— Chez moi, il faut le dire vite.

La rousse attend qu'il en dise plus, tout en admirant une décoration élégante, mélange de moderne et d'ancien. Les meubles sont couverts d'un reps gris qui s'harmonise avec le coloris des murs. Elle s'installe dans le canapé dont elle caresse de la main la solide étoffe de laine et coton à côtes transversales. Des matériaux tels l'acier, le formica et le plastique moulé se mêlent aux meubles de famille centenaires. Chaises aux lignes fuselées, table à pieds compas, touches de couleurs vives : la maison, avec son extérieur traditionnel et son ameublement dans le style années 1950, est digne d'un magazine.

— Très chic, ta décoration.

— C'est l'œuvre de mon ex-femme.

— Elle a beaucoup de goût.

Il s'arrête devant le bar à vin et marmonne quelque chose sur un ton de reproche. Ava croit entendre : « Beaucoup de goût, mais peu de cœur ! » Peut-être a-t-elle mal compris.

— Je te sers un verre pendant que je finis le travail ?

— Non, merci. Je préfère t'aider. On boira un verre ensemble quand on aura terminé.

Il lui adresse un sourire de gratitude, content de la voir s'intéresser autant à son activité.

Les sangles sont rassemblées par dix, puis roulées sur elles-mêmes. Un clou maintient le rouleau serré. Cette opération nécessite encore deux heures de travail. Virgil les empile ensuite de façon à laisser libre le passage de l'air entre les rouleaux, dans un endroit sec. Le sanglier n'aura plus qu'à vérifier que le séchage s'opère correctement.

— Le risque de moisissure est plus important si les arbres sont en sève. C'est pour ça que je préfère les lever à la sève descendante.

— Il y en a beaucoup qui sèchent déjà.

— Je prélève cent kilomètres de sangles par an. Ça peut paraître beaucoup, c'est pourtant loin d'être suffisant pour satisfaire la demande. Mais assez parlé travail. Cassons une croûte. Tu dois avoir faim.

— Une faim de loup, plaisante-t-elle en lui rapportant le récit de Roxie sur la présence des carnassiers dans le secteur.

— Elle t'a dit vrai, dit-il en débouchant du vin rouge de Savoie.

Un cépage de Mondeuse noire dont Ava observe la couleur violacée à la lumière d'une lampe tripode.

— À la nuit d'équinoxe, dit-elle en levant son verre.

— À notre première nuit d'équinoxe.

Leurs yeux se rencontrent. Il y a un flottement. Ils choquent leurs verres. Elle porte le sien à ses lèvres, sollicite son odorat et son goût. Elle découvre le parfum du vin : des notes de poivre et aussi de violette qui se marient bien avec la terrine à l'ail des ours.

— C'est un beau métier que tu fais là.

— Un métier en voie d'extinction. Nous ne sommes plus qu'une vingtaine en France à l'exercer. Nous allons finir par disparaître, comme les dinosaures.

— Ou les bulbocodes.

Virgil ne sait que répondre. La contrariété lui vrille la gorge. Il n'aurait jamais dû lui parler de cette fleur. Jamais dû la laisser croire qu'une plante pouvait la soigner. Il se tasse dans l'angle de la banquette en tweed, l'expression peinée sous ses cheveux poivre et sel. Onze heures sonnent au clocher. Le montagnard s'en veut. Ses promesses de guérison ont induit Ava en erreur. Il lui doit la vérité.

— Je crois que tu ne saisis pas bien…

Il s'interrompt pour vérifier qu'elle l'écoute avec attention. Reprend à voix basse, comme pour s'excuser de se conduire en briseur de rêve :

— … cette fleur a déjà disparu.

— Presque disparu, corrige-t-elle, insistant sur le presque. Ça veut dire qu'il reste un espoir.

Elle a dit ça sur un ton fanfaron, mais il y a du triste dans l'air, tout comme un jour de Toussaint.

Virgil observe un silence gêné. Sans savoir quel tourment l'agite, Ava ajoute :

— Tu n'aurais pas du vacherin ? Maintenant que je sais qu'il te doit son goût unique, je l'essaierais bien avec la Mondeuse.

— Bien sûr ! s'exclame-t-il, soulagé qu'elle change de sujet. À condition que tu restes dormir ici. Ainsi, je n'aurai pas à reprendre le volant pour te raccompagner et on pourra continuer à savourer la sainte trilogie : vin-pain-vacherin.

Ava l'observe en se mordillant la lèvre inférieure – la crainte de ce que son offre implique est grande. Elle songe à refuser, puis elle réfléchit, prise dans un dilemme : vouloir qu'il la raccompagne en voiture malgré la fatigue qu'elle lit sur ses traits, ou passer la nuit dans cette maison où elle rêvait d'être invitée ? Vas-y, accepte, se dit-elle. Après tout, j'ai le droit de casser la croûte avec un ami d'enfance.

Virgil la sonde du regard. Elle devine à son expression perplexe que ce n'est pas la réaction qu'il escomptait. Mais alors qu'elle décide de céder à son insistance, il ajoute, face à ce qu'il interprète comme de la réticence :

— En tout bien tout honneur, évidemment. Comme quand nous étions jeunes.

Elle sent ses pommettes se colorer à la pensée de ce que cela signifie en réalité.

39

Après dîner, Virgil invite Ava à contempler le ciel sur le balcon d'où elle entrevoit l'habitation voisine : une maisonnette de bois d'un autre âge. Ils s'installent dans des transats sous des couvertures moelleuses. La voûte céleste est parcourue d'étoiles filantes. La tête renversée, ils guettent dans la nuit les traits de lumière fugace. Un météore embrasé glisse tout à coup.

— Ma mère affirme que c'est l'un des nôtres qui nous fait signe, dit Virgil. Peut-être mon père, ou ta mère.

Soudain et contre sa volonté, le passé d'Ava la ressaisit avec force. Elle revoit Louise-Anne telle qu'elle était : jolie, menue, petite souris affairée à sa table de couture, montrant toujours son dos. La nuque penchée. Quand sa fille lui parlait, elle ne se retournait jamais. Ses mains disparaissaient dans les plis du tissu. Le bruit de la machine à coudre couvrait ses paroles. Alors la petite s'approchait, lui effleurait l'épaule, comme si sa mère risquait de se fendre, ou de s'écrouler.

Quelque chose se noue douloureusement en Ava qui se recroqueville sur son transat, la couverture sous le menton.

— Je n'aurais pas dû dire ça, s'excuse Virgil.

— Je suis surprise que tu crois en ce genre de choses.

— Il faut bien que nos disparus soient quelque part.

— Je les imagine plutôt au paradis.

— Mais enfin, Ava, tu sais bien que le paradis n'existe pas.

— Tu crois aux étoiles filantes, mais pas au paradis ! jette-t-elle avec un regard demi-amusé qui contraste avec son ton demi-offensé.

— Je crois que les morts envoient des signes à leurs proches.

— Mais si le paradis n'existe pas, où va-t-on les rejoindre ? demande-t-elle en arquant un sourcil interrogateur.

— Rien ne dit qu'on va les retrouver quelque part.

— Alors à quoi ça sert d'avoir aimé quelqu'un et de souffrir d'être séparés sur Terre ?

Il se tait un instant pour réfléchir à sa réponse. Tous deux sont rendus à ce moment de la conversation où elle peut prendre un tour pénible ou emballant. Il se jette à l'eau :

— Vaut-il mieux avoir connu le grand amour et l'avoir perdu, ou ne l'avoir jamais connu ?

— Ça ne se fait pas de répondre à une question par une autre. N'aurais-tu pas envie de revoir ton père au paradis ?

— Je préfère rester en vie, biaise-t-il.

— Bien évidemment, mais quand tu partiras…

— Je ne partirai jamais d'ici, tu peux me croire.

— Je te crois, vu que ça fait trente-cinq ans que je t'attends à Paris.

Elle se mord les lèvres. N'en revient pas d'avoir osé dire ça alors qu'elle partage la vie de Jean-Raymond depuis des lustres.

— Je suis bien dans mes montagnes. Ce soir encore plus que d'habitude.

La tête renversée en arrière sur son long cou, Ava fixe ses yeux d'ambre sur Virgil, comme si elle cherchait à voir les moindres détours de sa pensée. Elle hésite à lui dire d'arrêter de jouer avec les mots. D'arrêter de jouer avec elle. Mais il y a dans son regard piqué d'or une telle détresse qu'elle y renonce. Le montagnard se comporte étrangement depuis leur arrivée chez lui. Elle a l'impression qu'il lui cache quelque chose. Un fait qu'il s'obstine à dissimuler.

— Regarde ! s'exclame-t-il, l'index pointé vers les sommets.

La rousse devine l'étoile du berger qui paraît sur la montagne voisine, aussitôt éclipsée par un météore ressemblant à une boule brillante. C'est l'heure magique, lorsque le souvenir de leur flirt de jeunesse monte des profondeurs du passé, se dresse semblable à une fleur vénéneuse à la surface de leur mémoire. Son parfum ensorcelant gagne leurs cœurs tel un doux poison. Ils rient maintenant, se sentent si bien qu'ils repoussent le plus possible le moment d'aller se coucher.

Virgil observe en catimini la lectrice, alanguie à côté de lui. Depuis sa venue à Abondance, il y a eu un grand chambardement. Avec une femme comme elle, la vie ne peut que prendre la courbe des passions. Mais que peut-il réellement attendre d'elle ? Que peut-il espérer de leurs retrouvailles ? Dès qu'elle ira mieux, elle remontera dans le train pour Paris. Retournera vivre rue Mouffetard avec son compagnon tandis qu'il continuera à lever des sangles dans les bois. Pourtant, n'est-ce pas cette rêverie confuse qui le hante depuis son retour de l'armée qui a resurgi avec Ava ? Les retrouvailles avec celle qu'il a enlacée dans sa jeunesse font remonter ses désirs les plus enfouis : revivre les émotions intenses du passé, rattraper le temps perdu avec cette femme tant aimée. Mais elle a quelqu'un dans sa vie et Virgil a manqué de franchise. Ce mensonge par omission est annonciateur de perturbation. Tout comme la question qu'il meurt d'envie de lui poser.

Il se tourne sur le flanc pour lui faire face.

— Où en est ta relation avec Jean-Raymond ?

Surprise de son audace, presque du culot, la rousse réfléchit à sa réponse. Depuis quelque temps, elle est un peu perdue. Après l'aide apportée par

Ray pour lui trouver une clinique à Lausanne et l'accompagner à Abondance, elle a déchanté. Sa fuite en avant a exacerbé le côté possessif et dominateur de son compagnon. Certes, il semble très désireux qu'elle revienne à Paris, mais pour quelles raisons ? Est-ce parce qu'elle lui manque ou pour reprendre le contrôle de sa vie ?

Virgil la dévisage. Parce que sa réponse tarde à venir, il affiche un air d'adolescent nerveux qui le rend fort différent du sanglier avec qui elle a arpenté les bois.

— Tout va s'arranger avec Ray, finit-elle par dire avec l'impression de prononcer une obscénité.

— Je suis là, si tu veux en parler.

Il se replace lentement sur le dos et tous deux reprennent leur contemplation de ce ciel étoilé qui porte à la rêverie. Elle écrase un bâillement ; il bâille à son tour.

— Je crois qu'il est temps pour moi d'aller dormir, dit-elle en repoussant la couverture.

— Tu peux prendre la chambre du fond. Je vais te chercher un pyjama et une serviette de toilette.

Ava découvre les chambrons d'origine, ces petites pièces disposées autour du conduit de cheminée. Elle ouvre la dernière porte, allume la lumière. La lampe éclaire une chambre meublée d'un berceau d'osier surmonté d'un mobile musical de moutons cotonneux. Dans un coin, un tapis aux teintes pastel, des peluches, un coffre à jouets. Près de la fenêtre, un fauteuil à bascule flanqué d'une table basse sur laquelle trône la photo de Virgil tenant par la taille une femme enceinte. Tous deux posent devant un immense jet d'eau. La rouquine sent sa bouche s'arrondir de stupéfaction, ses jambes, soudain paralysées. Virgil... papa ! Elle, qui était persuadée qu'il n'avait pas d'enfant, vient de découvrir ce qu'il lui cache. Décidément, cet homme est plein de surprises ! Voilà qui explique pourquoi il ne l'invitait jamais chez lui.

À cet instant, les pas du montagnard résonnent dans le couloir. Elle tressaille en gamine qui redoute d'être prise en faute. Il suspend un instant sa marche en réalisant qu'Ava s'est trompée de chambron. Sa mine sombre est aux antipodes de la tête hébétée que son invitée affiche. Il s'approche, referme la porte avec précaution, comme si un bébé y dormait. Il reste là, figé, la main sur la poignée. Le silence se fait. Il réfléchit dans le malaise vague de ce couloir. Il voudrait tout expliquer. N'y parvient pas. Il a l'impression que, devant ce chambron clos, il est au bord d'une crevasse insondable.

— Virgil ? prononce-t-elle doucement.

— C'est la porte d'en face, finit-il par articuler. J'aurais dû t'accompagner.

— J'ignorais que tu étais père.

Il secoue la tête. Son regard a changé. On peut y voir quelque chose d'unique, entre chagrin et courage. Et par-dessus tout, il y a le souhait de se faire pardonner la faiblesse de n'être pas assez fort pour tenir ferme la barre dans une mer de souffrance.

La lectrice en reste saisie. Elle s'approche, émue de le voir lutter contre ce flot de chagrin.

— Je ne le suis pas. Mon bébé est mort avant même de naître.

Sa voix s'est faite presque inaudible. Il a beau contenir son émotion, Ava devine le fond de son cœur et cela la touche au vif. Il relève les yeux, les plante dans les prunelles ambrées. S'y perd.

40

Virgil et Ava se réveillent avec le rouge au front de se retrouver dans le même lit. La nuit, pourtant chaste, jette son ombre sur l'éclat du jour. Ils se lèvent d'un même bond, gênés d'avoir dormi dans la chaleur de l'autre, comme s'ils craignaient d'être vus dans cette position si intime qu'elle leur paraît presque obscène.

— Café ? propose Virgil.

— Volontiers.

À présent, Ava ressent un malaise indéfinissable. Le poids de la mauvaise conscience. Pas de doute que cette nuit amènera le désordre dans son existence. Un phénomène récurrent en cette période déstabilisante. Elle repense à cette femme enceinte sur la photo dont l'identité lui a été confirmée par Virgil. C'est Maud qui pose fièrement au bras de son mari, devant le Jet d'eau de Genève. Maud, cette rivale qu'elle craint sans même savoir à quel point elle fait encore partie de la vie du montagnard.

Ava a devant les yeux le cliché sur lequel ils sont enlacés. Si proches, si rayonnants, tels des amoureux. Elle sent la morsure de la jalousie revenir.

C'est absurde !

Mais comment rester confiante dans l'avenir quand l'obscurité menace, quand la maternité vous est passée sous le nez ? Comment espérer quand votre seule destinée est de payer les factures de la Mouffe ? Alors que pour Ray se profile un avancement, Ava semble condamnée à travailler dans l'ombre, à gagner modestement sa vie. Elle fait partie de ces femmes qui traversent l'existence sans amour, sans enfants. N'aura-t-elle droit à rien en échange des épreuves endurées dans sa jeunesse et du combat qui est le sien aujourd'hui ? Pas même au bonheur ? Pourquoi se résigne-t-elle ainsi alors qu'elle prétend être différente de sa fataliste de mère ? Combien de temps encore va-t-elle adopter cette attitude d'acceptation ? Ava est lasse de mener une existence de petite souris, de feindre d'être heureuse en ménage, comme si un avenir radieux l'attendait avec Jean-Raymond !

— Qu'est-ce que tu vas faire à présent ? demande Virgil.

— Je vais rentrer au chalet.

— Je ne parle pas d'aujourd'hui ni de demain, mais du mois prochain. De l'an prochain. Comment vois-tu les choses ?

Elle a compris où il veut en venir mais sa question la prend au dépourvu. Elle n'ose former des projets de peur de les voir s'effondrer. Elle ignore ce que l'avenir lui réserve. Verra-t-elle encore dans un mois ? Dans un an ?

— La semaine prochaine, j'ai rendez-vous à Lausanne. Tout dépendra des résultats.

Elle se garde de lui dire que ses rendez-vous réguliers en Suisse sont un prétexte pour rester à Abondance. Et donc près de lui.

— Si tes résultats sont bons, vas-tu retourner chez toi ?

— En fait, j'aimerais quitter Paris définitivement, révèle-t-elle après un instant d'hésitation.

Or l'appartement, c'est tout ce qui lui reste de sa mère. Plus jeune, elle aimait sentir ces murs peser sur elle. Mais aujourd'hui, il lui coûte cher et lui laisse une sensation d'oppression.

Son enfance rue Mouffetard lui revient bribe par bribe. Ava se revoit, gamine, dans sa robe chasuble en velours. Au risque de la faire tomber, elle marche cramponnée à Louise-Anne qui lui reproche d'être constamment fourrée dans ses jambes. La fillette ne peut s'en empêcher. C'est plus fort qu'elle. Depuis que son père a déserté le foyer, elle craint que sa mère décampe à son tour. Redoute de se retrouver seule, sans aucun parent. Seule dans la vie. Sa mère parlait peu. Les mots étaient prononcés avec distance et indifférence. Ils sonnaient si creux que rien de son histoire personnelle n'a jamais paru bien intéressant. Les souvenirs, c'est Ava qui s'en chargeait. Se tricoter un passé, elle connaît. Nourrir le mythe du père baroudeur, aplanir ses erreurs. La lectrice se surprend à avoir des fragments de souvenirs, des lambeaux de disputes conjugales où éclate l'aveu d'un tourment semblable au sien et né de la même cause : Charles et Louise-Anne formaient un couple disparate. Ses parents étaient aussi mal assortis que Jean-Raymond et elle-même.

— Tu voudrais revenir ici ? se risque Virgil.

Ava hésite à répondre, telle une femme qui craint que s'envole sa dernière espérance.

— Peut-être. Je n'en suis pas encore certaine. Mais ce dont je suis sûre, c'est que je dois me préparer si je veux arriver au chalet avant que Minie appelle les gendarmes.

Dix minutes plus tard, une Ava tout ensavonnée appelle Virgil à l'aide. Comme elle ignore le maniement de la douche, elle attend qu'il vienne mettre en route cette usine à gaz pour qu'elle puisse se rincer. A-t-on idée d'installer un cockpit de fusée spatiale dans une salle de bains ? Dans la cabine, la rousse en costume d'Ève a dissimulé son pubis sous un dôme de bain moussant. Le sanglier fait semblant de rien en passant son bras devant son ventre pour atteindre les commandes d'hydrothérapie. Et pourtant, ses sentiments s'excitent du désir qu'il nourrit pour son corps et du respect que lui inspire cette femme. Il sent monter en lui une envie folle, mais il se retient. De quel droit ? Ils ne sont plus des adolescents. Trente-cinq ans ont passé.

Sur le seuil de la salle de bains, il marque une pause, comme s'il voulait ajouter quelque chose. Se contente finalement de secouer les épaules de façon évasive avant de sortir. Ava fronce les sourcils. Virgil n'est pas comme la veille. L'ensemble de cette histoire contient trop d'ombres. Il reste beaucoup à deviner. Sous le jet chaud, elle repense aux heures passées dans les bras du montagnard. Elle ne lui dira jamais qu'elle ne dormait pas tandis qu'il l'embrassait doucement sur les paupières. Elle faisait mine d'avoir sombré dans le sommeil pour mieux goûter ses baisers sur ses yeux clos. Elle aurait voulu que cette nuit d'équinoxe ne prenne jamais fin.

41

Quand Ava s'éveille au chalet du Mont, à quelques jours de là, elle ne reconnaît plus sa chambre. L'armoire alpine, le fauteuil à bascule sur lequel elle dépose ses vêtements et même l'alcôve du lit : tout a disparu.

— Qu'est-ce qui m'arrive ?

Elle se redresse sur sa couche, tire à elle l'oreiller, sent l'odeur de violette dont il est imprégné. Sous ses cuisses, le lin rustique du drap. Dehors, le coq s'égosille tandis qu'elle cherche à voir la table de chevet, la glace de l'armoire. Sans succès. Elle pivote sur ses fesses, s'assoit au bord du matelas, étreinte par une vive anxiété. Sous ses pieds, la descente de lit. Ses mains tremblantes cherchent sa lampe de chevet. Elle sent sous ses doigts l'interrupteur qui bascule. Ses prunelles battent le vide sans trouver aucun meuble où accrocher le regard. Ni la lumière artificielle ni le jour qui se lève ne troublent la profonde obscurité. D'épaisses ténèbres ont tout englouti, de la porte à la fenêtre aux volets mi-clos. Son cœur rate un battement quand elle comprend que sa vue est noyée dans l'encre.

— Nous y voilà, murmure-t-elle, comprenant que ce qu'elle redoute depuis des semaines vient d'arriver.

Depuis la nuit d'équinoxe, ses yeux sont irrités. Ses iris ont pris une teinte gris de fer. Leur bordure rouge semble pleurer du sang. La veille, Germinie les a soulagés en déposant des rondelles de coing sur ses paupières, bien plus efficace que le concombre. Ava s'est couchée avec des yeux larmoyants, certes, mais des yeux voyants.

— Que s'est-il passé durant mon sommeil ? prononce-t-elle à voix haute pour meubler le silence.

Elle tâte ses paupières fermées. Depuis le temps qu'elle procède à l'examen matinal de sa vue, elle sait interroger ses globes oculaires. Chercher les changements. Aujourd'hui, ce rituel ne lui accorde aucun soulagement. Elle est à ce point où sa vision a fichu le camp.

Ventre noué, elle se lève, rejoint la fenêtre à l'aveuglette. Elle traîne ses pieds, se cogne, pantelle de peur. La trouvant enfin, elle l'ouvre à deux battants. Touche du doigt les volets mi-clos. Elle entend le coq qui s'égosille toujours, puis une voiture en contrebas. C'est probablement Virgil qui apporte les croissants. Depuis leur nuit ensemble, il passe beaucoup plus de temps au chalet. Avec elle. Et au jardin pour aider sa mère. L'angoisse la submerge. Où sont les montagnes ? Elle devrait deviner leurs masses dans le petit jour. Or elle perçoit seulement la brise.

Elle entend les chèvres des Taylor. Leurs bêlements, leurs sonnailles, leurs petits pas nerveux et secs qui traversent la route au niveau du cul-de-sac. Un véhicule, encore. Ce crachotement poussif dans la montée, c'est le tracteur d'Hilarion. Depuis le temps qu'elle réside chez Germinie, Ava connaît les habitudes du lieu. Elle sait qui arrive. Et quand. Ses oreilles l'informent des allées et venues des gens tandis que ses yeux stagnent dans une sombreur noire comme de la poix. Un homme lâche un juron, un autre lui répond. Les voix de Virgil et du retraité. Sonores et agitées. Pires que chien et chat, ces deux-là ! Jamais d'accord sur rien, mais toujours à discuter de tout. Au loin, Victorine sonne sept heures. La rousse frissonne. Rien n'est glaçant comme la clameur de cette cloche éperdue qui se lamente dans les ténèbres.

Maintenant que la cécité est entrée en elle dans le dur de la nuit, Ava songe avec effroi aux changements que sa vie va connaître. Tout à l'heure, elle ne verra pas son reflet dans le miroir de la salle de bains, ne pourra pas se rendre présentable. Elle sera privée de descendre à pied au village. Or, c'est dimanche, jour de marché. Elle qui aime tant se mêler aux gens du pays venus chercher le pain pour étaler le vacherin, boire un café, lire le journal. Lire.

Elle en sera privée également. Lire pour le plaisir. Lire pour se nourrir.

— Qu'est-ce que je vais devenir ? chuchote-t-elle d'une voix blanche.

Dehors, le coq a la voix cassée. Le jour doit être levé. D'habitude, la lumière se glisse au travers du cœur évidé dans chaque volet. Elle s'échoue sur le mur d'en face, dessinant deux palpitants familiers et rassurants dans l'ombre de la chambre. Leur absence pèse sur la poitrine d'Ava, qui tend l'oreille. Quelque chose d'autre cloche. Le calme. C'est ça qui détonne. D'habitude, à cette heure, Germinie entrechoque ses casseroles, or tout est tranquille dans la cuisine. Même les voix des deux hommes se sont tues. Les sens en alerte, la rousse écoute le silence dans une immobilité absolue. Un silence de cauchemar.

— Un cauchemar ? Mais bien sûr ! s'exclame-t-elle, soulagée de pouvoir consentir à une explication.

Maintenant persuadée de piétiner dans un mauvais rêve, elle se dit qu'elle est peut-être somnambule. Qu'elle devrait se recoucher en attendant de recouvrer ses esprits. Au lieu de regagner son lit, elle part à l'opposé, heurte la porte de la chambre. Alors qu'elle cherche la poignée, ses doigts rencontrent l'interrupteur du plafonnier qu'elle actionne. Une lueur apparaît au-dessus d'elle. Infime, mais rassurante comme ces feux que les bergers allumaient en montagne pour prévenir leur famille qu'ils avaient atteint l'alpage sans encombre. Ava fait quelques pas dans sa direction. Comment est-ce possible que cet éclairage éblouissant soit aussi petit qu'une étoile ? Elle lève le bras pour le localiser, cogne la porcelaine. Un son cristallin se fait entendre. La suspension se balance au bout de son fil, faisant aller et venir le point lumineux.

— Je vois ! s'écrie Ava, ranimée par la magie de la fée électricité.

Elle répète ces deux mots, la voix grossie. Un bout de prière. Demande au ciel de transformer l'étoile en soleil. Mains jointes, elle hache l'air en tranches de respiration dans l'attente d'un signe. Des sons lui parviennent, étouffés. Des pas précipités dans le couloir. C'est alors que Virgil ouvre la porte de sa chambre. Depuis leur nuit ensemble, il traîne ses semelles au Mont. Alors qu'il revenait du poulailler avec sa mère et Hilarion, des cris l'ont alerté. Il découvre la rousse, effarée, en chemise de nuit, sous le plafonnier qui se balance. Elle a la beauté pâle, figée, semblable à ces statues de marbre lavées par la pluie.

— Ava, quelque chose ne va pas ?

Il la scrute, voit qu'une flamme manque au fond de ses yeux d'ambre gris. Il vient l'enlacer, lui murmure des mots réconfortants à l'oreille. Elle s'anime à son enveloppement, à la chaleur de ses paroles qui fait danser la soie de ses cheveux. La sensation d'une aigrette de vent sur les tempes. Son parfum d'homme des bois la gagne. Elle aspire l'air avec avidité, aspire la pénombre. Son odeur mâle entre en elle, chemine jusqu'à sa poitrine, lui insuffle la vie.

Combien de temps reste-t-elle ainsi avant qu'un poudroiement d'étoiles s'immisce entre ses cils ? Ce ne sont que des poussières brillantes, mais elle les suit d'un regard tenace. Les attrape comme des lucioles. Elle cligne, braque ses prunelles sur cette palpitation de clarté, en glane assez pour nuancer le noir, délayer l'obscurité. À côté du lit gîte un fauteuil à bascule dont elle n'aperçoit pour l'instant que le dossier. Cette vision disparaît et reparaît jusqu'à se stabiliser. La lumière revient d'un coup. Éblouissante. Ava se laisse aveugler. Les yeux noyés de lumière, trempés de larmes. De joie. Elle regarde par la fenêtre, jouit d'un paysage alpin majestueux auquel la luminosité du matin donne sa transparence.

Maintenant que l'armoire a repris sa place, que le miroir reflète sa silhouette lovée contre le torse de Virgil, elle réalise qu'il ne s'agissait en rien d'un mauvais rêve. Elle s'est trouvée aveugle pendant de longues minutes. Elle sent son corps frissonner entre les bras du montagnard qui veut savoir.

— J'ai fait un cauchemar, ment-elle.

Jamais elle ne parlera à quiconque de ce qu'elle a vécu. Se taire dans l'espoir d'effacer de sa mémoire ce gouffre où l'obscurité pousse ses victimes. D'oublier cette sensation abyssale qu'elle redoute comme dotée d'un caractère prémonitoire.

42

Le temps est anormalement beau et sec pour un début d'automne. Il n'a pas plu depuis des semaines. Le réchauffement climatique, deux fois plus intense en montagne qu'en plaine, est aujourd'hui une évidence. Jean-Raymond a profité de la douceur pour se rendre en Italie à bord d'une voiture de location. Avant d'emprunter le tunnel du Mont-Blanc, il a fait un crochet à Abondance avec une liasse de billets pris dans une pince en métal. Il a posé cet argent sur la table de cuisine pendant que Germinie épluchait des légumes.

« Pour vous dédommager de la pension d'Ava », a-t-il lâché.

Offensée par ce qu'elle estime être une aumône, la soigneuse a redressé rageusement son dos que l'âge commence à tasser. Ray a essuyé un refus assorti d'un regard à faire baisser celui d'un bœuf. Non seulement son geste déplacé lui a déplu, mais encore il a suscité sa méfiance : le blond citron a tenté de l'acheter pour qu'elle incite Ava à quitter le chalet. Qu'elle la renvoie à Paris. Or rien n'est à vendre ici, et encore moins Germinie qui s'est retenue de le frapper de sa canne. Dieu qu'elle a détesté recevoir chez elle cet homme suffisant qui a cru pouvoir lui graisser la patte comme on soudoie un concierge ! Sans parler de cette femme nippée comme une princesse au volant de la voiture de location. Un détail qu'elle s'est bien gardée de dévoiler à Ava, suffisamment contrariée comme ça.

Il faut dire que Ray a passé ces dernières semaines à froisser sa compagne qui s'est offusquée d'une foule de choses. Par exemple : avoir organisé une fête à la Mouffe alors qu'il a toujours refusé de recevoir ses amis à elle. Et le pire : venir lui rendre visite à Abondance alors qu'il la savait à Lausanne. Prétexter s'être trompé de date. Un comble pour un homme qui se targue de vivre dans un monde régi par les chiffres.

Quand la lectrice est revenue de Suisse, le statisticien était reparti. Pour la Toscane. Un voyage – sans cesse remis – qu'ils devaient faire tous les deux. Ainsi, il a fini par trouver quelqu'un pour le remplacer au travail. Un miracle ! Dans ce cas, pourquoi ne pas être passé la chercher sur la route de l'Italie ? Pourquoi ce jeu du chat et de la souris alors qu'elle a besoin de soutien et de réconfort ?

Ray a laissé un sac rempli de manuscrits arrivés dans la boîte aux lettres de la Mouffe. Un sac plein de travail délivré en son absence alors qu'elle est censée reposer ses yeux. Est-ce pour lui éviter de lire sur un écran, ou pour s'assurer qu'elle va gagner de quoi faire bouillir la marmite ? Au téléphone, son compagnon a rusé tandis qu'elle ne lui a pas fait tous les reproches qu'il méritait. Trop occupée à sonder sa conscience maladive.

Pourquoi ce remords ?

Certes, elle a passé la nuit chez le montagnard, mais elle n'a rien fait d'autre que dormir. Elle n'a pas mal agi, alors qu'il lui a été difficile de rester impassible avec Virgil dans son lit. Son corps musculeux collé à son dos. Ses bras chauds l'enlaçant. Ses légers baisers sur ses paupières. Sur ses tempes. Dans le creux de son oreille. Malgré les privations de tendresse, d'étreintes et de caresses, elle a résisté à l'appel du désir. Pourtant, le manque donne des signes manifestes de fébrilité. Bien que sans bague au doigt, elle se fait l'effet d'être une veuve sevrée tout à coup de l'usage du mariage auquel elle était habituée.

À Lausanne où elle s'est rendue avec Virgil, les examens ont révélé un état stable malgré les signes alarmants des derniers temps. Le professeur Beauregard a déclaré :

« Il n'existe qu'un seul traitement contre la fermeture incontrôlée des paupières : le botox. Ça consiste en l'injection dans les replis de toxine botulique, une toxine née d'une bactérie que l'on trouve dans les conserves alimentaires avariées. Ça fige les mouvements. Mais ça ne donne pas de bons résultats chez tous les patients. C'est une question de chance. »

Ava a pensé : Avec le bol que j'ai, ils sont capables de me transpercer les paupières et de me figer les yeux. Elle a refusé poliment.

« Comme vous voulez, s'est vexé le médecin. Je vous prescris un nouveau collyre.

— C'est vraiment nécessaire ? a demandé la rousse.

— Indispensable si vous ne voulez pas ajouter le glaucome à la liste de vos misères. Mais ces gouttes ne provoquent ni vertiges ni nausées. Ah ! J'allais oublier... Il me semble que vous vous êtes installée en montagne.

— Installée, c'est un grand mot... »

Il a coupé court à sa dérobade plutôt destinée à Virgil.

« Avec l'hiver qui arrive, il faut vous prémunir de la réverbération sur la neige. Vos verres solaires indice III ne vous protègent pas suffisamment. Il va falloir vous équiper de lunettes de protection IV. »

Le sanglier a proposé de la conduire chez un opticien à Thonon-les-Bains, le jeudi suivant. Jour du marché hebdomadaire.

43

Ce 6 octobre 2022, Virgil et Ava roulent dans le matin où errent çà et là des écharpes de brume. L'éclaircissement de la forêt leur signifie qu'ils approchent de la ville. Soudain apparaît une immense étendue entre le vert et l'indigo : le Léman.

Bien coiffé et rasé de frais, le montagnard s'engage dans l'avenue des Vallées qui entre dans la ville en coupant la voie ferrée. Après avoir tourné à main gauche, il se gare sur la place de Crête. Tous deux empruntent la passerelle piétonne. De la rue Jean-Blanchard à la place des Arts, de la Grande-Rue à la rue Chante-Coq, Virgil s'arrête maintes fois pour serrer la main de personnes croisées. Tous semblent porter beaucoup d'estime au sanglier qui paraît connaître tout le monde. Tous, ici, se saluent, s'adressent un signe de tête ou un sourire, entament une conversation sur le trottoir. Il y a là quelque chose de rassurant : une bienveillance mutuelle, en tout cas un respect. Une sorte d'humanité cohabitant sur la terre commune. La lectrice en est heureuse. Elle se sent bien. Elle sourit.

Virgil et Ava font un tour au centre-ville, en touristes. Place du marché, ils ne peuvent échapper aux effusions amicales d'un homme que le montagnard a secouru dans les bois après une mauvaise chute. Celui-ci les entraîne vers le café faisant face au Pôle culturel de la Visitation. Alors qu'il demande à Virgil des nouvelles de Germinie, Ava s'aperçoit que les autres clients l'observent, étonnés par cette présence féminine. Des habitués du sacro-saint jeudi matin, à n'en pas douter. Elle leur adresse de petits sourires en retour, sans trop savoir comment se comporter. Ils s'agitent, discutent à voix basse. Gênée, elle regrette de n'être pas allée directement chez l'opticien. Elle gigote sur sa chaise. Comprenant le message, Virgil en profite pour mettre un terme à la conversation.

— Allons chez l'opticien, sans quoi il va fermer pour le déjeuner avant qu'on parvienne jusqu'à sa porte.

La rousse vient de comprendre pourquoi il ne fréquente pas les marchés d'alentour : c'est infernal d'avoir une mère faiseuse de secrets. D'autant plus qu'une rumeur circule : Germinie va bientôt transmettre son don à son fils unique. Peut-être l'a-t-elle déjà fait. Beaucoup pensent donc avoir affaire au nouveau leveur de maux.

Dans la rue des Vieux-Thononais, Virgil et Ava entrent dans une boutique où l'on vend les iconiques lunettes Aviator portées par Tom Cruise dans *Top Gun*.

— Ces lunettes seraient parfaites pour le cockpit qui te sert de douche, plaisante la lectrice.

Elle se regarde dans le miroir, commente :

— Je n'aime pas ce modèle sur moi.

— Elles te vont bien, pourtant.

— Elles me font mal derrière les oreilles.

Alors que l'opticien affirme qu'elles sont réglables, Virgil comprend ce qu'Ava n'ose pas exprimer à haute voix : les prix sont exorbitants. Elle n'a pas les moyens d'acquérir les modèles exposés sur les présentoirs – elle avait contracté une assurance de prévoyance, mais les indemnités compensent à peine sa baisse de revenus et les factures de la Mouffe s'accumulent. Le montagnard prétexte alors qu'on les attend au restaurant pour sortir de la boutique, et remarquer, une fois sur le trottoir :

— Je ne sais pas où on va trouver un modèle abordable.

— J'ai repéré un magasin vers la galerie de l'Étoile.

— C'est à l'opposé, rechigne-t-il.

Il finit par se laisser convaincre, mais a l'air contrarié d'avoir à prendre cette direction. Dans la vitrine sont exposées des lunettes de glacier avec soufflets en cuir sur les tempes, rabats derrière les oreilles et triangle de protection nasale fermé par un bouton-pression à la racine du nez. Ava s'emballe pour une paire à monture bois aux verres bleu irisé.

— On dirait qu'une libellule a fauté avec un sapin, s'esclaffe Virgil.

Pendant les essayages, il vérifie le prix car il souhaite les lui offrir. Et une fois sur son nez, il reconnaît que ces lunettes aussi légères que performantes lui vont parfaitement. Il n'a pas le temps de prendre les billets dans sa poche qu'Ava a déjà réglé, sans même sortir ses moyens de paiement de son sac. Ébaubi, Virgil s'exclame :

— J'ai rêvé, ou tu as payé avec ton téléphone ?

— Ça s'appelle le progrès.

Devant sa mine ahurie, elle éclate de rire et prend le bras de son homme des bois pour regagner le combi.

44

À peine le duo hilare a-t-il fait trois pas bras dessus, bras dessous qu'une voix féminine appelle :

— Virgil ! Ouh, ouh !

Ava perçoit que le montagnard a une hésitation et fait mine de ne pas avoir entendu tandis qu'elle stoppe net. Pourquoi paraît-il si contrarié ? Elle se retourne, tombe sur une femme mi-soleil, mi-moisson, vêtue d'une robe bustier fuchsia, trop estivale pour la saison. Avec ça, le visage rehaussé de rouge à lèvres, de bistre en halo autour des yeux. Elle sourit en biais, les bras chargés de fleurs. Cette blondeur, ce sourire… Ava reconnaît en elle la femme enceinte de la photo dans la chambre d'enfant. Cette liane, c'est Maud !

Virgil la salue d'un signe de tête, le visage fermé.

— Très seyante, cette barbe, complimente-t-elle en scrutant cette rouquine aux lunettes improbables.

Ava se racle la gorge, guère accoutumée à ce qu'une femme la dévisage avec une telle intensité.

— Qu'est-ce que tu racontes ? tonne-t-il. Je me suis rasé ce matin.

— Ce n'est pas à toi que je parle.

Maud désigne son propre visage de l'index, comme pour signaler à Ava une miette au coin de sa bouche. Par réflexe, la lectrice s'essuie le bas du visage et réalise qu'elle a des poils au menton. La voilà couverte de honte. Saleté de collyre et ses effets secondaires ! Pas de vertiges ni de nausées, mais de l'hirsutisme galopant ! Ava regrette d'avoir oublié de vérifier sa peau dans le miroir grossissant avant de partir pour Thonon. D'un seul coup, elle se sent si fragile qu'elle redoute de pleurer. Elle s'en veut de ne pas réussir à dissimuler son trouble. Virgil vient à sa rescousse avec un regard plein d'indulgence. La présence de cette soudaine pilosité à hauteur de regard, quoique embarrassante en apparence, n'entame en rien l'attitude de respect adoptée par le sanglier.

La blonde, qui devine son ex-mari solidement harponné par cette femme à barbe, revient à la charge, le regard venimeux.

— Tu ne me présentes pas, Virgil ? dit-elle avec un sourire mêlé d'ironie moqueuse.

— Qu'est-ce que tu veux ? jette-t-il d'une voix froide.

— Tu le sais très bien.

— Je n'ai pas encore pris ma décision.

La lectrice intercepte le regard de Maud, y lit une indiscutable mise en garde.

— Allons-nous-en, dit Virgil à Ava qui se demande comment ces deux êtres si différents ont pu s'entendre un jour.

Elle n'a pas le loisir de s'attarder sur cette question car il s'éloigne à grands pas. Sans se retourner. Si vite qu'elle comprend qu'il préfère être seul. Alors elle ralentit le rythme, le laissant la distancer. Poitrine serrée, elle fait une halte chez le primeur, achète des figues pour Germinie.

— Les dernières de la saison, affirme le marchand.

La rouquine met du temps à retrouver le combi. Heureusement qu'il est orange, sans quoi elle aurait tourné des heures. Le montagnard est installé derrière le volant, le crâne contre l'appuie-tête. Quand elle attache sa ceinture, il reporte ses yeux sur elle avec un air penaud tandis qu'elle le considère quelques secondes.

— Pourquoi tu me regardes comme ça ? finit-elle par demander. Elles ne te plaisent pas, mes lunettes ?

— Si, si. Elles sont belles… pour qui aime les caméléons.

Le silence tombe, les isole un instant, puis Virgil lui présente des excuses pour avoir regagné le van sans l'attendre. Pour toute réponse, elle lance tout à trac :

— Tes rapports avec Maud paraissent tendus.

Pris de court, il réfléchit à quoi répondre. Ces derniers temps, il est un peu perdu. La séparation ne se déroule pas comme prévu. Son ex-femme réclame la maison sise passage du Jardin-du-Curé. Un comble au vu de ses torts ! Persuadé qu'il pourrait conserver son domicile, le sanglier a déchanté. Le divorce a exacerbé le côté intéressé et calculateur de Maud. Certes, elle cherche à se rapprocher de lui, mais pour quelles raisons ? Est-ce parce qu'elle s'en veut d'avoir mal agi ou pour garder ce qu'elle risque de perdre ?

Comme la réponse de Virgil tarde, Ava affiche un air d'adolescente nerveuse.

— Ça va s'arranger, finit-il par dire avec l'impression de prononcer une indécence.

— Je suis là si tu veux en parler, répond-elle avec un clin d'œil.

Apparaît sur le visage masculin l'habituel sourire qui lui plaît tant, mais qui n'efface pas tout à fait le pli triste de la bouche.

— Je crois qu'il est temps pour nous de rentrer, annonce-t-il en démarrant.

Le combi s'engage sur l'avenue des Vallées, direction le pont de la Douceur, et longe la Dranse où l'eau se fait rare. À la radio, Jean-Jacques Goldman chante *Envole-moi*. Tous deux écoutent ce tube de 1984. L'année où les choses sont devenues sérieuses entre eux. Flottement dans l'habitacle. Virgil change de station.

— C'est juste une chanson, dit-elle doucement afin de disperser sa propre obsession.

Peu avant d'arriver au Mont, le combi croise le tracteur d'Hilarion qui leur adresse un signe amical.

Ava dépose les figues juteuses sur la table de la cuisine. Germinie lui dit qu'elle n'aurait pas dû, contredisant le plaisir qu'elle aura à les manger. Puis siffle d'admiration devant la nouveauté sur le nez de la rousse :

— Mazette ! En voilà des lunettes de star ! J'aimerais bien avoir les mêmes.

— Manquerait plus que ça ! répond Virgil en embrassant sa mère.

Mouton accourt au sifflement, se roule affectueusement aux pieds de Germinie qui fouille dans un tiroir, le dos tourné. Elle pivote sur elle-même, dévoile son visage chaussé d'énormes lunettes fumées. Des lunettes papillon décorées de faux brillants. La métamorphose est si complète, si inattendue qu'Ava pique un fou rire.

— Mais d'où ça sort, ça ? s'étrangle Virgil.

— Cadeau d'Hilarion, dit-elle en haussant les épaules l'une après l'autre d'un air clownesque. Ce sont les mêmes que Sophia Loren.

Face à sa mère lunettée de strass, il se prend à rire lui aussi. Tous trois apprécient cette atmosphère détendue dont chacun a besoin pour oublier combien l'avenir est incertain.

45

Ce même soir, Ava profite que Virgil est parti lever des sangles pour se confier à Germinie.

— À Thonon, nous avons croisé une femme que ton fils aurait préféré ne pas rencontrer.

— Laisse-moi deviner : très blonde, très dépoitraillée ?

— C'est ça. Il n'en a rien dit, mais j'ai eu l'impression qu'elle essayait de le forcer à signer des papiers.

— Bonté divine ! Quelle peste ! Elle va le conduire à sa perte.

La soigneuse a haussé la voix. Ses yeux lancent des éclairs.

— C'est si grave que ça ?

— Maud fait dans l'immobilier, pas dans le sentiment. Elle veut sa part de la maison, mais comme il n'arrive pas à la lui racheter, elle a demandé un jugement pour qu'elle soit vendue et qu'ils se partagent la somme.

— Vendre la maison qu'il vient de restaurer ? Mais c'est terrible.

— D'autant plus que c'est elle qui est partie avec un autre. Un agent immobilier qui s'est enrichi en bétonnant la montagne. Virgil, lui, a demandé un délai pour tenter de réunir la somme. Il travaille très dur pour ça, mais elle refuse d'attendre. Elle a oublié que tout l'argent qu'il avait mis de côté, il l'a investi dans cette maison qui tombait en ruine. Il l'a retapée pour que Maud soit bien installée avec le…

Elle s'interrompt net mais Ava la rassure :

— Je sais pour le bébé.

La Savoyarde demeure interdite :

— Qu'est-ce que tu sais exactement ?

— Virgil m'a dit que son petit était mort avant d'être né.

Germinie baisse la tête, les yeux pleins de larmes. La rousse en a le souffle coupé. Ce sillon qui se creuse entre ses sourcils arqués de chagrin, c'est lui. La même expression égarée. Ce regard endeuillé, c'est Virgil. La mère et le fils se ressemblent jusque dans leur douleur.

— Je comprends mieux pourquoi il avait l'air si contrarié de voir Maud.

— C'est la vie, dit la soigneuse qui a fini par acquérir une espèce de fatalisme. Parfois, on croit avoir rencontré la bonne personne et ce n'est pas celle qu'il nous faut. À la décharge de mon fils, je dois reconnaître qu'elle a bien caché son jeu au départ. Elle faisait la simple, mais en fait elle voulait une vie de dame. Enfin… ça ne sert à rien d'en parler. J'aimerais bien aider mon fils, mais la vérité, c'est que je n'ai jamais réussi à mettre des sous de côté. Sans homme à la maison et avec un enfant, j'ai toujours peiné à joindre les deux bouts. C'est pour ça que Virgil me reproche parfois de ne pas me faire payer pour les soins. Mais c'est un don du ciel, tu comprends. Je me refuse à demander de l'argent en échange de quelque chose qui m'a été donné.

La septuagénaire envisage de vendre le mazot à Maud pour qu'elle laisse Virgil tranquille. Le mazot assorti du jardin des simples en échange de sa part de la maison aux volets rouges. La blonde est venue plusieurs fois tourner autour du chalet miniature qu'elle convoite telle une pie un brillant. Mais Germinie craint la réaction de son fils. Non seulement il refusera de prendre l'argent, mais encore il lui reprochera de s'être défaite du mazot construit par l'arrière-grand-père. Sans parler de ce qui oppose réellement Virgil à Maud. L'intime de leur drame familial.

Ava est désolée pour le montagnard et sa mère qui ne laissent jamais rien voir de leurs problèmes. Elle a vergogne qu'ils prennent autant soin d'elle alors qu'ils se débattent dans leurs propres difficultés et se promet de faire ce qui est en son pouvoir pour les aider. Et ça commence dès maintenant en tâchant de changer les idées de la soigneuse avant d'aller dormir. Pour se faire pardonner d'avoir poussé Germinie à se confier, la rousse lui parle de sa vie à Paris. Elle révèle ses petits secrets. Les bonbons achetés avec l'argent des tickets de métro. Les devoirs d'école copiés sur ceux de son camarade, meilleur qu'elle en sciences. L'amourette avec un gars du bureau ayant préféré sortir avec une romancière en pleine ascension plutôt qu'avec la lectrice qui avait placé son manuscrit sur le dessus de la pile.

— Tu es un sacré numéro, toi ! s'esclaffe Germinie.

Après qu'elle est allée se coucher, Ava s'installe avec un manuscrit dans le canapé, un plaid sur les pieds. Depuis son réveil dans le noir, elle ne parvient plus à trouver le sommeil avant deux ou trois heures du matin. La pile de papiers sur ses cuisses, la tête contre un coussin, elle lit longtemps avant de s'assoupir. Un songe l'emmène dans une chambre.

C'est l'été. Un jeune homme brun au regard enfiévré l'embrasse à pleine bouche. Il la presse contre son torse large. Elle se laisse aller à cette étreinte passionnée. Sent son ventre musclé contre le sien. Palpiter. Il la baisote dans le décolleté, gagne ses seins, découvre ses tétins, suçote un mamelon. Une main entre ses cuisses explore son intimité. Un geste à la fois sauvage et tendre qui l'enflamme. Elle sent trémuler ses doigts. Gémit, vibrante dans le silence nocturne. Elle s'allonge, rouge comme une pivoine sur le point de s'ouvrir. De grands coups de cloche lui remontent à toute volée du bas-ventre à la gorge. Un vacarme brûlant. Le sang lui bat dans les reins.

Quel délice ! Quel supplice !

Ava émerge, joues brûlantes et tempes battantes, à la limite entre l'orgasme et la migraine. Elle se soulève sur les coudes. C'est le matin, elle est seule dans le salon où les feuilles du manuscrit sont éparpillées sur le sol. Dans son sommeil est apparu un homme viril et entreprenant. Reconnaissable entre tous. Quelques minutes s'écoulent avant qu'elle ne s'avoue qu'elle souffre d'être laissée en jachère. Ce qui l'étonne, c'est la forme aiguë que l'absence de sexe peut prendre après plusieurs mois. Ce sont les troubles que la privation de caresses provoque, l'envie installée en elle au point de faire des rêves érotiques dans un canapé. Cette envie qui revient à chaque fois qu'elle la croit apaisée. Plus forte encore. Mais qu'elle doit engourdir autant que possible, puisque l'abstinence reste de rigueur.

Elle se lève, cille de douleur. Son crâne cogne. Ces cloches, ces battements charnels, puissants. Ces coups de boutoir dans ses reins, dans sa tête, pire qu'une gueule de bois. Elle ouvre le fourneau, tisonne le feu qui ne réchauffe plus rien. Elle enfourne une bûche quand la porte s'ouvre sur une femme chapeautée que Germinie, tout juste levée, reçoit avec un mot affable. Pendant qu'elle barre les brûlures de la chimiothérapie à la sexagénaire atteinte d'un cancer du sein, une femme très enceinte se présente, paniquée à la perspective de l'accouchement. Plutôt que de la faire patienter, Ava décide de la masser pour la détendre. Quand la soigneuse les rejoint, la future maman dort comme une marmotte dans le lit clos. Elles sortent sur la pointe des pieds pour la laisser se reposer. Germinie félicite la lectrice d'avoir gardé son calme face à quelqu'un qui avait perdu le sien. Elle découvre alors qu'Ava a suivi la formation aux premiers secours. À cet instant, le téléphone mural grelotte sur son support. La guérisseuse tente de rassurer l'homme qui débite un flot de propos inquiets. Elle raccroche, expose le cas :

— C'était monsieur Gruaz, le voisin de Virgil. Il se sent patraque. J'aurais bien sollicité Virgil, mais il s'est absenté pour la matinée. Pourrais-tu aller voir ce qu'il en est ? Si c'est grave, tu appelles les pompiers. À bicyclette, tu iras plus vite.

Prenant sa mission à cœur, Ava fonce vers la grange, enfourche un vélo, se lance sur la route illico, sans même se demander si sa vue lui permet de circuler à deux-roues. Germinie compte sur elle pour secourir ce vieil homme, mince comme un fouet, qu'elle voit parfois au café des Touristes en compagnie d'une femme aux cheveux roses. Il lui faut dix minutes pour parcourir les deux kilomètres qui mènent à la maisonnette de bois de monsieur Gruaz. Quelle sera sa réaction quand elle poussera sa porte alors qu'il s'attend à voir la faiseuse de secrets ? Elle craint de tomber sur une situation qui la dépasse. Tandis qu'elle cale sa bicyclette contre la barrière blanche, elle remarque du mouvement chez Virgil. Étrange, étant donné que le combi n'est pas là. C'est alors que Maud sort de la maison aux volets rouges.

Ava se réfugie derrière la maisonnette. Un bruit de portière, de moteur. Une Fiat 500 quitte le passage du Jardin-du-Curé. Elle sort de sa cachette, perturbée. Il y a là quelque chose qu'elle ne s'explique pas. Virgil est-il au courant que Maud vient ici en son absence ? À moins qu'il ne soit chez lui. A-t-il prétexté un déplacement pour voir son ex-femme en catimini ?

La rousse voudrait ne pas être là, n'avoir rien vu. Dans sa poitrine, un poids entrave son souffle. Elle songe à s'en aller séance tenante. Mais Germinie ne comprendra pas pourquoi elle revient sans avoir porté assistance à monsieur Gruaz. Et Ava s'est promis de tout faire pour aider la soigneuse. Elle ne va tout de même pas laisser ce vieil homme dans le désarroi. Ce sont des obligations morales devant lesquelles elle ne se dérobera pas. Hors de question de se comporter comme son père.

Elle respire à grands coups, se domine, se présente à la porte de la maisonnette pour venir à la rescousse de l'ancien. Et de le trouver en train de se rincer le gosier avec Hilarion ! Ce dernier la salue avec chaleur tandis que monsieur Gruaz la regarde avec étonnement, ayant presque oublié qu'il a appelé au secours. Il a suffi d'un peu de compagnie pour que s'envole le spleen qui lui a fait composer le numéro de Germinie. Pour que s'efface cette solitude qui exagère tous les ennuis, cette mélancolie qui amplifie tous les soucis.

46

Des éclats de voix captent l'attention de Virgil. Que fait son vieux vélo ici ? Il toque à la porte. Contre toute attente, c'est Ava qui lui ouvre. Derrière elle, monsieur Gruaz et Hilarion refont le monde autour d'un verre de goutte, comme si de rien n'était.

— Qu'est-ce que tu fais là ? lui demande-t-il, interloqué.

— Monsieur Gruaz a appelé ta mère qui m'a envoyée voir.

— C'était juste un coup de mou, s'excuse l'ancien. Mais c'est passé, grâce à vous tous. Viens boire un coup, voisin !

Si Virgil refuse poliment la goutte – à onze heures, il est un peu tôt –, il n'est pas question de décliner l'invitation. Aussi accepte-t-il le café qu'Ava a mis à chauffer.

La conversation vient sur la guerre en Ukraine où la population manque de tout. Les dons parviennent en quantité au village où un local mis à disposition par la mairie permet de les stocker. On a besoin de bénévoles pour les trier et les mettre en cartons. Ava s'est portée volontaire.

— T'en fais une tête, Virgil, lui glisse-t-elle tandis que les deux vieux, de leur côté, critiquent les hommes politiques.

— Figure-toi que Maud est venue chez moi.

— Ah bon ? sursaute-t-elle, feignant la surprise.

— Il me manque des affaires. Tu te rends compte ? Elle savait que j'étais parti pour la matinée et elle en a profité pour venir me piquer des trucs.

— Quel genre de trucs ?

— La lampe Berger, les tabourets Tam-Tam et le presse-agrume.

Ava ne dit rien mais sourit d'un air heureux. Elle vient d'avoir confirmation que Virgil était bel et bien absent.

Il s'offusque à mi-voix :

— Ça te fait sourire ? Eh bien, pas moi. Avec Maud, je me suis trompé sur toute la ligne. Pour elle, j'ai quitté le chalet du Mont. Je me suis endetté. J'ai besogné comme un forcené alors qu'elle n'a jamais travaillé. Elle disait vouloir mettre toutes les chances de notre côté pour avoir un enfant. Quand j'ai appris qu'elle était enceinte, j'étais fou de joie. Et quand on a perdu le bébé, elle a décrété que ce n'était pas la vie qu'elle voulait. Et elle est partie avec un agent immobilier qui lui a mis en tête qu'elle pouvait avoir sa part de la maison dans laquelle elle n'a pas mis un rond. Mais j'arrive tout juste à subvenir aux besoins de ma mère en plus des miens. Je sais qu'elle fait ça pour s'approprier le mazot. Et ça, je ne veux pas. Tu comprends ?

Comme Ava opine du menton, il poursuit :

— Tout ça, c'est de ma faute. Ma mère m'avait dit que Maud n'était pas faite pour moi, qu'elle ne se ferait pas au Haut-Chablais, qu'il fallait y être né pour supporter le quotidien ici. Mais je n'ai pas voulu l'écouter. Je croyais qu'elle faisait ça pour me retenir au Mont. Moi, je voulais faire ma vie d'homme. J'étais amoureux de Maud.

— Étais ?

— Oui, pourquoi ?

— Parce que tu sembles encore très affecté quand tu la vois.

Il réplique, la mine triste, le regard lointain :

— Il ne faut pas croire que j'ai toujours été malheureux avec elle. On a eu de belles années jusqu'à ce qu'on décide de fonder une famille. Et là, elle a changé du tout au tout. Elle détestait être enceinte, voir son corps changer. Elle s'est endurcie. Je ne la reconnaissais plus.

Il s'interrompt, échauffé d'avoir agité ces sombres pensées. Il les sent bouillonner en lui, lui fouetter les sangs. Il étouffe d'impuissance face au comportement de Maud. Il soupire :

— Je dois avouer que notre séparation m'a soulagé. On n'était pas faits pour être ensemble. Depuis qu'elle est partie, je tente de valoriser davantage mon activité avec Roxie qui m'a été d'un grand soutien. Je ne suis pas trop malheureux. J'aime mon travail. J'ai des amis. Je garde un œil sur ma mère.

Il demeure pensif un moment, puis ajoute, un ton plus bas :

— Je serais pleinement heureux si tu venais à rester ici. Pas forcément chez moi, bien sûr. Je veux dire, au village.

Il y a un instant de silence ému. Ava, qui ne veut pas parler de son avenir en un lieu où elle parvient parfois à en oublier l'incertitude, louvoie :

— Chez toi, ça va être difficile.

— Et pourquoi ça ?

Elle lance, vive et moqueuse :

— Ta maison sera bientôt vide de meubles.

— Maud me dévalise dans mon dos et toi, ça te fait rire ?

— Oui… enfin… non ! Tu as raison. Excuse-moi. Je suis encore sous le coup de l'émotion d'avoir osé prendre le vélo, d'être descendue à fond les ballons jusqu'ici, de finalement trouver monsieur Gruaz en bonne santé. Et de te voir, aussi.

— Oui, bien sûr. Je comprends. Mais je dois te dire que, même si je suis impressionné, tu devrais éviter le vélo. Tu ne vois pas assez pour circuler. C'est dangereux.

Elle doit admettre que certains symptômes la font, par instants, douter d'être sur la voie de la guérison. Tel ce halo noir qui lui donne sans cesse l'impression qu'il y a quelqu'un, ou un arbre, ou encore un poteau. D'après le professeur Beauregard, les mesures prises avant l'opération de la cataracte n'étaient pas assez précises. Le sac dans lequel la rétine artificielle a été placée est un peu trop grand. Il y a un vide entre les deux qui se manifeste par un croissant de lune. Un croissant noirâtre. Mais ce n'est pas une raison pour laisser Virgil lui faire la leçon :

— Ça ne serait jamais arrivé si tu n'avais pas disparu, Dieu seul sait où.

— J'avais une bonne raison de m'absenter.

47

— Je voulais attendre un peu pour te montrer mon repérage de ce matin, poursuit-il. Mais vu que tu es là et que le ciel est dégagé, autant y aller maintenant. C'est à cinq kilomètres. On va prendre le combi.

Ava grimace un sourire :

— Dans quoi tu vas encore m'embarquer ?

— Tu verras.

— C'est légal, au moins ?

— Tu pourras te contenter de regarder.

— Écoute, Virgil, je comprends qu'il faut meubler les longues soirées d'hiver en montagne, mais un bon livre suffit à mon bonheur.

Ils empruntent une route dont les lacets sinuent entre deux pentes. Par la vitre entrouverte, la lectrice perçoit la brise qui ramène de la forêt le parfum de la mousse et des champignons que l'automne a fait sortir de terre. Elle repense au moment où elle a vu Maud sortir de la maison où elle continue de venir à sa guise. Ava ne peut s'empêcher de penser que, même si Virgil dit être soulagé d'avoir divorcé, leur histoire ne semble pas terminée pour autant. Avec Ray, elle est bien placée pour savoir qu'un homme mal démarié est un écueil contre lequel les plus avisées font naufrage. Quelque tentation qu'elle puisse avoir, elle doit se reprendre. Le montagnard n'est pas plus désengagé qu'elle.

Une tache de couleur vive attire son attention à droite de la route. Son regard découvre avec émerveillement un lac glaciaire, à plus de 1 800 mètres d'altitude, au sud-ouest du mont de Grange. Le lac des Plagnes, magnifique étendue turquoise dans un écrin de verdure. Ce bleu pâle tirant sur le vert jette dans le paysage alpin un remuement de mystère et de poésie. Tous deux descendent de voiture. Il n'y a aucun bruit sur la montagne en dehors des cris aigus d'un rapace.

— Regarde ! s'exclame Virgil en désignant l'aigle qui plane au-dessus de l'eau. C'est Napoléon, un pygargue à queue blanche. Le plus grand rapace d'Europe.

L'immense oiseau aux pattes emplumées a développé une technique de pêche efficace qui repose sur la surprise. Après une prospection au-dessus du lac, Ava le voit fondre sur sa proie, ailes ramassées. Après la perte de son bébé, Virgil venait le voir tourner dans les airs. Il passait des heures à suivre des yeux ses deux mètres d'envergure décrivant des figures vertigineuses.

— C'est ça qui t'occupait ce matin ? s'étonne-t-elle.

— Oui. Je suis venu vérifier que Napoléon était là en ce moment. Il consacre l'automne aux jeux aériens avec sa femelle à laquelle il est fidèle toute sa vie. Joséphine ne doit pas être loin. Ah ! La voilà !

— Napoléon et Joséphine, hein ? s'esclaffe-t-elle.

— C'est le garde champêtre chargé de leur surveillance qui les a appelés comme ça. Ce sont des oiseaux très rares de nos jours.

Ava admire leurs vols croisés. Piqués, vols en feston, retournements serres à serres, offrandes de proies. Elle est charmée par ce spectacle dans un silence de plein ciel. Parce que Napoléon se met à planer au-dessus d'eux, le montagnard rompt le charme :

— Il a fini de lui faire la cour. Il va probablement chercher des œufs à manger dans les nids des oiseaux qui nichent sur les rives du lac. On va se mettre à l'abri sous les arbres, le temps qu'il atterrisse.

— De là-bas, je ne verrai plus assez pour l'observer.

— J'en ai conscience, mais il nous faut quand même reculer. Par sécurité. Napoléon n'y voit rien. Il vole au pifomètre. Étant donné la taille de ses serres, mieux vaut se mettre à couvert.

— Qu'est-ce que tu racontes ? Les aigles ont la vision la plus parfaite du règne animal. C'est bien connu.

— La plupart des aigles, oui. Mais Napoléon a des problèmes de vue.

— C'est ça ! Et la marmotte, elle met le chocolat dans le papier d'alu ?

— Je t'assure que c'est vrai. Le soigneur m'a dit que Napoléon a la cataracte. Cette maladie touche aussi les aigles.

Le gigantesque rapace amorce sa descente, manque la rive et se pose comme un avion sans ailes sur la pelouse alpine. Bec dans la terre et queue blanche en l'air ! Ava laisse échapper un rire frais. Elle sort du couvert pour mieux le voir entreprendre sa chasse aux œufs en se dandinant. Il voit mal, c'est visible sans lunettes. Elle remarque que l'aigle n'en semble pas moins heureux, à vivre dans un si bel environnement avec sa majestueuse compagne.

À sa façon, le sanglier montre à la lectrice que rien n'est perdu, puisque Napoléon continue de voler alors que son sens le plus important est défaillant. Cet aigle, maladroit mais vaillant, permet à la rousse d'affaiblir le loup-garou qui traque ses yeux, tapi dans l'ombre. De mettre en sourdine l'angoisse qui est là même dans les moments les plus joyeux.

Virgil scrute la réaction d'Ava. La fossette qui apparaît quand elle sourit rend son merci plus précieux. Une lueur chaude et désarmante brille dans le regard masculin. Elle ne lui fera plus jamais le moindre reproche au sujet de ses absences. Qui peut en vouloir à un homme pareil ?

48

Ava a accepté la proposition de Ray : se retrouver à la mi-octobre ensemble pour faire le point sur leur relation. Loin d'Abondance. Il ne supporte plus d'avoir à se rendre chez les crétins des Alpes pour la voir. Lui, gagne Genève en TGV. Elle, en Léman Express sous une fine pluie automnale. À mesure que le train se rapproche de sa destination, le Jet d'eau, emblème de la ville, jaillit avec force pour atteindre cent quarante mètres de hauteur. Les rivages du lac se détachent, sortent du brouillard qui les enveloppe.

Ils se rejoignent à l'hôtel Cornavin, à deux pas de la gare. Ray a retenu une chambre dans cet établissement où débute *L'Affaire Tournesol* avec l'enlèvement du professeur. Sous le crayon d'Hergé, Tintin rend visite à son ami qui occupe la chambre 122. À l'origine, cette chambre n'existait pas. Elle a été créée pour les tintinophiles lors de la rénovation du bâtiment. La façade Art déco abrite la plus grande horloge mécanique au monde, qui s'élève du rez-de-chaussée au 9e étage. Dans l'entrée, Tintin et son fidèle Milou paraissent attendre la venue de ce couple qui bat de l'aile. Les choses semblent néanmoins vouloir s'arranger pour Ava qui s'est rendue seule à Lausanne pour la première fois – elle a refusé que Virgil l'accompagne. La consultation a fait apparaître de meilleurs résultats.

« Ça reste à vérifier dans le temps, mais on dirait que le pire est derrière vous », lui a annoncé le professeur Beauregard.

La lectrice est repartie rassurée et contente. Plus besoin de brider ses ardeurs : elle a de nouveau droit aux baisers et aux ébats. Elle a hâte d'annoncer la bonne nouvelle à son compagnon. Mais encore lui faudrait-il pouvoir placer une phrase. Avec une éloquence impétueuse qui ressemble à un torrent, Ray se vante d'avoir obtenu sa promotion grâce à laquelle il a rencontré des gens remarquables lors d'un séminaire en Italie. Il ajoute des anecdotes de bureau dont il est le héros. Ava remarque que l'ambition l'entretient dans un singulier état d'indifférence à son égard. Elle le coupe avec une brusquerie insolite :

— Je suis de nouveau autorisée à faire l'amour.

Une lueur d'intérêt s'allume dans les yeux du statisticien. Il la détaille. Cet ensemble vert, façon *Drôles de dames*, qu'on dirait taillé sur elle. Ce teint de lait, trop blanc à son goût. Ses tempes délicatement veinées, sa bouche rosée. Et ses seins accolés comme deux meringues avec de la crème. Ses formes. Plus arrondies qu'avant. Moins chic.

— Si je comprends bien, tu es guérie, dit-il en consultant la carte aux cent vingt-sept cocktails. Vas-tu rentrer à la maison ?

Il est étrange pour la lectrice d'entendre ces derniers mots dans sa bouche. Elle devrait protester, lui rappeler qu'il n'est pas chez lui, mais cette façon de parler est réconfortante. Et effrayante, en même temps. En réalité, elle n'est pas prête à rentrer chez elle. Pas encore. Certes, les résultats sont rassurants, mais elle a l'impression qu'elle rechutera dès qu'elle aura mis un pied à la Mouffe.

— C'est trop tôt. J'ai le pressentiment qu'il m'arrivera quelque chose de malheureux si je regagne Paris sans attendre d'être complètement guérie.

Ray répond par un rictus. Depuis toujours, il se moque des intuitions féminines. Peut-être parce qu'elles ébranlent sa logique analytique de statisticien.

— Deux Moscow mule, commande-t-il au spécialiste de la confection de cocktails.

Le mixologue s'agite derrière le bar pour confectionner ce breuvage dont la recette figure dans le *Cocktail Book* du célèbre Savoy de New York depuis 1930. Revient avec deux chopes en cuivre aussi glacées que leur contenu : vodka, bière au gingembre, jus de citron vert et feuille de menthe. De quoi s'intoxiquer en levant le coude. Tout ce petit monde branché paraît ignorer que les avis de santé publique recommandent de plaquer l'intérieur des chopes avec du nickel ou de l'acier inoxydable pour éviter une intoxication par le cuivre.

La nouvelle boisson à la mode ne préoccupe guère Ava qui n'a le sentiment que de son manque. Aujourd'hui, la privation de tendresse touche toutes les parcelles de son corps. Tous les recoins de son esprit où le désir se manifeste. Le moment est venu pour elle de rattraper le temps perdu.

— Notre chambre est spacieuse et confortable, minaude-t-elle en bombant la poitrine. Nous pourrions peut-être y dîner.

Il y a dans sa gestuelle une espèce de chatterie qui aurait touché Ray autrefois. Mais avec cette fugue sans fin, il a perdu à l'égard d'Ava toute chaleur de cœur.

— Si les chambres étaient faites pour y prendre ses repas, on n'aurait pas inventé les salles à manger, tu ne crois pas ?

Sa compagne s'étonne qu'après ces mois de séparation il n'ait pas envie d'elle. Puis elle se souvient du scandale qu'il avait fait le jour où elle lui avait servi le petit déjeuner au lit, hurlant qu'il détestait avoir des miettes entre les fesses. Le couple dîne donc au restaurant. Ava regarde le menu, n'y voit pas ce dont elle a envie : bagatelle en entrée, gaudriole au dessert. Elle est pressée, tandis que, comme à son habitude, il la fait poireauter et continue à faire étalage de ses succès au travail. Elle est en pleine crise d'érotisme alors qu'il manque de flamme. N'ayant pas l'intention de moisir à table, elle lui demande de lui fournir ce qui lui fait défaut : l'amour physique. Elle paraît si désespérée qu'il ricane :

— À t'entendre, on dirait que le devoir conjugal m'est dicté. Or nous ne sommes pas mariés. Rien ne m'y oblige.

Blanc maussade dans la conversation. Il descend son Moscow mule en plus du sien. Ava voudrait lui maintenir la tête hors de la vodka. Elle tente, un ton plus bas :

— Peut-être qu'il faudrait mettre la pédale douce sur la boisson.

Ses yeux étincellent, mais sa voix est glaciale quand il réplique :

— Puisqu'on en est à se dire les choses, tu devrais mettre la pédale douce sur le gras. Tu as pris du poids. Et à ton âge, ça va être coton de perdre ces kilos en trop.

Elle fronce les sourcils, mécontente de constater que l'invitation de Ray pour se réconcilier n'était due qu'à son désir de faire de l'esbroufe. Elle se rappelle bien ce qu'a signifié pour elle de l'entendre dire au téléphone combien elle lui manquait, à beaucoup d'égards. À présent, elle ne sait pas si c'est elle qui s'est monté la tête, ou lui qui l'a laissée espérer.

— Je vais me coucher, jette-t-il soudain.

Il se lève, vacille, se rattrape avec maladresse à la table. Elle le suit, le visage honteux. Humiliée d'être vue en compagnie du soûlot aux cheveux citron.

Ils appellent l'ascenseur. La rousse s'y engouffre comme dans un refuge. Ray fait un pas en avant, titube, deux pas en arrière. Les portes se referment.

Ava est seule dans la cabine.

Une musique aseptisée lui parvient aux oreilles. Son cœur rate un battement. Le voilà, le cauchemar, l'affreux cauchemar. Aussitôt, elle se fourvoie dans des pensées superstitieuses. C'est l'ascenseur du destin. La descente aux enfers. L'extinction des feux. Son instinct de survie la pousse à écraser le bouton du deuxième étage. La respiration bloquée, elle guette les mouvements de l'élévateur, sent sous ses pieds qu'il monte. Ouf ! Elle inspecte le plafonnier : aucun signe de défaillance. Re-ouf ! La cabine s'arrête dans un rebond à l'étage demandé. Les portes s'ouvrent. Elle en sort précipitamment, fait quelques pas sur la moquette. Ses jambes la soutiennent à peine. Ses tremblements l'empêchent de glisser la clef dans la serrure quand Ray arrive par le second ascenseur. Apercevant Ava devant leur chambre, sa voix cassante retentit dans le couloir :

— Le cerbère de la porte !

Il la rejoint en slalomant. Une flambée d'alcool luit dans ses yeux. Sa compagne fixe sur lui son regard que la fâcherie durcit. Toute sa vie, elle se souviendra d'avoir hésité à lui sauter à la gorge pour le punir de cette humiliation, le châtier d'avoir transformé leur week-end en bide terrible. Lui, perçoit la tension dans la voix féminine sans saisir le sens de ses paroles. Ses oreilles bourdonnent. Ses paupières papillotent.

Il entre dans la chambre, s'allonge sur le dos en travers du lit, voit des vagues au plafond. Sombre dans un mauvais sommeil, ronfle comme un tracteur, bouche ouverte et narines frémissantes. Tout habillé. Ava le considère en silence. Où est passé l'homme séduisant et intelligent qu'elle a choisi comme compagnon de vie, vingt ans plus tôt ? Elle songe à l'ardeur de leur union, au début de leur relation. Elle l'avait entendu murmurer, crier parfois, dans la volupté douce-amère de leurs étreintes. À y repenser, c'était gênant. On peut s'envoyer en l'air sans bramer comme un cerf en forêt de Fontainebleau.

Elle regarde par la fenêtre où les dernières lueurs du jour s'évanouissent. Il n'y a plus que la tache sombre du lac, l'éclairage public et le bruit de la circulation. Des silhouettes se hâtent vers la gare, qui avec une valise, qui avec une mallette. Tous ces gens pressés de se rendre quelque part. Elle aussi était impatiente de rejoindre quelqu'un. De reconquérir son affection. Elle est parvenue à destination mais rien ne s'est déroulé comme prévu. Un coup d'œil sur Ray, un filet de bave au menton. Ava soupire face à la désillusion de ses sens. Une ombre recouvre son cœur plein de nostalgie, mais aussi de rancœur envers ce que son couple est devenu. Elle n'a plus aucune raison de se presser. Personne ne l'attend au lit. Il n'y a plus qu'elle et cette baignoire d'hôtel qui lui tend les bras. Une fois n'est pas coutume, elle se fait couler un bain avec beaucoup de mousse.

Pendant la nuit, le sommeil la boude. Elle rumine sa déception tout à loisir. Remâche les causes de ce ratage, en arrive à se blâmer : la consommation d'alcool de Ray a dû augmenter avec la solitude. Elle se console en pensant qu'elle va pouvoir profiter pleinement de ce qui reste de l'automne montagnard avec Germinie et Virgil qui ont fait montre à l'égard de son compagnon d'une tolérance consternée. À leurs yeux, le statisticien est un égoïste, dont l'esprit, malin dans son contexte, se révèle immature au seuil de l'action. Un peu comme un adolescent derrière lequel il faut sans cesse passer pour éteindre la lumière.

49

Jean-Raymond sort de sa léthargie, la bouche pâteuse. Déjà habillé. Le Moscow mule est traître comme un bolchevique un lendemain de révolution. Il se redresse, juste à temps pour voir Ava quitter la chambre. Où va-t-elle, en pleine nuit ? Il se passe le visage à l'eau fraîche comme si cela allait opérer un décrassage instantané dans son cerveau embrumé. Tout à coup, il réalise qu'il a fait la grasse matinée. Ava doit se rendre au petit déjeuner.

Une lumière blanche mousse dans la salle du dernier étage. Il cligne des yeux. Son sang joue du tambourin à ses tempes. La grisaille se dissipe après la pluie fine de la nuit. La vue panoramique est à couper le souffle. Il rejoint la rousse lunettée de strass pour éviter l'éblouissement – elle a échangé sa paire avec Germinie, le temps du week-end. Il grogne des politesses.

— Un jus détox, commande-t-il au mixologue diurne.

À défaut d'avoir obtenu le charnel qu'elle espérait, la rousse compte bien entretenir son compagnon des difficultés que rencontrent Germinie et Virgil. Avec son goût des chiffres, il pourrait avoir une idée susceptible de leur venir en aide. Elle tente de lui expliquer la situation.

— Ces agriculteurs ! commente-t-il, une note critique dans la voix. Ils sont à la campagne française ce que sont les intermittents du spectacle au Festival d'Avignon : des profiteurs. Des nantis qui pleurent la bouche pleine. Ne t'inquiète pas pour eux. Avec tout ce qu'ils touchent de l'Europe, leurs poches sont remplies.

— Mais qu'est-ce que tu racontes ? Aucun d'eux n'est agriculteur et ils habitent en montagne, et non à la campagne. Et je te dis qu'ils n'ont pas assez de sous pour vivre correctement.

Ray juge ridicule sa façon démodée de parler de « sous » plutôt que d'argent. Il objecte :

— Ce n'est pas parce qu'ils se complaisent à vivre comme des pauvres qu'ils n'ont pas de moyens. Ils sont propriétaires. Rien ne les empêche de vendre. Prends Virgil. Il pourrait liquider sa maison, puisqu'il vit toujours chez sa mère.

— Il ne vit pas chez sa mère !

— C'est tout comme. Un vrai Tanguy !

Le silence s'abat entre eux. Vu ses manquements de la veille, Ray se dit qu'il aurait dû attendre qu'Ava ait bu un café avant d'accabler Virgil, mais il en mourait d'envie. Non pas qu'il soit jaloux de ce bouseux, plutôt qu'il déteste devoir partager avec autrui. De son côté, la rousse se reproche son ton abrupt. Jamais elle ne parviendra à aider ses amis si elle braque Ray, seul de son entourage à même de détenir une solution.

— Écoute, dit-elle avec une politesse de commande, je voudrais les dédommager correctement de m'avoir accueillie tout ce temps.

— Tu fais ce que tu veux avec ton argent.

— Justement, le peu que je rentre encore passe dans les frais de l'appartement. Il va falloir que tu prennes en charge ta part des dépenses.

— Mais je paye déjà la villa de Cabourg, se lamente-t-il. Et tu sais bien que je verse une pension à mon ex-femme.

— Qui pourrait travailler.

— Elle ne va tout de même pas commencer à son âge ! Et puis, il y a ma fille.

— Qui a passé trente ans. Il serait temps qu'elle s'assume.

Ava soupire. La cause première de leur conflit est qu'une ex-femme et une fille entretenues, ça fait beaucoup. La cause seconde est qu'il ne fait rien pour qu'elles cessent de vivre à ses crochets. Or la lectrice ne tolère plus qu'il pourvoie à leurs dépenses au détriment de tout le reste. Depuis des années, les deux tribus ennemies se disputent la prééminence. À savoir : qui remportera la bataille familiale ? Le jour approche où Jean-Raymond devra choisir entre elle et les deux autres.

— Toi aussi, d'ailleurs ! s'agace-t-elle.

— Quoi, moi aussi ?

— Il serait temps que tu t'assumes.

— Je travaille, je te signale.

— Tu vis chez moi depuis vingt ans sans participer.

La voix de Jean-Raymond se fait criarde :

— C'est faux ! Je fais les courses.

— Le frigo est toujours vide.

— Je réduis les dépenses en allant au bureau à trottinette. Et par tous les temps encore.

— Parce que tu n'as jamais passé ton permis de conduire, répond-elle le plus calmement possible, comme on le fait devant un enfant en crise, en détachant les syllabes.

Nouveau silence. Pesant. Ray songe qu'il a mal calculé son coup. Ce n'est pas le meilleur moyen d'obtenir ce dont il a besoin. Il commence à craindre qu'elle ne revienne jamais vivre à la Mouffe. Que ferait-il si elle déménageait ? Où irait-il si elle venait à vendre l'appartement ? Il se doit de tempérer sa mauvaise humeur et de calmer Ava manifestement en proie à des forces contradictoires. Il reprend d'une voix adoucie :

— Écoute, on ne va pas se disputer pour si peu. Virgil n'acceptera jamais d'argent venant de toi. Et quand j'en ai proposé à Germinie, elle n'en a pas voulu. C'est fier, les Savoyards, tu sais.

Il ajoute qu'ils en ont peut-être assez qu'elle vive chez eux sans oser la prier de débarrasser le plancher pour autant. Cinq mois avec quelqu'un à demeure, c'est long. Même pour des amis qui s'apprécient. Personne n'aime les squatteurs.

Ava détourne la tête. Il y a dans cet avertissement trop complaisamment souligné une nuance de moquerie. Elle scrute le Léman par la fenêtre, résolue à ne pas entendre ces propos qui chagrinent ses oreilles. Elle devine le Jet d'eau qui figure sur la photo où Virgil et Maud sourient à la vie. Juste avant qu'ils ne perdent leur petit. Que le destin peut être cruel !

Ray, que ce mur de silence perturbe, veut savoir :

— Tu boudes ?

Elle a un sourire étrange, comme perdu.

50

Pourquoi Ava quitte-t-elle l'hôtel de Tintin, seule, sitôt le petit déjeuner avalé ? Parce que Ray est lancé sur l'actrice américaine Gwyneth Paltrow qui vend un complément alimentaire baptisé « Madame Ovary » – contre cent billets, les femmes ménopausées du monde entier ont l'assurance de retrouver leur égalité d'humeur, leur peau de bébé et leur ligne.

Du ciel couleur graphite se déverse une pluie froide. Ce dimanche 16 octobre, la température de l'air ne dépasse pas les cinq degrés. L'imperméable d'Ava ne lui tient pas assez chaud. Elle erre à proximité de la gare sous un parapluie. Entre dans un commerce de spécialités suisses, achète une onctueuse tarte à la papette pour Germinie. Et pour Virgil, un Dézaley, le plus grand cru des vignes de Lavaux, classées à l'Unesco. Et aussi des bouchons vaudois, en cas de crise – de la cinquantaine, ou autre.

Encore deux heures à tuer avant le départ du train. Elle n'aurait jamais dû accepter la proposition de Ray. Qu'a-t-elle bien pu imaginer en se rendant dans cet hôtel où ses parents avaient dormi une nuit avant de partir à Venise ? L'endroit n'est qu'à soixante kilomètres d'Abondance. Soixante, l'âge de Ray. Un signe.

Ava se devait de profiter de l'occasion pour découvrir les lieux. Maintenant qu'elle est sur place, elle ne voit pas grand-chose, étant donné que le paysage disparaît derrière un rideau d'eau. À croire que les flots de larmes versés par sa mère tout au long de sa vie se déversent aujourd'hui sur la ville. Sur elle. Car tout est lié. Le passé, le présent. Le désastre du couple parental. Son propre couple en pleine déconfiture. Celui de Virgil et de Maud détruit par un drame.

À l'heure du déjeuner, le temps est si maussade qu'on dirait que la nuit approche. La lectrice regrette d'avoir quitté la chaleur du chalet de Germinie. Regrette aussi son dimanche avec Virgil, devant un feu de bois, à refaire le monde. Le soir, assise sous la liseuse avec un plaid, pour décortiquer un nouveau manuscrit. À l'idée de regagner le Haut-Chablais, elle est soudain traversée par des émotions contraires. Depuis quelque temps, il lui semble qu'un parfum de tristesse plane sur la montagne. Et pourtant, elle se sent bien mieux qu'avant. Pour ainsi dire, guérie. Le professeur Beauregard s'est d'ailleurs montré rassurant. L'avenir, justement.

De quoi sera-t-il fait ? Aujourd'hui, elle retourne à Abondance, mais ne devrait-elle pas plutôt rentrer à la Mouffe maintenant qu'elle est rétablie ? Qu'est-ce qui la retient encore au village ? Son affection pour Germinie ? Sa tendresse pour Virgil ? Et si Ray avait raison ? Et si les Savoyards en avaient assez de sa présence, sans toutefois oser le lui dire ?

Il est temps de se rendre à la gare. Sur le quai, Ava voit Jean-Raymond qui paraît la guetter avant de prendre le TGV pour Paris. Le Léman Express s'annonce déjà. Il faut faire vite. Il presse le pas vers elle, tend le cou pour l'embrasser. Elle a un léger mouvement de recul. Vexé, il l'attire à lui, l'embrasse quand même. Quel lamentable baiser, appuyé et pourtant froid, conciliant et vexant. Un baiser de lèvres sans chair et sans saveur sur des lèvres absentes. Se reverront-ils ? Ils n'en parlent pas. Au moment où elle monte dans le train, Ray fourre des billets dans la poche de son imperméable.

— Pour t'acheter des lunettes. Celles-là sont affreuses.

Un éclair de colère brille dans les yeux d'Ava. Elle s'enfonce dans le wagon. Le Léman Express roule en direction de Thonon. Elle se pelotonne sur le siège, crispée et frigorifiée. Son esprit s'agite, sa mémoire s'active fébrilement. Elle repense au jour où sa mère lui a demandé d'aller chercher ses lunettes dans son bureau. Un document notarié était posé sur le secrétaire. Le mot *Succession* imprimé en haut de la première page. Le document la désignait comme unique héritière de l'appartement. Elle s'entend encore questionner : « Maman, pourquoi papa ne figure pas sur l'acte de propriété ? » Louise-Anne était restée coite.

La voyageuse tire des bouchons vaudois du sac de spécialités suisses. Croque ces pralines aux amandes et au chocolat. Toutes les douceurs du monde n'empêcheront pas son cœur de fille de saigner. Elle fouille dans son sac de voyage à la recherche d'un mouchoir, tombe sur un emballage papier. À l'intérieur, une tour Eiffel en plastique imitant le métal. Un cadeau que Jean-Raymond a jugé bon de glisser dans ses bagages. Sa façon à lui de susciter en elle la nostalgie de Paris ? Elle la fait tourner dans sa main. Il va falloir un peu plus qu'un objet kitsch fabriqué en Chine pour lui donner envie de retourner vivre avec lui. Sans parler de la froideur de son compagnon. Elle qui avait espéré un retour de flamme. À présent, elle se sent moche. Sans attraits. Sur le déclin. Ava n'a rien fait de ce que font les autres femmes. Elle vaque sans réelles attaches, sans liens, sans parents, sans enfants, sans mari. Une phrase de Flaubert lui revient en mémoire : *Les nerfs qui se tendent trop, la cinquantaine sonnée et les inquiétudes d'avenir, voilà mon bilan.*

Elle écoute les légers cahots du train qui font écho aux battements secs de son cœur. Maintenant qu'elle repense à la médiocre soirée de la veille, quelque chose l'intrigue. Pour la première fois depuis qu'elle a fui Paris, Ray ne lui a pas demandé de rentrer avec lui. Il a seulement voulu savoir si elle comptait revenir à la Mouffe. Curieux, pour le moins. Que se passe-t-il dans la tête du statisticien ? Peu à peu, l'intuition d'un péril imminent lui vient.

51

À la gare de Thonon, un taxi attend la lectrice. Monsieur Taylor, assis derrière le volant, se retourne pour lui parler sur un ton jovial. Elle le salue avec un regard vif, mais un masque neutre malgré son esprit bourré de questions.

— Vous êtes bien pâle, Ava.

— Les au revoir sur les quais de gare, vous savez…

Il dit qu'il comprend. Qu'il a connu les mouchoirs en quittant l'Angleterre contre son gré. La rousse compatit à son affliction. Comme elle aurait aimé que sa mère reste à Abondance, qu'elle y fasse sa vie ! Tout aurait été beaucoup plus simple. Elle serait née ici. Elle n'aurait donc pas à se forcer à rentrer à Paris alors qu'elle n'a plus envie de quitter les Alpes. Or elle est là depuis le mois de mai et ses hôtes doivent penser qu'elle prend racine. Elle aurait apprécié avoir une solution à leur proposer pour les sortir de l'ornière. Malheureusement, ses investigations auprès de Ray n'ont rien donné. Ses mots corrosifs lui remontent à la gorge : « Tanguy, profiteur, madame Ovary ».

L'Anglais démarre le moteur, touche du bout des doigts la médaille de saint Christophe vissée à son tableau de bord. À l'origine, il protégeait les voyageurs qui entreprenaient un long et périlleux périple. Par extension, il est devenu le saint patron des soldats, des cheminots et des chauffeurs en tout genre, souvent sujets à l'hostilité. Comme si le simple fait de s'asseoir derrière un volant développait l'agressivité des gens.

— Est-ce que votre médaille permet de trancher un conflit ? demande Ava au chauffeur qui fait non de la tête.

Celui qui l'oppose à Ray n'a pas éclaté. Ils ont parlé de tout, sauf de ce qui l'empoisonne : son caractère autoritaire n'a pas cessé de la faire souffrir. Jusque dans ses appels téléphoniques. Elle a essayé de l'évoquer, mais sans suffisamment de clarté et de conviction. Comme d'habitude, il s'est emporté et elle a reculé devant l'adversité. Il est reparti sans qu'elle ait réussi à aborder ce sujet fâcheux. Aujourd'hui, elle est lasse de son attitude braillarde, adoptée dans le but d'avoir le dernier mot. Lasse de son éternelle posture menaçante en cas de conflit : qui n'est pas avec lui est contre lui.

Ava réalise qu'aux côtés de Jean-Raymond elle s'est effacée. Elle s'est oubliée pour devenir la personne qui permet à son compagnon de se sentir fort, vivant et respecté. De satisfaire son ego. Sous prétexte de lui plaire, elle a perdu sa capacité à s'affirmer, perdu sa personnalité, son essence même. Elle se tient pour fautive d'avoir laissé les choses déraper. D'être restée sans réagir, peut-être par besoin d'approbation, manque de confiance en elle, ou dépendance affective. Parce qu'il était sa seule famille, elle a laissé Ray empiéter sur son environnement. Il a rogné son espace vital à la Mouffe, son espace psychique en refusant d'y recevoir ses amis. Même Pénélope est persona non grata dans son propre appartement.

— Faut toujours qu'il critique tout, murmure-t-elle, le regard dans le vague. Mes sandales, mon poids et même mes lunettes. Toujours quelque chose à me reprocher.

Le chauffeur de taxi saisit un murmure à peine distinct dans son dos. Il jette un œil dans le rétroviseur, réalise que sa cliente se parle à elle-même, le menton baissé. Assise sur la banquette arrière, elle roule quelque chose dans sa tête. Pourquoi a-t-elle renoncé à aborder clairement avec Ray ce qui pèse sur leur relation : cette volonté qu'il a de lui refuser toute tendresse, de nier qu'elle est de chair, comme pour la punir d'être partie à Abondance ? Craint-elle réellement un conflit d'idées avec lui ? Souhaite-t-elle vraiment éliminer les sources de discorde entre eux ? N'est-ce pas plutôt qu'elle redoute son propre cœur ?

Monsieur Taylor poursuit sa course, les sourcils haussés d'étonnement sous sa casquette à carreaux.

Tout chez cette rouquine détonne : son franc-parler mâtiné de douceur, son esprit vif mêlé d'humour, son aplomb teinté de timidité. À ce portrait, il faut ajouter sa grande taille qui lui donne un air dégingandé, des robes psychédéliques, un véritable incendie sur la tête et des lunettes de soleil quelle que soit la météo. Et toujours un livre avec elle, ou une pile de papiers retenus par de larges élastiques. Et puis il y a cette étrangeté : bien qu'elle vienne de Paris, on la dirait du pays. D'ailleurs, les gens d'ici semblent la considérer comme l'une des leurs.

Nouveau coup d'œil dans le rétroviseur.

À l'arrière, le regard féminin se perd sur le paysage qui défile. Les hêtres ont revêtu leur plumage éclatant de l'arrière-saison. L'automne rayonne sur les montagnes sapinées de vert. Le taxi parvient en vue du chalet du Mont où Virgil semble le guetter. Ava est revigorée par sa présence. À le voir l'attendre, droit comme un bel arbre, le cœur lui bat. Quel réconfort de retrouver ce montagnard qui souffre de ses peines, s'émeut de ses joies !

Il lui ouvre la portière, nerveux de savoir si le couple s'est réconcilié sur l'oreiller.

— Comment ça s'est passé ? s'enquiert-il en voyant son visage sombre.

— Oh, tu sais…

Elle n'ajoute rien. Parce qu'il n'y a rien à ajouter.

Il répond par trois hochements de tête successifs, comme s'il connaissait la signification de son silence. Il dit que cela le désole de la voir comme ça, mais en réalité, la situation lui retrempe le zèle. Durant ces deux jours, il a gambergé. S'est promis que, si les choses tournaient au vinaigre entre Ava et Ray, il s'engouffrerait dans la brèche.

52

Ava règle la course, salue l'Anglais qui lui a fait un prix d'ami.

— Parce que vous êtes du pays, comme moi, plaisante-t-il.

Autour d'elle, l'air est empli de sons familiers et rassurants : le bruit de la bise dans les épicéas, le mugissement d'une génisse dans le champ, le bêlement d'un cabri grandelet, l'aboiement joyeux de Mouton saluant son retour au Mont. Et surtout, ce sont les souvenirs de jeunesse. Le murmure enjôleur d'un beau brun, le rire délié d'une rousse. Leurs premiers émois. L'effervescence de novices en la matière, émerveillés par la découverte du corps de l'autre. Ava revoit Virgil tel qu'il était, nu dans la chambre du chalet. Bâti à chaud et à sable. Elle avait voulu en faire le tour, comme on visite un lieu inconnu et attirant, jusqu'aux recoins secrets.

Elle en est là de ses pensées très lestes quand Mouton vient au-devant d'elle, lui fait la fête et repart comme une flèche dans l'escalier en se retournant pour voir si elle est bien suivie. La chienne panachée précède l'arrivante jusqu'à la cuisine où elle a laissé une marmotte en peluche qu'elle rapporte dans sa gueule en cadeau de bienvenue. Ava s'accroupit pour la caresser. La boule de poils remue la queue. Dans son regard humide passe de la compassion.

Ava se relève, embrasse Germinie qui lui jette un coup d'œil oblique. Sa mine livide donne à penser que la lectrice est en proie à des soucis qui la rongent.

— Allez vous laver les mains, ordonne la soigneuse comme si tout le monde avait quarante-cinq ans de moins. Je vous ai fait un repas qui vous ravigotera.

Virgil et Ava s'exécutent de bonne grâce. Ils se placent chacun d'un côté du lavabo de la salle de bains, se savonnent les mains mutuellement pour obtenir plus de mousse, comme quand ils étaient gamins. Ils se tournent l'un vers l'autre avec des mines espiègles, fronçant le nez, rapetissant les yeux. Incapables de cacher la joie candide qui les transfigure. Cet attachement de l'enfance leur a laissé des racines si profondes qu'il leur suffit d'être réunis pour que renaissent d'emblée leur confiance et leur inclination d'autrefois.

Le montagnard ose la question qu'il a en tête depuis deux jours :

— Vous avez renoué, à Genève ?

— Non, pas vraiment… Pas du tout, en fait.

— C'est toi, ou c'est lui ?

Les yeux bruns ne la quittent plus. Elle baisse la tête, gênée.

— Les deux.

L'humeur de Virgil vire au beau. Il annonce :

— Maintenant que tu es tirée d'affaire avec tes yeux, on va pouvoir faire tout ce qui était interdit avant.

Il a dit ça avec tant de joie dans sa voix chaude, tant de douceur dans ses yeux pailletés d'or qu'il est impossible de ne pas lui rendre son sourire. Un peu déboussolée, Ava s'interroge quant à ses intentions quand il approche son visage du sien, sa bouche de ses lèvres, sans les effleurer pour autant. L'odeur du savon à la verveine, la vapeur de l'eau chaude. La confusion de deux souffles. Suspendus. Rien de plus. Et pourtant, de la gorge jusqu'à la racine des cheveux, la tendre peau de la rousse s'embrase. Elle bredouille :

— Co… comment sais-tu que je suis tirée d'affaire ?

— Je me fie à mon intuition.

Ava scrute le montagnard. Il a cet air convaincu qu'il prend pour la persuader de son pressentiment. Celui-ci ne repose sur rien, mais dévoile son désir impérieux de la savoir guérie. Sa volonté d'y croire est chimérique, et cependant délicieuse. Elle lui fait néanmoins remarquer :

— Si tu dis vrai, je n'aurai pas besoin de ton bulbocode. Et ça t'arrange sûrement. Tu serais bien embêté s'il fallait aller en chercher pour me soigner.

— Je trouverais un autre moyen.

C'est pour elle un allègement heureux des inquiétudes et des amertumes que de voir l'aplomb avec lequel il a affirmé cela, tout prêt à agir en cas de besoin. Elle se demande si le don de guérison lui a été transmis quand il l'embrasse, sans bruit, au-dessus de leurs mains jointes et mousseuses.

53

Quel plaisir pour Ava de revoir les habitués du café des Touristes ! Monsieur Gruaz provoque l'hilarité générale en la présentant aux autres comme sa fiancée. À côté de lui, la femme aux cheveux roses lit le journal, accoudée au comptoir. Les bretelles d'un porte-bébé se croisent dans son dos. En se retournant pour voir de qui parle l'ancien, elle bouscule la rousse avec la bosse sur son ventre.

— Oh, pardon ! s'exclame-t-elle d'une voix éraillée.

La lectrice sent contre elle des formes familières. On dirait... Intriguée, elle jette un coup d'œil sur le contenu du porte-bébé.

— Des livres ! s'exclame-t-elle, médusée. Je l'aurais parié !

— Vous avez reconnu des livres rien qu'en sentant la tranche ? Vous m'épatez !

— J'aime bien votre façon de les transporter, tout près du cœur.

— Ça me permet de trimballer mes bouquins sans m'abîmer le dos, tout en me laissant les mains libres pour boire le café.

— Astucieux !

— Je m'appelle Marie-Soleil. Marisol, pour les copains.

— Ava. Enchantée.

— Je vous ai déjà vue. Vous n'êtes pas d'ici, n'est-ce pas ? Vous restez longtemps ?

— Ça va dépendre de...

Ava s'interrompt pour ne pas avoir à s'expliquer sur les raisons de sa venue.

— Vous logez où ? demande encore la tignasse rose.

— Au Mont, chez Germinie.

— La faiseuse de secrets ? Ah ben ça ! C'est plutôt inattendu. Moi, je suis originaire du Nord. Je travaille aux remontées mécaniques l'hiver, et l'été, j'embauche comme saisonnière à La Grande-Motte. À l'intersaison, je fais des vacations dans le coin. Et je suis bénévole à la bibliothèque.

— C'est original.

— Pas autant que vos lunettes en bois ! J'adore que vous les portiez même par temps gris.

— Sans elles, je ne pourrais pas sortir. Je suis très éblouie.

— Vous avez les yeux fragiles ?

— J'ai perdu la vue, lâche Ava en jaugeant sa réaction – pour la première fois, elle parle ouvertement de sa maladie à une inconnue.

— Quelle horreur !

— Mais j'ai été opérée, reprend la rousse, attentive à tempérer l'importance de son aveu.

— Rien que d'y penser, ça me fait froid dans le dos. Perdre la vue, c'est ma hantise.

— Je suis guérie à présent, ajoute Ava de façon un peu trop précipitée.

— Vous avez dû en baver. Vous avez été opérée à Paris ?

La lectrice cligne des cils pour dire oui – l'habitude.

— C'est l'avantage de la grande ville, poursuit Marisol. On a accès à tout. Aux soins comme à la culture. On peut aller dans des hôpitaux renommés et voir les derniers spectacles. On peut rencontrer les meilleurs spécialistes et se rendre à l'opéra. Pas comme ici.

— Ça, c'est l'image qu'on en a de l'extérieur. Mais la réalité, c'est que mes opérations ont foiré et que les spectacles, je n'y allais pas.

— Pour quelles raisons ?

— Tout d'abord, il faut prendre les transports en commun le soir et c'est mal fréquenté. Ensuite, il faut avoir les moyens. J'ai longtemps cumulé deux emplois. Quand je rentrais, je n'avais qu'une envie : me coucher, tellement j'étais fatiguée.

— Je comprends. Je ne roule pas sur l'or, moi non plus. Mais je me dis que si j'y vivais, je voudrais tout faire.

— On peut faire plein de choses, ici aussi. Sans que ça coûte un bras. Randonner en montagne, se baigner dans les lacs, faire du camping. Et puis, on accède à la culture sans être pris dans les bouchons. En ce moment, il y a l'exposition Man Ray au palais Lumière à Évian, les concerts à l'auditorium de la Grange au lac.

— C'est vrai ! La région est magnifique et il y a de belles programmations à la Maison des Arts du Léman à Thonon également. Mais comment faites-vous pour vos soins de santé ?

— Je suis suivie à Lausanne. C'est Virgil, le fils de Germinie, qui me conduit à mes rendez-vous.

Marie-Soleil pousse à pleines joues :

— Waaaah... Virgil ! Beaucoup de femmes tueraient pour l'avoir comme chauffeur, commente-t-elle avant de consulter sa montre. Il est temps que j'aille ouvrir la biblio. J'ai tout ce petit monde à mettre en rayon.

Elle lui montre le contenu du porte-bébé.

— Je pourrais peut-être vous aider.

— Seulement si on se tutoie.

Dehors, la neige fait voleter les premiers flocons de la saison, offrant à Ava une légèreté heureuse de la pensée. Elle suit l'amoureuse des livres à la Maison des Alpes où se niche la bibliothèque. L'idée qu'il y ait au village une femme mordue de bouquins au point de les porter comme des bébés la séduit.

— Vous travaillez dans quoi ? demande la voix enrouée.

— Je suis lectrice de manuscrits pour un grand éditeur parisien.

Elle l'a dit du bout des lèvres, comme si cette évocation risquait de redéclencher la maladie à laquelle, dans son esprit, elle demeure liée.

L'œil de Marie-Soleil s'illumine. Elle fait visiter les lieux à la lectrice qui décide de rentrer au Mont quand les premiers usagers se présentent. Germinie doit s'inquiéter. Cela fait des heures qu'elle est partie et son téléphone est resté au chalet – depuis l'épisode de Genève, elle ne le prend plus, de crainte de voir apparaître *Ray* sur l'écran.

Les deux femmes se promettent de se revoir sans tarder. Pour l'une comme pour l'autre, curieusement, c'est un peu comme si elles se connaissaient depuis des années.

54

Ava presse le pas en raidissant ses épaules face au vent froid. Elle s'essouffle dans le raidillon qui mène au Mont. Elle fait une pause à mi-chemin pour reprendre haleine quand approche le combi de Virgil, parti à sa rencontre. Il ne peut réfréner ses paroles :

— Je me suis inquiété. J'ai cru qu'il t'était arrivé malheur.

— J'étais au café, je n'ai pas vu passer l'heure, s'excuse-t-elle.

— Et comment j'aurais pu le savoir ? Tu aurais pu être évanouie dans un fossé.

— Mais non ! Tu as dit toi-même que j'étais guérie.

— C'est vrai, tu es guérie, reconnaît Virgil qui se reproche d'avoir insisté autant, comme s'il la pensait encore souffrante.

— Ne me dis pas que tu continues à me suivre à la jumelle ?

— Non ! se récrie-t-il. Enfin... si. Parfois.

Il ouvre le vide-poches du van, dévoile la cachette de l'instrument d'optique qu'Ava lui confisque en blaguant, telles des billes à un mauvais élève.

— Ris tant que tu peux, dit-il en se garant dans la neige.

— Mais d'où tu sors, toi ? l'accueille Germinie. Il est deux heures de l'après-midi !

Ava lui jette un regard confus, tout en se demandant si elle doit accepter, à son âge, d'être traitée comme une fugueuse. Néanmoins, elle ne peut vouloir que la soigneuse veille sur elle depuis des mois tout en ignorant son absence après les précédents malaises.

— Je me suis attardée au café. J'ai rencontré quelqu'un. Une femme, ajoute-t-elle en voyant le montagnard se crisper. Elle s'appelle Marie-Soleil. Elle est pisteuse l'hiver. On a sympathisé. Je l'ai accompagnée à la bibliothèque et je n'ai pas vu le temps passer.

La leveuse de maux refuse d'en rester là :

— Je suis bien contente pour toi si tu as pris du bon temps, mais ça ne change rien au fait qu'on s'est mis la rate au court-bouillon. Tu aurais pu téléphoner.

— J'avais laissé mon portable ici.

— À l'avenir, tu le prendras avec toi.

— D'accord, concède Ava. Mais je te fais remarquer que Virgil n'a jamais le sien.

— Ne détourne pas la conversation ! proteste-t-il.

— C'est vrai que tu n'es jamais joignable, lui reproche sa mère. Donc, c'est valable pour vous deux.

— Et pour toi aussi, maman ! Je voudrais que tu gardes celui que je t'ai offert sur toi. Dans le tiroir du buffet, il n'est d'aucune utilité.

La soigneuse donne le bon exemple en mettant son portable dans la poche de son tablier de cuir.

La lectrice, qui veut faire oublier l'incident, se met à parler de Marie-Soleil et de son curieux porte-bébé. Elle est rigolote, cette femme, avec ses cheveux roses, sa voix rauque, sa figure joufflue, son nez mutin et ses yeux quasi bridés qui ignorent l'éblouissement.

— Je la connais un peu, dit Germinie. Elle n'a pas eu la vie facile. Elle a élevé seule un enfant qui vit avec son père depuis qu'il est adolescent.

— Elle m'a proposé de venir présenter des livres à la biblio.

Ava songe qu'elle attend déjà impatiemment ce moment. Depuis quand n'a-t-elle pas eu de nouvelle amie ? Cela lui saute aux yeux à cet instant. Elle a laissé Ray l'éloigner de ses relations sans réagir. Jusqu'à ce qu'elle se retrouve isolée. Y compris dans son propre couple. Un mal-être s'est immiscé en elle : un étrange sentiment de solitude au sein même de son ménage. L'inconfortable impression d'être seule à deux. D'exister l'un à côté de l'autre, sans pouvoir se rejoindre, semblables à deux étrangers. L'amour, censé être le pont entre eux, n'est plus. Par manque d'entretien, l'ouvrage qui les reliait s'est écroulé. Peut-être parce que l'ennui s'est installé, à force d'oublier de nourrir le quotidien de gestes envers l'autre.

La rousse a l'impression que pour Ray l'autre « va de soi ». La présence de sa compagne est chose acquise. Il ne la voit plus. Son souci d'elle s'est perdu, et avec lui l'attention à ses souhaits et à ses besoins. Cela expliquerait cette perte du désir qui grandit à force de ne plus se toucher. Et puis pourquoi ne lui a-t-il pas demandé de rentrer avec lui ? Mais bien sûr ! se dit-elle en tremblant telle une bête flairant un ennemi caché. Il n'a pas attendu que j'aille mieux, que je puisse de nouveau avoir des relations charnelles. Il s'est détourné d'elle pour aller voir ailleurs. Il a une liaison. Cette idée lui met le cœur à vif.

— Ava ? Ouh, ouh ! Tu es avec nous, ou encore avec Marie-Soleil ? interroge la soigneuse qui s'est aperçue de son regard dans le vague.

Elle ne répond pas. Ces mots ont glissé sur elle sans qu'elle en prenne ombrage. Probablement parce que Germinie a raison. Ava voit en Marisol un torrent dont les eaux vives alimentent déjà le cours d'une amitié, qui, soupçonne-t-elle, sera intarissable.

55

La neige a posé une fine peau de lait sur le village. Il règne à présent ce soleil frileux dont on ne peut jouir que derrière une fenêtre. Les yeux lunettés, Ava gagne la bibliothèque. Cet après-midi-là, l'institutrice vient avec sa classe pour une journée « Livre en plein air » où les élèves doivent dénicher des albums jeunesse cachés dans des bottes de foin. Ava remarque que certains enfants plissent les yeux tandis que d'autres portent leur main en visière. Beaucoup paraissent éblouis par la réverbération du soleil sur le sol brillant de givre. Et pour cause : aucun ne porte de lunettes de protection. Cela l'inquiète pour eux et la navre. Les choses semblent avoir peu changé depuis sa propre enfance. Ils devraient porter des lunettes comme ils portent un bonnet.

Ava rejoint Marie-Soleil qui s'intéresse au métier de lectrice :

— Être payée pour lire… c'est le rêve ! On n'a rien d'équivalent, ici. Il n'y a pas vraiment de travail, en dehors de la saison. Ou alors, il faudrait créer une activité. Ouvrir une boutique.

Il y a là un dilemme que la rousse ne parvient pas à résoudre : pourquoi ne peut-on gagner correctement sa vie au village, alors qu'on a tout pour y être heureux ? Elle-même a déjà envisagé de s'y installer. Mais pour y faire quoi ? Elle ne peut pas rester indéfiniment chez Germinie. Il va bien falloir qu'elle regagne son appartement, qu'elle prenne une décision quant à Ray. Sans mentionner qu'elle s'est attachée à Virgil malgré le spectre de Maud. La vie d'Ava est un vrai bazar. Idem pour Marie-Soleil qui redoute d'être une éternelle saisonnière. À plus de quarante ans, elle voudrait se fixer. Cesser de mener une vie ambulante. Voir davantage son fils.

— Quel genre de boutique ? s'enquiert Ava.

— Une librairie-mercerie-salon de thé. Je sais, ça fait un peu fourre-tout, mais il n'y a aucun de ces commerces dans la vallée. Alors je me disais qu'on pourrait grouper les trois activités dans un lieu où les gens auraient envie de venir passer un bon moment.

— C'est une bonne idée !

— Mais pour ça, il faut des sous, soupire la pisteuse en retournant les poches vides de son pantalon de ski.

— On pourrait s'associer pour que ce soit viable financièrement.

Une lueur d'espoir s'allume dans les yeux surmontés de rose :

— Comme ça, on ne se quitterait plus.

Il est demeuré chez elles deux quelque chose du flot de paroles de la causerie des petites filles. Ce projet commun va les lier indéfectiblement. Elles l'entrevoient, le devinent. En ont besoin. Elles ont trouvé la solution pour remédier à un avenir incertain. Ainsi liguées, elles se sentent plus fortes, aptes à faire front contre tout ce qui menace leur vie de femmes. Capables de viser autre chose que le quotidien dans lequel elles sont pour le moment cantonnées.

— Il est l'heure de fermer la biblio, dit Marisol. Je t'invite à boire un verre chez moi. On sera au calme pour parler de notre projet.

Ava l'accompagne dans son studio au rez-de-chaussée d'une ancienne colonie de vacances. La fin de journée prend une tournure roger-bontemps. Une de ces soirées féminines où les participantes peuvent tout se dire, épancher leur cœur. Larmes et fou rire mêlés.

Marie-Soleil parle sans pudeur aucune de sa relation purement physique avec le loueur de skis. Elle évoque cet homme insatiable, sa virilité de taureau. Un vrai marteau-pilon.

— J'ai compris ! s'écrie Ava. N'en rajoute pas. Je te rappelle que je suis en cale sèche depuis des lustres.

— Je croyais que tu avais passé un week-end à l'hôtel avec ton mec à Genève.

— Il a trop bu et s'est endormi avant même que je dégaine ma lingerie fine. Je crois que je ne l'intéresse plus.

— J'en connais un autre que tu intéresses beaucoup. D'ailleurs, tu en es où avec Viril ?

Moue mi-angélique, mi-interloquée de la lectrice qui corrige :

— Il s'appelle Virgil, pas Viril.

— Ne fais pas l'innocente ! Il te plaît et tu lui plais, c'est gros comme une maison. Alors qu'est-ce que tu attends ?

— Tu oublies Ray. Nous sommes toujours ensemble.

— Ouvre les yeux ! Il te mène par le bout du nez tandis que tu te plies à ses quatre volontés. C'est une relation à sens unique.

Marie-Soleil a parlé si fort qu'Ava lui fait signe de baisser d'un ton. Mais son amie n'en a pas fini avec ce portrait peu flatteur qu'elle brosse de Jean-Raymond :

— Il agit comme s'il était célibataire alors que tu t'imposes des contraintes de femme mariée. Il gagne bien mieux sa vie que toi mais il ne participe pas aux frais du ménage. Tu finis le mois sans un radis tandis qu'il a les moyens d'emmener sa maîtresse en Italie.

— De quoi tu parles ? s'étrangle Ava.

— De la jeune femme brune qui conduisait la voiture avec laquelle ton mec est passé voir Germinie quand tu étais à Lausanne.

La rousse déglutit comme si cette remarque lui restait en travers de la gorge.

— Tu n'étais pas au courant ?

Incapable de prononcer un mot, Ava fait « non » du menton.

— Désolée, je croyais que tu le savais.

— Tu les as vus ensemble ? parvient-elle enfin à articuler.

— Non. C'est monsieur Gruaz qui me l'a dit.

Un murmure s'échappe des dents serrées d'Ava. Le « Je vois » plaintif et cuisant de la femme trahie. Il y a sur son visage pâlot une expression où se mêlent fatalisme et animosité. Non seulement Ray la trompe, mais encore il s'affiche avec sa maîtresse dans le village où elle a trouvé refuge. Faut-il qu'il piétine jusqu'au moindre détail de sa vie ? Son estomac se noue. Quel hypocrite ! Elle a le sentiment que, derrière elle, une porte s'est brutalement refermée.

— Je ne voulais pas te faire de la peine, s'excuse Marie-Soleil. Juste te faire prendre conscience que tu te prives d'un homme comme Virgil alors que Ray agit comme un polygame.

— Parce que ton marteau-pilon est fidèle, peut-être ?

— Bien sûr que non. Mais ça ne fait pas vingt ans qu'il squatte chez moi en faisant le grand seigneur à l'extérieur.

— Vingt ans… c'est l'âge de ton loueur de skis. Il pourrait être ton fils.

Ava regrette aussitôt ses mots. Elle sait que Marie-Soleil voit rarement son fils parti vivre à Marseille chez son plongeur de père. En comparaison de la cité ensoleillée en bord de mer, le village montagnard n'a pas fait le poids. Sans compter que Marisol est une mère aimante mais exigeante, tandis que le sudiste est un hippie fumeux aux pieds palmés. Maintenant que son fils entame ses études d'optique, la pisteuse a peu de chances de le voir revenir, hormis quelques jours pour skier en hiver où il profite du forfait de sa mère.

— Excuse-moi, dit la lectrice, contrite. J'ai été maladroite.

— Ne t'excuse pas. Je l'ai mérité. J'ai vraiment exagéré.

— Oublions tout ça, tu veux bien ?

— Mais dis-moi, fait remarquer la perruque rose. C'est notre première engueulade. On devrait fêter ça.

— Tu as raison ! Trinquons ! À notre première engueulade ! J'espère qu'il y en aura plein d'autres.

— Pour être franche, j'en ai marre des saisonniers. J'aimerais rencontrer un mec bien, mais je ne tombe que sur des tocards. C'est pour ça que je ne te comprends pas. Pourquoi continuer à faire allégeance à Ray alors que Viril t'entoure de toute son affection ?

— Bon sang, Marisol, arrête de l'appeler Viril !

56

Jean-Raymond, décrochant le téléphone, en pleine nuit :

— Allô… Allô…

— Surprise !

— Ava… c'est toi ?

— Tu as une voix étrange.

— Je dormais. Il est une heure du matin. Pourquoi tu appelles sur le fixe ? Qu'est-ce qui se passe ?

— Tu n'aurais pas oublié de me dire quelque chose ?

Certes, elle a abusé du mojito après avoir eu confirmation qu'elle était dupée, mais ça ne change rien. Ray est bizarre. Il se racle la gorge et demande, d'une voix empâtée :

— À quel sujet ?

— Au sujet de la cocotte avec laquelle tu fricotes.

— Elle s'appelle Pétunia, et ce n'est pas ce que tu crois.

Il a l'air de penser que l'argument est sans réplique. Fait erreur. Ava lui jette au nez la jeunesse de cette rivale qui, avec ses douze ans de moins qu'elle, n'a pas encore à combattre le relâchement cutané. Cette future garde-malade qui, avec ses vingt ans de moins que lui, lui servira à coup sûr de bâton de vieillesse. Ils ont une terrible dispute.

— Tu es jalouse, ma parole ! Tu cherches à me faire culpabiliser d'être un gagneur alors que tu joues les perdantes depuis toujours. Or je ne suis pas responsable de ta maladie. Je t'ai passé ton coup de folie, ton batifolage avec Hulk, mais j'en ai par-dessus la tête de...

Soudain, du bruit couvre sa voix. Probablement les fêtards qui sortent des bars. Ava saisit quelques mots à la volée : hypocrite, dérangée, capricieuse. À la violence des épithètes dont Ray l'affuble, elle sait que ses paroles l'ont piqué au vif. Mais ce n'est rien à côté de ce qu'elle ressent. Non seulement elle pense que son compagnon lui ment, mais encore elle a l'impression qu'il y a quelqu'un avec lui. Quelqu'un chez elle. Elle s'imagine Pétunia dans l'appartement de la Mouffe. Dans son lit. Pétunia entre ses draps. Cette dernière image lui est détestable. Elle la repousse de toutes ses forces. Raccroche le téléphone sans crier gare.

Dans les jours qui suivent, elle a une sensation de vide. Or la nature a horreur du vide. Elle contemple la montagne par la fenêtre. Les arbres givrés s'empourprent des derniers feux du jour.

Le calendrier est encore en automne mais l'hiver alpin fait déjà sa loi.

Et c'est fin octobre que la chose arrive.

Virgil l'invite à boire un vin chaud chez lui après une marche en forêt. Ils ont aperçu les aigles majestueux. Napoléon a tournoyé au-dessus du lac. Joséphine planait avec lui dans l'air bleu. Ava observe le montagnard qui tisonne les braises de la cheminée. Il est comme le jour où elle l'a embrassé pour la première fois. Attirant, le sourire à faire fondre la mer de Glace, avec toutefois une différence : des rides courent sur son front et soulignent ses yeux, sans pour autant enlever quoi que ce soit à son charme. Ava passe à l'attaque alors qu'il prépare le vin chaud. Elle vient tout près de lui, s'approche dans son dos jusqu'à le toucher. Il perçoit le bombé d'un sein contre son bras. Se fige comme s'il devinait tout en une seconde.

— Je voudrais que tu me fasses l'amour.

C'est formulé si bas qu'il n'est pas certain d'avoir bien compris.

— Tu voudrais que je te fasse quoi ?

Il se retourne, remarque tout de suite l'éclat de ses prunelles.

— Tu as très bien entendu.

Elle se hisse sur la pointe des pieds et appuie ses lèvres sur les siennes. Une pression humide, ardente. Une subtile provocation. Il recule de quelques pas.

— C'est fou l'effet que je fais aux hommes, en ce moment, lâche-t-elle avec une moue ironique.

— Ne le prends pas mal. C'est juste que j'ai peur pour tes yeux.

— J'ai le feu vert du professeur Beauregard. Mes yeux sont sauvés. Enfin, j'espère, corrige-t-elle pour elle-même.

— C'est une lourde responsabilité.

— Tu m'as dit qu'on allait pouvoir faire tout ce qui était interdit avant.

Elle insiste, il pirouette.

— C'est vrai. Mais maintenant, je redoute les suites. Je ne veux pas être celui qui aura causé des dommages irréversibles.

Mais qu'est-ce qui ne tourne pas rond avec moi ? songe-t-elle. Après Ray, c'est Virgil qui refuse de me satisfaire. Elle s'assoit devant la cheminée, le questionne d'un ton qu'elle voudrait détaché :

— C'est en raison de mon âge ? Je te plais moins ?

— Tu me plais beaucoup, au contraire. Mais si demain tu perds la vue, ce sera de ma faute.

Elle braque son regard sur lui qui boit une gorgée de vin chaud pour se donner une contenance. Il est sincère – profondément troublé, mais sincère.

— Alors, c'est non ?

— C'est plus prudent.

Elle relève la tête avec un sentiment de fièvre. Elle est une femme encore pleine de vie, mais qui vieillit. Qui change. Qui perd un peu de son assurance. Au moment où sa confiance en l'avenir diminue en elle, Ray reporte son attention sur un tendron et Virgil se défausse. Elle se sent moins désirable qu'avant. Or, elle n'en brûle pas moins de mille feux. Refuse que son corps ne soit qu'un lambeau calciné.

Aiguillonnée par l'impatience, elle balance :

— C'est plus risqué, au contraire. Parce que je vais m'envoyer en l'air avec le premier venu qui ne fera pas attention à y aller doucement.

Pris à contre-pied, il bredouille :

— Tu ne ferais pas ça, quand même ?

Elle se contente d'incliner la tête. Il la considère éperdument. Elle l'émeut dans sa chair.

— Tu n'en as pas envie ? insiste-t-elle.

— Ne me demande pas si j'en ai envie ou non, dit-il, fiévreux à la perspective de la défaite qu'il pressent.

— N'en parlons plus.

Elle fait mine de capituler pour mieux déployer l'apparat sauvage des premières fois. Elle fait trois pas, se place de façon qu'il la voie de profil. Bombe la poitrine. C'est ce qu'elle a de mieux. Elle se retourne, lui jette un coup d'œil, la tête penchée. Lui sourit à demi. Un magnétisme sensuel paraît soudain s'allumer çà et là. La courbe d'une nuque subtilement affaissée, le cambré des reins, un regard appuyé, quelques mots murmurés :

— C'est toujours non ?

Après avoir résisté avec entêtement au désir d'Ava, Virgil se décide tout d'un coup. Cède comme une digue face au luisant gonflé de sa bouche. Elle perçoit contre son ventre cette saillante partie de lui-même dont elle pressent la force. Elle a besoin de sa vigueur, de ces fermes secousses de la chair pour se sentir guérie. Définitivement. Elle déboutonne son col, le respire dans le cou. Un parfum d'écorce fraîche s'en échappe. Le montagnard enlève sa chemise, prend les mains d'Ava, les pose sur son torse large, à hauteur de cœur. Elle s'impatiente tandis que leurs bouches ne se perdent que pour reprendre haleine. Elle veut qu'il soit en elle. Elle veut que cela soit sur-le-champ.

57

— Qu'est-ce que tu vas faire maintenant ? demande Virgil, le trac audible dans la voix.

Ava reconnaît cette question qu'il lui a déjà posée le soir des étoiles filantes. Elle réfléchit avant de répondre, un bol de café noir entre les mains. Après cette nuit passée ensemble, elle sait où il veut en venir.

— J'ai un projet, ici, avec Marie-Soleil. Mais je ne peux pas encore t'en parler.

— C'est très éloigné de Paris, ça.

— C'est vrai. Je vais beaucoup mieux depuis que je suis près de toi et de Germinie. Et je sais qu'elle me soignerait si ma vue venait à dérailler de nouveau.

Elle se garde de lui demander si la guérisseuse lui a déjà transmis son don, comme beaucoup le croient.

— Tu en as parlé à ma mère ?

— Pas encore, avoue-t-elle après une hésitation. Je ne suis pas certaine de pouvoir rester. Mais ce dont je suis sûre, c'est qu'on doit se préparer. Il sera bientôt l'heure d'aller empaqueter les dons destinés à l'Ukraine.

Il se racle la gorge, comme s'il voulait ajouter quelque chose à propos de Germinie. Mais Ava s'empare à deux mains de son visage, l'embrasse avec fougue. Que cette nuit a été passionnée !

Le soleil peine à percer le brouillard. La visibilité est réduite. La température n'est guère élevée mais la marche les réchauffe. Ils cheminent dans la brume, sans voir où ils mettent les pieds, sans soupçonner quoi que ce soit. À chaque pas qu'ils font main dans la main, il devient évident pour Ava qu'elle est incapable de s'éloigner de Virgil. Elle n'a pas encore trouvé comment gagner sa vie sur place, mais elle sait déjà que son avenir est ici. Elle l'éprouve au plus profond d'elle. Est-ce d'y avoir joué enfant ? D'y avoir été heureuse adolescente ? Il reste en ce lieu un peu de ce cérémonial candide où l'on apprend l'existence en se frottant à la nature. Des souvenirs d'initiation aux mystères de la montagne, de peur intense et d'émerveillement, disséminés comme autant d'éclats dans ces cavités tapissées de fougères. Plus que n'importe où ailleurs, c'est ici qu'Ava a aimé. C'est une vie de village qu'il lui faut. C'est d'un homme comme Virgil qu'elle a besoin. Terre à terre. Sans fioriture, sans faux-semblant. Mais n'y a-t-il pas de la dissimulation en chacun ? Elle a besoin de savoir :

— Depuis ce matin, j'ai l'impression que tu veux me dire quelque chose.

— La réunion va bientôt commencer, lui répond-il en jetant un coup d'œil nerveux à sa montre.

— Nous sommes un peu en avance. Nous avons encore le temps. Et je n'entrevois pas notre avenir ensemble si notre relation commence par une dissimulation.

— Je doute que ma révélation t'apporte la moindre tranquillité. Je crains même qu'après ça, tu ne t'interroges davantage.

— Le plus dur, pour moi, c'est qu'on me cache la vérité, répond-elle avec un sourire un peu triste.

Il acquiesce à sa demande d'un hochement douloureux de tête.

— Contrairement aux apparences, Germinie n'est pas...

— Ava ! s'écrie une femme aux cheveux roses sur un ton joyeux. Avec le beau Viril !

La rousse fait une drôle de bobine en entendant qu'il manque le « G ».

— Bonjour, Marie-Soleil, la salue le montagnard, l'expression étonnée et un brin amusée.

Sur l'insistance de la pisteuse, le couple entre dans la salle où s'entasse un véritable bric-à-brac et rejoint Germinie, Hilarion, monsieur Gruaz, Blaise, les bénévoles du club de lecture, les commerçants et les artisans. Même la sauvage Roxie est de la partie. Les dons sont réunis dans un local qui appartenait à un collectionneur. Depuis son décès, l'endroit est resté dans son jus. L'homme, sans descendance, en a fait don à la collectivité. Le groupe s'affaire toute la matinée à emballer des produits de première nécessité pour l'Ukraine : couvertures, oreillers, draps, linge de toilette, produits d'hygiène, vêtements chauds.

— Cet atelier est immense, fait remarquer la guérisseuse, mais il est tellement plein qu'on n'occupe que l'espace d'un comprimé d'aspirine.

— On pourrait rester pour faire du tri, propose la pisteuse.

— Bonne idée ! s'emballe la lectrice. Comme ça, on aura de la place pour stocker les prochains dons au propre et au sec.

Germinie, Roxie, Marie-Soleil et Ava fouillent les boîtes de stockage tandis que les hommes déplacent les meubles encombrants. Ils ne sont pas au bout de leurs peines, car le défunt était un fervent collectionneur. Un passionné d'optique qui dépensait son argent en bésicles, monocles, longues-vues, lorgnettes, jumelles d'opéra et toute une carambouille de lunettes – astronomiques, de visée, de théâtre, de nuit. Et des centaines de paires de lunettes des années 1950 aux années 2000.

— On dirait les solaires de Brigitte Bardot dans le film *L'Ours et la Poupée*, s'exclame Roxie.

— J'ai trouvé celles d'Audrey Hepburn dans *Voyage à deux* ! s'emballe Marie-Soleil.

— Je tiens celles de Grace Kelly dans *La Main au collet*, annonce la soigneuse.

Des lunettes comme celles de Gina Lollobrigida, d'Elton John, de Dalida, de Michael Jackson, de Sophia Loren, ou encore de John Lennon sont dans un état de conservation remarquable grâce à leur emballage soigneux.

La conversation entre les femmes évolue rapidement de l'amabilité vers une sorte de complicité. Virgil détaille ce singulier trèfle à quatre feuilles : Germinie la soigneuse, Roxie la bûcheronne, Marie-Soleil la pisteuse et Ava la lectrice de manuscrits. Toutes forment une équipe organisée et efficace en dépit de leurs différences. Rien de forcé ni d'artificiel entre elles. Elles sont capables de réunir leurs efforts, combiner leurs actions et agir de concert. Pour lui, une des spécificités du bavardage des femmes est précisément de reposer sur des échanges d'astuces et de connaissances. C'est là leur force. Il pense : Nous, les hommes, devrions en prendre de la graine.

Ava n'en revient pas. Jamais elle n'a vu une telle variété de lunettes en un seul endroit. Pas même dans les grands magasins. Une idée lui vient. Au milieu de cet amas d'objets, elle se sent comme une gosse qui fait des tours sur un manège de chevaux de bois.

58

C'est en train d'arriver. Là, maintenant.

Alors qu'Ava se croyait tirée d'affaire.

Elle ouvre la bouche en grand, à la manière d'une truite sortie de l'eau. Happe l'air autour d'elle. Dans le local, les autres continuent à s'exclamer en découvrant les objets improbables du collectionneur. Une voix de canari couvre le brouhaha :

— Doucement, on ne s'entend plus trier.

Éclat de rire collectif en réponse à la plaisanterie de monsieur Gruaz. Ils sont gais, ces villageois, réunis pour la bonne cause.

Ava est là, les bras tendus devant elle, les épaules crispées. Se fait l'effet d'être dans des toilettes dont la minuterie se serait éteinte brusquement. Elle tâtonne, comme pour chercher l'interrupteur. Ses mains en suspens trouvent la table. Ses doigts trépignent sur les objets de collection. Son cœur tressaute dans sa poitrine.

— Non, non, murmure-t-elle. Ce n'est pas possible. Je suis guérie. Les médecins me l'ont dit.

Elle venait de se pencher à la recherche d'un monocle parti se cacher derrière le radiateur. Au lieu de s'accroupir, le dos droit, et de tendre le bras, elle a plongé la tête la première sous la table. C'est alors qu'un feu d'artifice a explosé dans sa tête. Une comète a filé devant ses yeux, sa chevelure de feu à la traîne. À présent, ce n'est pas du feu qu'elle voit, mais du sang qui tourne à l'encre. La méduse avec ses filaments noirâtres est de retour ; elle laisse traîner son corps liquide dans le remous de son vitré. Ava la voit heurter la vitre de l'aquarium qu'est son globe oculaire, froncer sa collerette, s'effilocher dans les ténèbres. La rouquine bat des cils, ferme les yeux de toutes ses forces avec l'espoir de nouer la veine, d'endiguer l'hémorragie. En vain. Malgré les propos rassurants du professeur Beauregard, cela a fini par se produire. La voilà prise au piège d'une marée noire dans laquelle même l'angoisse s'englue. De l'œil gauche, elle ne voit plus que du sang. Des éclairs se succèdent dans le droit. Quand explosera-t-il à son tour ? Dans une heure ? Dans deux jours ?

Du local empli d'objets, Ava n'entrevoit qu'une lumière floue dans laquelle des ombres évoluent. Comment va-t-elle se sortir de là sans se donner en spectacle, sans effrayer tout le monde, sans avoir à dévoiler que sa vue s'est égarée ? Si seulement les bénévoles âgés pouvaient commencer à fatiguer, les moins patients à s'agacer, les parents à vouloir rentrer donner le bain aux gamins. S'ils pouvaient précipiter leur départ. Donner aux autres l'envie de lever le camp. D'arrêter le tri pour aujourd'hui.

Mais rien de tout cela n'arrive.

Le rangement se poursuit. La conversation va, court, gambade. Les villageois ne sont pas du genre à baisser les bras. Ils ont tout l'après-midi devant eux. Et certains s'ennuient, à la maison. Ils préfèrent être là, avec les autres. Sans compter qu'un casse-croûte à la bonne franquette clôturera la journée dans la joie. Comme du temps des anciens. Quand l'entraide allait de pair avec du pain, du vin et du vacherin. Et ça tombera bien vu que personne n'a déjeuné. Pris dans l'activité, tous ont sauté le repas de midi.

Seul moyen : parvenir à alerter Virgil sans alerter les autres. Si elle réussit à lui prendre la main, elle la serrera de toutes ses forces. Et lui, comprendra. Il la connaît si bien. Elle n'aura même pas besoin de formuler « Envole-moi ». Ava tente d'estimer à quelle distance le montagnard se trouve d'elle au son de sa voix grave. Puis cherche à localiser ses membres supérieurs. Là, elle les devine, lui agrippe le bras, glisse ses doigts, lui enserre les phalanges avec vigueur. Comme un appel au secours muet.

— Aïeuh ! s'écrie une voix de canari. Pourquoi tu me broies la main comme ça, Ava ?

La plainte de monsieur Gruaz statufie l'assemblée réunie au milieu d'un amas d'objets pour mieux voir, de près, de loin. Quelle ironie ! L'espace d'un instant, tous suspendent leur joyeux bavardage. Chacun retient son souffle en attendant la réponse de l'incriminée. Germinie scrute le visage au masque d'une pâleur extrême. Comme si l'énergie que la lectrice avait acquise depuis son retour au village avait fondu en quelques secondes.

— Je vais te faire sortir, l'avertit Virgil qui l'exfiltre à l'instar d'un diplomate d'ambassade.

Ava rabat une mèche auburn sur ses yeux dont les paupières battent l'air. Elle ne songe plus qu'à amoindrir l'angoisse qui, une fois de plus, la submerge alors qu'elle a cru en être délivrée. Dehors, elle cherche du regard le décor alpin. En appelle aux sommets enneigés, à la forêt de sapins, à Napoléon et à Joséphine. Où sont-ils ? Se peut-il que ce paysage qu'elle honore depuis toujours, ce foisonnement d'air pur, de lumière et de liberté ait disparu ? La nature l'a-t-elle déjà oubliée ?

Ce à quoi assiste Virgil le stupéfie. Penchée en avant, la rousse touche ses genoux du menton. Elle écarquille les yeux jusqu'à l'impossible, ouvre la bouche, comme quelqu'un sur le point de vomir. N'y parvient pas. Tout cela sans le moindre bruit. Ça n'a rien à voir avec la douleur ou la souffrance physique. C'est une épouvante indicible. À vous glacer le sang. Surtout qu'Ava ne pleure pas. Ne dit rien. Le montagnard la saisit d'une manière délicate sous les aisselles, la relève. Il prend son visage avec douceur dans ses grandes paluches, scrute ses yeux. Elle sait qu'elle est entre de bonnes mains. Des mains de guérisseur.

— Ava, que se passe-t-il ? Parle-moi.

— Mes yeux m'échappent.

— De l'extérieur, on ne voit rien.

Elle est dépitée de ne pas pouvoir lui montrer son chaos intérieur alors que la dernière lueur s'évapore. Elle tend le cou, présente son œil à la lumière tremblante du soleil à laquelle elle s'accroche éperdument. La nuit dernière a été trop heureuse pour que ce bonheur soit remis en cause de façon aussi abrupte.

Virgil a compris : la maladie est revenue et la visite à Lausanne ne fera que le confirmer. C'est la direction qu'il prend avec le combi. Puisque c'est dimanche, ils y vont par la route. Pas question de bateau. Ava doit se préparer à se battre, même si ses forces la trahissent. Avec cette impression que ses yeux redeviennent sauvages. Des primitifs réfugiés au fond d'obscures grottes où ils produisent des étincelles en frottant des silex.

59

Échographie de l'œil, paupière ouverte, avec un écarteur. Un supplice orchestré par un type à poil sous sa blouse qui lance tout à trac :

— Le barrage laser n'a pas tenu. C'est une hémorragie totale. Le sang est trop dense pour espérer une vidange. Il va coaguler. Sans intervention dans les vingt-quatre heures, la cécité sera définitive. Il faut en passer par la vitrectomie avec injection de gaz.

Un geste chirurgical également connu sous le nom d'ablation du vitré – ce gel transparent qui remplit l'espace entre le cristallin et la rétine. On insère dans l'œil trois trocarts, autrement dit des tiges cylindriques à pointe acérée. Le premier pour aspirer le vitré, le deuxième pour le remplacer par du gaz et le troisième pour éclairer la scène.

— Il y aura des conséquences importantes sur votre vie quotidienne, poursuit la blouse. Le protocole post-opératoire s'avère très contraignant. Votre convalescence est une période à anticiper absolument pour vous et vos proches.

— Anticiper ? répète Ava. Mais je vais être opérée en urgence.

— Quand avez-vous mangé pour la dernière fois ?

— Ce matin, au petit déjeuner. Le repas de midi a sauté.

— Parfait ! On va pouvoir opérer. Mais avant, il me faut votre consentement. Si vous avez bien compris que de graves complications opératoires sont possibles, alors vous signez la décharge. Et vous vous détendez en attendant d'aller au bloc.

— Me détendre ? se crispe Ava.

— Retirez vos bijoux, lentilles, dentier, prothèses auditives, intervient l'anesthésiste. Et lisez ce guide du « bien se comporter ».

— Lisez ? Je suis ici parce que ma vue s'est barrée ! éclate-t-elle.

— Je vais te le lire, s'interpose Virgil qui tâche de rester serein malgré les odeurs d'alcool, d'éther et de désinfectant qui lui rappellent les heures sombres de sa paternité avortée.

Bien se comporter pendant une vitrectomie

- *Ne pas se gratter le nez.*
- *Ne pas faire la conversation au chirurgien.*
- *Avoir des pensées douces et agréables.*
- *Prévenir mollement en cas d'éternuement.*

La perfusion posée, l'équipe médicale disparaît comme une volée de moineaux. Ava en profite pour apostropher Virgil :

— Tu pourrais m'éviter l'opération en me barrant le sang.

— Je n'ai pas ce don, malheureusement.

Elle tique, mais sa voix ne faiblit pas quand elle ajoute :

— Je pensais que ta mère te l'avait transmis.

Il tourne vers la rousse des yeux assombris par l'embarras :

— C'est ce que tout le monde croit, mais la transmission d'une génération à l'autre ne s'est faite qu'entre femmes jusqu'à présent. C'est la première fois qu'une leveuse de maux n'a pas de fille.

— Mais Germinie a un fils. L'heure est au changement. Tu pourrais être le premier homme de la lignée à être faiseur de secrets.

Comme le montagnard lui sourit d'un air triste, Ava cherche à comprendre :

— Si ta mère a encore le don, pourquoi n'a-t-elle pas tenté de me barrer le sang ?

— Je crois qu'elle a peur avec ce qui est arrivé à mon père et à Maud. Elle n'en parle pas, mais elle en a beaucoup souffert. Elle préfère te laisser aux bons soins des docteurs.

— Et s'ils échouaient et que tu étais mon dernier espoir ? Tu crois qu'elle te transmettrait son don pour que tu puisses me soigner ?

Virgil fait quelques pas. Mal à l'aise, il semble regretter de s'être laissé entraîner dans une telle conversation.

— J'ai l'impression que tu ne me dis pas tout, se plaint-elle. Or nous nous sommes promis d'être francs l'un envers l'autre.

Une boule dans la gorge, il s'apprête à lui révéler ce qui l'empoisonne depuis toujours. Il formule alors une nouvelle à laquelle Ava n'a aucunement été préparée :

— Germinie n'est pas ma mère. Elle m'a trouvé devant la chapelle Saint-Didier. Je n'avais que quelques jours.

La rousse en reste bouche bée. Il a dit ça d'une traite, sans même reprendre sa respiration, et c'est elle qui en a le souffle coupé. Elle le fixe, hébétée, sans parvenir à prononcer un mot.

— Les recherches pour identifier mes parents n'ont rien donné. Aussi, j'ai été mis à l'adoption. Germinie et François ne pouvaient pas avoir d'enfant. Ils ont souhaité m'adopter. Mais ce qui aurait dû être simple s'est révélé un parcours du combattant, car François est mort alors que le tribunal n'avait pas rendu sa décision. Germinie s'est retrouvée seule et sans gros moyens pour devenir ma mère adoptive.

Virgil a maintenant l'air un peu absent, comme s'il mesurait la gravité de sa révélation. Ava réalise l'effort qu'il a dû faire sur lui-même pour dévoiler un tel secret.

— Et tes parents biologiques ? Tu as des nouvelles ?

— Aucune. Et c'est bien ainsi. Je sais la belle vie que j'ai eue et l'amour que j'ai reçu. Je préfère ne pas imaginer ce que j'aurais enduré dans d'autres circonstances. Je n'ai jamais cherché à savoir car Germinie m'a tout donné. Alors aujourd'hui, j'essaie d'être là pour elle, à mon tour.

La mère et le fils tiennent l'un à l'autre, non par les liens du sang, mais par d'invisibles attaches nouées il y a un demi-siècle. Ava a d'autant plus de mal à croire ce qu'elle vient d'apprendre que Virgil et Germinie se ressemblent. Elle a lu un article à ce sujet quand elle se renseignait sur l'adoption – en cachette de Ray. Certains enfants adoptés finissent par avoir des traits communs avec leurs parents adoptifs en raison de l'influence de l'environnement familial. Les petits se modèlent au contact des adultes qui les élèvent, ce qui renforce les similarités.

— Et ma mère, elle savait ? demande-t-elle.

— Oui, bien sûr. C'est Louise-Anne qui a aidé Germinie à faire les papiers après la mort de François. Tu sais, ajoute-t-il après une poignée de secondes, si je pouvais te soigner, je le ferais.

60

Virgil téléphone à Germinie tandis qu'Ava renonce à prévenir Ray. Elle n'a ni l'énergie ni la patience de lui annoncer qu'un trio de trocarts va lui vider le globe oculaire comme une fouine gobe un œuf. Et puis, il est certainement avec cette fille au nom de plante qui finit en « nia ». Comment déjà ? Ça ne lui revient pas. Ah, si ! Ça y est ! C'est Bégonia ! C'est ça. Bégonia.

— Il faut retirer tous vos vêtements et passer cette tenue dans la poche plastique que voici, lui recommande l'aide-soignante.

Et la voilà affublée d'une blouse en papier ouverte dans le dos, d'une charlotte en filet dont l'élastique lui mâchonne le front, de chaussons pointus devant et derrière comme des oreilles de lutin ! Et pour compléter sa mise : un bracelet avec son matricule, au cas où elle chercherait à s'évader !

S'ensuit l'interrogatoire mené par un interne zélé aux joues marquées d'acné juvénile :

— Quel œil doit être opéré ? Avez-vous signé la décharge ? Des enfants ? Êtes-vous enceinte ?

— Le gauche. Oui. Non. Vu mon âge, c'est peu probable.

— Vous avez dépassé l'âge critique ?

— C'est-à-dire ? réplique Ava dont les deux globes oculaires saillent sous l'effet de l'indignation.

— À voir votre vive réaction, je coche « oui », commente l'étudiant en médecine. Dites donc, elle est un peu volcanique, votre femme ! ajoute-t-il à l'adresse de Virgil.

Parce qu'il surprend sur le visage du montagnard une désapprobation marquée, il s'essaie maladroitement à dire sa solidarité envers les femmes touchées d'obsolescence :

— Je vous rassure : la ménopause n'est pas synonyme de décrépitude. Beaucoup de dames ménopausées ont une vie sociale normale, et parfois même une vie sexuelle.

Silence de tombe. Il se racle la gorge :

— Des allergies ? Droitière ? Profession ?

— Non. Gauchère. Lectrice de manuscrits.

— Ah, vous tombez à pic ! J'ai justement raconté l'histoire de mon tonton Valérien. Parce qu'il ne valait pas grand-chose, justement. Valérien… Valait rien… vous l'avez ? C'est très drôle et bien écrit. Vous pourriez le déposer sur le bureau d'un bon éditeur ?

Ava voudrait lui rétorquer qu'il lui prête un pouvoir qu'elle n'a pas. Qu'elle est lectrice et non conseillère éditoriale. Se ravise. Si elle refuse, va-t-il lui crever l'œil par mégarde ? Par sécurité, elle dodeline de la charlotte en signe d'acquiescement. Il lui jette un regard satisfait.

— Montrez-moi du doigt l'œil qui doit être opéré.

Elle désigne le gauche de l'index. Comment se fait-il qu'il ne le sache toujours pas ? Il l'effraie avec cette question qui revient sans cesse. Elle ne peut s'empêcher de se demander à quoi ressemblera son œil après l'opération. Et s'il se trompait comme avec cette fille venue pour une appendicite et repartie unijambiste ? Elle doit faire confiance à cet interne qui semble tout ignorer de sa droite et de sa gauche.

L'étudiant reparti, Virgil tente de distraire Ava en attendant son passage au bloc. Il lui parle du projet qu'il mène pour garantir la pérennité des sangles d'épicéa fabriquées en France. Il cherche à obtenir un Label Rouge doublé d'une IGP – indication géographique protégée –, à l'instar du jambon de Bayonne ou du pruneau d'Agen. Un marqueur d'authenticité destiné à freiner la concurrence déloyale des Polonais afin d'attirer des jeunes vers le métier. Il y a une telle pénurie de sangliers que soixante pour cent des sangles sont importées de pays de l'Est, sans que cela suffise pour autant. Au point que certains industriels laitiers veulent cercler les fromages avec des lattes en plastique imitant les veines du bois. Une aberration à ses yeux. Pour lutter contre ces déplorables errements du monde moderne, Virgil est en train de monter un réseau de fromagers désireux de garantir un produit artisanal entièrement fabriqué en France, de la sangle en épicéa au vacherin d'Abondance en passant par la boîte en bois local.

— J'ai pensé l'appeler Label au bois dormant. Qu'en dis-tu ?

— C'est kitsch, comme j'aime.

— Madame Blanc, on y va, intervient le brancardier.

Un petit signe de la main en direction de Virgil et la voilà dans le couloir, sur son lit à roulettes. Au bloc, elle reconnaît le professeur Beauregard malgré son masque et ses lunettes chirurgicales. On la place sur le dos pendant qu'il lui explique le déroulement de l'intervention sous microscope opératoire, mais sans anesthésie générale. On lui insensibilise l'orbite par « des injections de voisinage », comme il dit – des piqûres dans les coins. Les cils sont protégés. Un insert permettant de garder l'œil grand ouvert est mis en place.

— Je vais passer l'aspirateur dans votre œil. Au fur et à mesure que le vitré est évacué, j'infuse du gaz afin de maintenir la pression oculaire et le volume. Sans quoi, vous allez vous retrouver avec un ballon de baudruche dégonflé, croit-il bon de plaisanter. Vous n'avez qu'une seule chose à faire : ne pas bouger. Quoi qu'il arrive. Pas d'un millimètre. Ne toussez pas. N'éternuez pas. Ne parlez pas.

Ni une ni deux, et déjà les trois trocarts sont enfoncés dans son œil éclairé comme le stade de France un jour de finale ! Et c'est parti pour un grand ménage dans la chambre avec vue. Le chirurgien respire fort. Maîtrise l'énergie contenue dans ses mains, se méfie de ses pieds crispés sur les pédales de contrôle, tel un joueur d'orgue.

Quatre-vingt-dix minutes plus tard, le brancardier reconduit Ava dans sa chambre où on lui impose de se mettre à plat ventre. Il est primordial que le gaz ophtalmique vienne appuyer contre les parois afin d'éviter une nouvelle hémorragie. Elle bataille pour pivoter sur sa hanche. Pas facile de plaquer le visage, face contre matelas, avec une coque en plastique dur sur l'orbite. La voilà bien à plat, dans sa chemise d'hôpital ouverte dans le dos. Elle sent sur son arrière-train le courant d'air d'une porte qui s'ouvre. C'est Virgil, de retour avec un café.

Et de la trouver la tête scotchée et les fesses à découvert !

— Ah, voilà le mari ! s'exclame le chirurgien, venu voir son opérée. Vous tombez bien, car le succès de l'opération dépend en partie de vous. Asseyez-vous. Je vais vous expliquer.

— Ce n'est pas mon mari, bave Ava dans le drap-housse tout en agitant une main vers ses fesses pour qu'on les lui recouvre, sans que personne ne réagisse.

— Votre femme doit impérativement maintenir la position du boudeur. Tête penchée en avant, visage face au sol. Que ce soit pour marcher, se laver, manger, faire ses besoins. C'est la condition sine qua non de sa guérison.

— Combien de temps ? s'inquiète Virgil.

— Le temps que le gaz se résorbe. Huit semaines.

— Huit semaines ? s'étouffe Ava.

Elle compte mentalement, comme le ferait Jean-Raymond. Huit semaines, ça fait presque deux mois. Ça l'emmène à Noël. C'est tellement loin, Noël. Elle se demande comment elle va tenir ainsi jusqu'à la fin de l'année lorsque le chirurgien ajoute :

— Sa qualité de vie sera largement dégradée. En particulier la nuit, vu qu'il lui faudra dormir à plat ventre. Jamais la tête sur le côté. Par ailleurs, il ne faudra surtout pas mouiller son œil. Pas de shampooing et la douche avec des lunettes de chantier à rabat sur les côtés.

Pourquoi ne s'adresse-t-il qu'à Virgil ? s'interroge Ava. Je ne suis pas dans le coma ! Elle s'évertue à garder son calme malgré son esprit plein de questions. Plus le chirurgien donne de consignes, moins elle comprend en quoi consiste cette convalescence qui s'annonce impossible. Comment peut-on dormir le visage contre le matelas sans suffoquer ? Comment fait-on pour manger la tête en bas ? Peut-on rester huit semaines avec les cheveux sales ? Comment faire pour retourner à Paris dans ces conditions ? Peut-on prendre le TGV dans la position du boudeur ? Il est inenvisageable pour elle de rester deux mois de plus à Abondance. Hors de question de faire endurer ce cirque à Germinie.

— Votre femme devra également porter jour et nuit ce bracelet qui informe les urgentistes qu'elle a du gaz intraoculaire. Il vous fera office d'aide-mémoire sur les six consignes à respecter absolument : interdit de prendre l'avion, d'emprunter un ascenseur rapide, de subir une anesthésie, de faire de la plongée sous-marine, d'aller dans un caisson hyperbare, d'aller en montagne.

Après quoi, il fixe au poignet féminin une menotte jaune fluorescent sur laquelle figurent six pictogrammes cerclés de rouge et barrés d'une croix. Ava rétracte sa main. Le plastique rigide à son poignet lui fait l'effet d'un sabot de fourrière. Ou d'un bracelet électronique pour un crime qu'elle n'a pas commis. Non seulement elle va devoir garder la tête baissée jusqu'à Noël, mais encore elle n'a plus le droit de rien faire à cause de ce gaz. Pire encore, elle apprend qu'elle ne verra pas au travers.

Viennent les recommandations pour la nuit : dormir avec une coque en plastique à maintenir avec du sparadrap. Ava se demande s'il y a encore un œil sous le pansement ou s'il n'y a plus que du vide. Est-elle énucléée ? Elle a envie de soulever un coin de l'énorme coussin taché de sang, mais elle a interdiction d'y toucher avant vingt-quatre heures. Son pouls s'emballe sous l'effet de la crainte qui gonfle en elle.

Le chirurgien prévient sa patiente pendant qu'on la force à manger un yaourt nature en position du boudeur. Garder le visage face au sol en permanence tournera au supplice au fil des jours tant l'effort sur la nuque est intense. Une tête humaine pèse sept kilos. Un véritable poids mort penché à quatre-vingt-dix degrés. Peu de personnes y parviennent dans la durée tant la douleur liée au torticolis devient aiguë. La tête basse, la lectrice écoute le professeur Beauregard qui parle d'un ton monocorde dont les mots ne l'atteignent plus. Elle a la sensation qu'un nuage de suie tombe sur elle, cendres d'un volcan qu'elle croyait endormi.

61

Rentrer au village en van est un supplice. Forcée de garder le visage face au tapis de sol, Ava ne peut voir la route. Prise d'une nausée, elle vomit le yaourt par la fenêtre ouverte. Virgil est conscient que l'intervention sans anesthésie générale a été une épreuve. Il déteste la voir souffrante et en conçoit un mal-être diffus.

— Nous y voilà, dit-il en se garant devant chez lui.

— On ne va pas au Mont ?

— C'est impossible. Le chalet est à 1 200 mètres d'altitude. Or tu ne peux pas dépasser 900 mètres. La maison est déjà à la limite haute. Tu vas devoir me supporter pendant deux mois.

Gênée de lui imposer sa présence, elle demande :

— Et ta mèr… je veux dire Germinie ?

— Germinie est ma mère, dit-il, insistant sur le « est ». Et tu dois continuer à l'appeler ainsi, sans quoi elle va comprendre que je t'ai tout révélé.

Elle est au courant pour les contraintes liées au gaz oculaire. Ne t'inquiète pas. Elle viendra te voir demain.

Ava n'avait pas pensé à cela. Quand le chirurgien lui a interdit d'aller en montagne, elle a pensé à la randonnée, au téléphérique. Pas au chalet du Mont. Elle panique un peu à l'idée de séjourner, à moitié aveugle, dans une maison qu'elle connaît à peine, alors que chez la soigneuse l'emplacement des meubles lui est familier. Elle redoute de se cogner partout, de bousculer une lampe, de casser un vase appartenant à Maud. Et par-dessus tout, elle va se donner en spectacle devant le montagnard. Ce n'est pas la façon la plus romantique de cohabiter avec lui. Qu'a donc le sort à s'acharner ainsi ?

— Je suis désolée d'envahir ton chez-toi dans ces conditions. Je vais chercher une solution. Ce n'est que provisoire.

— Ne dis pas de bêtises ! Tu partiras quand le gaz sera entièrement résorbé.

Il a l'impression que si elle fait sa convalescence ailleurs que chez lui, il ne pourra pas la protéger du malheur. C'est ridicule, il le sait. Et pourtant, il est persuadé d'être le seul capable de prendre soin d'elle correctement.

Ava descend du van, tâchant de deviner où elle pose les pieds dans la semi-obscurité, et se dirige lentement vers la maison aux volets rouges quand les cloches de l'abbatiale se mettent à sonner neuf heures du soir. Leurs tintements se mêlent aux battements du sang dans ses tempes. Elle se fait l'effet d'être voûtée telle une ogive. Pense à Maud, droite comme un I, s'admoneste-t-elle, vexée. Quelle humiliation que cette position de victime, à l'oreille plus basse que jamais !

Virgil l'aide à gravir les marches et à s'asseoir dans le canapé. Il est si chagriné de la voir ainsi qu'il prononce les premiers mots qui lui viennent à l'esprit, tout en sachant que le sujet est délicat :

— Hilarion m'a dit qu'on allait vers une année de fleurs. Il a lu dans *L'Almanach savoyard* qu'il y en aurait à profusion au printemps.

— Tu penses aux bulbocodes ? dit Ava d'une voix dépourvue d'énergie.

— Oui. D'après lui, il pourrait sortir des bulbes dès février en raison du réchauffement climatique.

Ava sourit faiblement. Elle a deviné que c'est là son seul moyen pour lui apporter un peu d'espoir et qu'elle doit faire semblant d'y croire. Virgil n'aime pas la voir ainsi vaincue et quitte la pièce, désemparé. Il aimerait rester la nuit à ses côtés, mais elle doit dormir seule, pour éviter tout heurt durant son sommeil. Elle voit les jambes solides qui s'éloignent, les suit de son œil libre. Elle se lève pour le rejoindre dans la chambre d'amis où il s'affaire. Quelle image donne-t-elle d'elle, penchée en avant comme si le grand âge l'avait cassée en deux ? Elle pense au délai qui la sépare du jour où elle pourra relever la tête, regarder droit devant elle. Marcher les omoplates saillantes, le front haut. Huit semaines. Un bail.

En attendant, elle fait quelques pas dans la maison de Virgil qui lui semble plus grande que la fois où ils ont chanté dans la chair de l'autre. Plus grande et semée d'embûches. Table basse, bibelots, plantes vertes, panier à bûches, escalier dépourvu de rampe, raide comme une échelle de meunier... Autant d'obstacles.

Ava s'installe à plat ventre pour dormir. La nuque rompue, les membres lourds, la tête patraque. Il y a des vides là-dedans. Des vides affreux dans lesquels elle tombe, anéantie. Avec cette terrible appréhension d'un lendemain incertain. Dans cette position incommode, elle passe la nuit sans que le sommeil s'attarde plus d'une heure. Elle patiente dans la pénombre, recompose le présent, imagine le jour à venir dans les phosphènes qu'elle aperçoit sous ses paupières fermées. Ces nuées errantes et lumineuses dessinent des paysages : le bassin dans le jardin de la soigneuse, la forêt d'épicéas où elle a levé des sangles avec le montagnard, la bibliothèque du village animée par la pisteuse, le local plein de lunettes qu'elle triait quand la catastrophe est arrivée. Quand l'histoire du jour est devenue une nuit.

Derrière ses paupières closes, des silhouettes se dessinent : Germinie qu'elle aime comme une mère, Virgil qu'elle aime d'amour, Marie-Soleil qu'elle aime déjà comme une sœur et les autres villageois qu'elle porte dans son cœur. Et si tout lui était repris ? Ses yeux pleurent du sang sous le pansement.

62

Il fait une matinée embruinée. Larmoyante. Il pleuvine. Sans cesse, cette pluie à l'âme. Une voiture perce la brume. Au volant : le docteur Velpeau. Sur le siège passager : Germinie, sa canne et son gilet boutonné lundi avec mardi. Ils débarquent chez Virgil qui prépare du café. Attablée, tête baissée, Ava devine de qui il s'agit au bruit des sabots de bois, au son des voix. La première chose que les visiteurs aperçoivent, c'est l'écume sanguinolente sous la coque en plastique transparent.

— Ils ne t'ont pas loupée ! s'exclame la soigneuse.

— Maman ! tonne Virgil sur un ton de reproche.

— Tenez ! dit le médecin en lui tendant un paquet volumineux.

— Qu'est-ce que c'est ? demande l'opérée.

— C'est une têtière. Un coussin de tête, si vous préférez.

Il sort du carton un boudin reposant sur un support, semblable à une bouée d'assise destinée à soulager une crise d'hémorroïdes.

— Vous allez en avoir besoin car la position du boudeur est un véritable suppli…

— Croyez-vous que la vue me sera rendue ? le coupe Ava.

— Les chances sont bonnes, à condition que la rétine reste bien à plat. Pour ça, il vous faut utiliser ce dispositif médical.

Germinie se lance alors dans la lecture de la notice, à la manière d'un voyageur de commerce :

— *Le coussin de visage* Pilouface *permet de soutenir votre visage parallèle au sol de jour comme de nuit. Pure extension de votre mobilier, il remplit toutes les fonctions que vous attendez de lui pour une cicatrisation en toute sécurité.* Pilouface *soulage les douleurs cervicales et musculaires provoquées par la position du boudeur. Son armature s'adapte à tous les supports. La mousse à mémoire de forme enregistre la structure de votre visage. Le textile antibactérien en fibre de bambou permet un confort accueillant et l'insertion de lunettes. En position allongée, placez le visage dans le coussin posé sur le matelas pour une nuit confortable. En position assise, placez le visage dans le coussin posé sur une table, ou un bureau, pour discuter, manger, écrire ou encore lire.*

— Votre guérison dépend de vous et vous dépendez de vos proches, ajoute le médecin en regardant tour à tour la mère et le fils. Passons maintenant aux soins quotidiens.

Ava baisse la tête davantage encore afin de cacher l'embarras que suscite cette dépendance.

Après avoir doucement retiré le sparadrap, le docteur observe l'œil évidé, le compare à l'autre. Le droit est dilaté par la frayeur et le gauche présente un globe rougi entre les retroussis affreux des paupières.

— Vous voyez quelque chose ? demande-t-il.

— Non. Rien. Seulement une sorte d'opacité visqueuse et mouvante d'un blanc crayeux, indistinct.

— Je vais vous apprendre à nettoyer votre œil. Vous pourrez ainsi changer votre pansement toute seule.

Ava le remercie pendant que Virgil sert le café. Quant à le boire, plus facile à dire qu'à faire, avec le visage enfoui dans la têtière. Les trois autres se lancent des regards inquiets, indécis. Faut-il l'aider ou la laisser se débrouiller ? Il faudra finalement une paille pour qu'elle parvienne à siroter son café tiède.

Deux jours plus tard, la convalescente prend son courage à deux mains pour changer son pansement elle-même. Elle veut être autonome et regarder à quoi ressemble son œil. Elle tire à petits coups sur le sparadrap posé sur la joue. Puis plus fort sur le nez pour abréger le supplice de la peau irritée par l'adhésif. Et finit par arracher d'un coup sec celui en travers du front, s'épilant le sourcil au passage. Et de se retrouver avec un sourcil manquant au-dessus de l'œil opéré !

Visage vers le sol, miroir en main, elle scrute l'œil tuméfié dont la paupière s'ouvre à peine. En forçant, elle aperçoit trois taches pourpres dans le blanc : les trous des trocarts. Le cerne est violacé. Les cils sont englués de mucus. La vision est obstruée pire qu'après le passage d'une avalanche. On ne voit pas au travers du gaz, elle le sait. En attendant qu'il se résorbe, il faut nettoyer et replacer la coque percée de trous.

« Tu vas faire un malheur pour Halloween ! » lui a dit Marie-Soleil la veille, venue lui rendre visite avec une bonne nouvelle : elle a pu mettre de côté les lunettes dénichées au local, comme Ava le souhaitait.

Maintenant que son œil est nettoyé et qu'elle a fait sa toilette, elle aimerait bien avoir les cheveux propres. Seule solution : les laver la tête en bas dans la baignoire tout en gardant son œil au sec. Mission impossible sans l'aide de Virgil qui vient à sa rescousse :

— Moi, je te shampouine. Toi, tu plaques une serviette de toilette sur ton œil, en cas d'éclaboussures.

Et la voilà la poitrine nue à l'exception d'un bustier brodé. Les cheveux roux déployés, à genoux devant la baignoire, Virgil penché au-dessus d'elle. Le dos féminin entre les jambes masculines. Il mouille sa chevelure d'eau tiède, répartit le shampooing, touche du doigt un de ses désirs les plus ardemment caressés. De la mousse monte une bonne odeur de tilleul en fleur, enivrante comme un vin doux. Le visage enfoui dans la serviette-éponge, Ava se détend. Que c'est bon ces mains fermes qui lui pétrissent le crâne avec délicatesse, les doigts lui malaxant le cuir chevelu, les pouces carrés exerçant une douce pression à la base de sa nuque. L'atmosphère est suave. Toutes les voluptés s'épanouissent dans une sorte de langage tactile. Dans ce penchant qui naît sur la peau et se prolonge dans le cœur.

Ava a les cheveux rincés. Le montagnard lui enveloppe la tête d'une serviette moelleuse. L'aide à se relever entre ses bras d'airain, tout en instinct. La nuque ployée, elle se redresse avec lenteur. À l'attrait de ses charmes s'ajoute une lascivité clandestine. Virgil en est tout perturbé. La coque sur l'œil est là, en rappel. Pour protéger l'entrée de ce bustier à peine défendu d'un frêle rempart de dentelle. Et c'est ça, ce qui le trouble.

63

Ava ouvre son œil libre. La lumière du jour lui vient en gelée de coing. Elle laisse le silence couler entre les meubles de sa chambre, voisine de celle de Virgil. Absent pour deux jours. Il est parti avec son groupe de fromagers pour obtenir son Label Rouge.

Malgré l'appréhension, il faut bien retourner à Lausanne. Cette fois, c'est Germinie qui accompagne la borgnesse – comme dit monsieur Gruaz, relançant le débat sur la féminisation des mots. Ce trajet dans le taxi de monsieur Taylor est pénible pour Ava qui doit de nouveau voyager sans regarder la route. Il a neigé durant la nuit. Les crêtes des Préalpes qui surplombent le Léman sont blanchies. À l'Asile, elles retrouvent Daisy et ses Sugus à l'ananas, la salle d'attente bondée, les magazines écornés, la machine à café en francs suisses, les soupirs d'impatience. Et enfin, le professeur Beauregard qui sourit sans toutefois se départir de cette dureté propre à celui qui côtoie trop de souffrance.

— Comment allez-vous, madame Blanc ? fait-il en l'autorisant à relever la tête pour l'auscultation.

— J'attends que vous me le disiez, grimace Ava qui peine à redresser la tête tant sa nuque est raide.

— La bulle de gaz est intacte. Elle va se résorber lentement jusqu'à sa complète disparition. L'œil cicatrise normalement.

— Est-ce que je vais récupérer la vue ?

— On ne le saura pas avant Noël. Il faut que le gaz ait disparu pour pouvoir réaliser les tests de vision.

— Vous aviez dit qu'Ava était guérie, l'apostrophe Germinie, le front buté.

Le professeur détaille ce petit bout de femme ridée comme une pomme reinette, chaussée de sabots d'un autre temps, la coiffe savoyarde, le mouchoir de cou, le tablier brodé. Une publicité ambulante pour les traditions alpines, très tendance.

Il répond sans ciller :

— Ce sont des choses qui arrivent.

Même discours flou que le chirurgien parisien : « Ce n'est pas une science exacte, le risque zéro n'existe pas. »

Et comme le visage d'Ava se ferme, il ajoute :

— J'ai bon espoir que la situation s'arrange pour vous. À condition de respecter quelques consignes.

— J'ai déjà du mal à garder la position du boudeur.

— Je sais, mais il s'agit de mettre toutes les chances de votre côté.

— Je vous écoute, soupire l'opérée.

— Il faut éviter à tout prix de pousser aux toilettes.

Surprises, les deux femmes échangent un sourire amusé malgré la gravité de l'instant.

— Je ne vois pas ce qu'il y a de drôle, ronchonne le professeur Beauregard. Et dernière chose : ne portez pas plus de cinq livres à la fois.

— Cinq encyclopédies ou cinq poches ? ironise la lectrice.

— Cinq livres, cela représente deux kilos et demi.

— Deux kilogrammes vingt-sept, corrige Germinie qui a pris l'habitude des équivalences avec ses voisins anglais.

Le chirurgien est si mal à l'aise que sa patiente se demande s'il est dépassé par la situation. C'est la question qu'elle aborde avec Germinie, une fois sur le bateau du retour.

— J'ai l'impression qu'il ne me dit pas tout.

— Qu'est-ce que tu vas chercher ? rétorque la soigneuse, désireuse de ne rien montrer de ses doutes.

Mais Ava perçoit dans le ton de sa voix que le scepticisme l'a saisie, elle aussi.

— La vérité, justement. Vu que tout le monde me cache des choses. Les médecins, mes proches, même combat.

— Mais qu'est-ce que tu racontes ?

— Mon entourage me ment depuis toujours, lâche Ava, chagrinée.

— Tu exagères un peu, non ?

— Non, justement. Mon père m'a monté un bateau en me faisant croire qu'il partait en voyage. Ma mère a fait mine d'aller prendre un bain alors qu'elle s'apprêtait à se pendre. Ray m'a dissimulé sa liaison. Toi aussi, tu m'as raconté des histoires.

— Je ne sais pas de quoi tu parles, s'offusque Germinie.

— Du fait que Virgil n'est pas ton fils.

La rousse regrette aussitôt ses mots mais il est trop tard : la septantenaire, qui s'est d'abord tassée dans son siège, se lève et s'éloigne en faisant taper sa canne. Elle entend encore pleurer le bébé abandonné qui lui était apparu sur le seuil de la chapelle Saint-Didier, il y a plus d'un demi-siècle, tout recouvert de neige.

Ava voudrait se lever à son tour, partir en quête de Germinie, mais pour ça, il faudrait qu'elle redresse la tête. Elle s'en veut terriblement d'avoir blessé celle qu'elle considère comme sa mère. La mère qu'elle se serait choisie. Et puis, elle a tellement besoin de la guérisseuse, maintenant que sa vue s'apprête à la lâcher. Elle l'a deviné au chevrotement dans la voix du professeur. Elle l'a perçu dans le tremblotement de ses mains de chirurgien. Ses chances de recouvrer sa vue d'antan sont incertaines. Sans parler de l'autre œil qui avant de saigner à son tour ne tiendra qu'un an ou deux. Trois, tout au plus. Déjà, les signes sont là : mouches noires, éclairs brillants, vision double, blanc qui vire au jaune.

Tout est réuni pour l'alarmer.

Elle commence à penser que Jean-Raymond avait raison : elle aurait dû se rendre à l'hôpital Rothschild. Elle s'est trompée : Germinie n'est pas en mesure d'éloigner d'elle l'angoisse et l'obscurité. Ava s'est montrée naïve. Que doit-elle faire à présent ? Rentrer à Paris et entendre Ray lui rabâcher qu'il avait raison ? Regagner la Mouffe où elle n'a jamais cessé de voir sa mère se balancer ? Se terrer chez Virgil en attendant que la cécité la gagne ? En proie à la panique, elle peine à respirer, cherche à happer l'air. Un jet de bile lui remonte dans la gorge sur ce bateau, jouet des vents froids de novembre. Des larmes s'échappent de sous la coque en plastique, la brûlent pire que de l'acide.

La leveuse de maux doit s'en douter, car elle ne reste pas longtemps absente. Elle n'est pas femme à délaisser cette fille borgne qui perd pied sur le pont d'un traversier. Cette rousse qu'elle considère comme sa gamine. Pour preuve : elles se disputent comme une mère et sa fille le feraient. Appuyée sur sa canne, elle est prête à en découdre malgré l'affection qu'elle a pour Ava. Celle-ci détecte un reproche mêlé d'amertume dans la voix de Germinie dont les premiers mots l'ébranlent davantage encore :

— Virgil, pas mon fils ? En voilà une sévère ! Est-ce qu'on aime moins un enfant qu'on a élevé parce qu'on ne l'a pas mis au monde ? Je ne suis peut-être pas sa mère biologique, pourtant je sais ce que c'est que de veiller la nuit, vérifier qu'il respire, ne vivre que pour lui, craindre pour sa santé, sa sécurité. Tout ça sans personne à mes côtés. Mais est-ce nécessaire de parler de ça ? Et surtout à qui ? Pas avec toi, c'est sûr. Qu'est-ce que tu en sais, d'ailleurs ? Tu me juges, alors que tu n'as pas plus donné la vie que moi. Et tu n'as pas non plus éduqué l'enfant d'une autre, me semble-t-il.

Blessée au vif, la lectrice est incapable de répondre. Toutes deux montent dans le taxi de monsieur Taylor qui les attend à Évian. Dans la tête d'Ava c'est comme une sorte d'orage mental où tourbillonnent toutes ses pensées, tous ses remords d'avoir acculé Germinie à faire un mea-culpa alors qu'elle n'a rien à se reprocher. Elle bafouille des excuses, confuses mais sincères. La septantenaire, son sac sur ses genoux, répond quelque chose à voix basse. Un murmure à peine audible.

Une expression de tristesse assombrit le visage de la rousse. C'est l'ombre d'un remords qui passe. Elle en a assez de constater chaque jour une lézarde dans son comportement. D'où viennent les erreurs qu'elle commet à répétition avec les gens qu'elle aime ? En fait, elle se demande si elle mérite de tels amis. La seule chose qui la rassure un peu est que la soigneuse a murmuré « nous ». « Nous en avons vu d'autres. Nous allons nous en sortir. » Ce « nous » les lie. Par cette nouvelle chance d'être tous ensemble, à Abondance. À condition de profiter de chaque instant avec ceux qui restent. Ava demande pardon. Pour toute réponse, Germinie se cale contre elle, la tête sur son épaule. À l'approche du village, la neige abolit les reliefs, unifie la montagne dans une blanche quiétude. Un blanc immaculé d'avant la création du monde.

64

Le pâle soleil d'hiver s'est couché dans les nuées nacrées. Demain viendra la gelée blanche. Et le soir, et la nuit. Puis l'aube et ses clartés de vapeurs obstruées. Le temps coule au rythme de la bulle de gaz. Les jours raccourcissent.

— Ava ? Tu es réveillée ?

Chaque matin, Virgil l'appelle, s'inquiète, l'oreille guettant les bruits de la maisonnée. Rien qu'à l'idée qu'il puisse pousser la porte de sa chambre, la trouver l'œil collé, elle se lève, enfile des vêtements propres, va se débarbouiller. Il la découvre coiffée de guingois dans la cuisine, à faire du café le front bas, la chemise de traviole. La lumière lui revient peu à peu, passe par-dessus la bulle mouvante, lui indique l'emplacement du sucre, lui rend le motif du carrelage. L'œil gazé trifouille l'opacité de la confiture, fouine dans la boîte à biscuits.

Le temps de boire un café et voici qu'apparaît Germinie déposée par Hilarion qui repart aussitôt.

La soigneuse vient de plus en plus souvent chez son fils où elle est à l'aise maintenant que Maud n'est plus là pour la critiquer. À la voir si fréquemment chez Virgil, les villageois pensent qu'elle lui transmet son don petit à petit. Pour preuve, un vide respectueux se fait autour du montagnard dans l'attente de l'annonce officielle de la passation.

Aujourd'hui, Germinie veut assister à la célébration du premier dimanche de l'Avent, mais elle se sent un peu faiblarde. Et personne pour l'accompagner. Ses amies ont toutes défunté. Virgil est fâché contre Dieu depuis qu'Il a rappelé à lui son bébé. Il est encore tourmenté par ce drame. Telle une ombre, ça le suit ; ça s'obstine à le hanter, ça le réveille parfois la nuit. Il y aura cette incompréhension dans sa vie à jamais. Quant à Hilarion, inutile d'y songer. C'est un incroyant notoire. Ne reste qu'Ava qu'elle se doit de rapprocher de la vérité.

Bras dessus, bras dessous, elles se rendent à l'abbaye. L'une regarde ses pieds s'enfoncer dans la neige, l'autre s'appuie sur sa canne. Il y a ici le cloître d'architecture gothique, trésor de l'art religieux médiéval, d'une grande rareté en France. Les peintures murales de la Vierge Marie font voyager l'esprit de tous avec leur décor piémontais. Tous sauf Ava. La position du boudeur fait qu'elle ne voit que le sol où elle remarque une flaque, au pied du bénitier. Goutte après goutte, ceux qui y trempent la main laissent cette empreinte marquée de calcaire. Un geste afin de saisir une perle d'espoir ajoutée à la prière pour les personnes dont l'avenir est aussi incertain que le sien. La rousse songe à la chance qu'elle a d'être entourée par les villageois, au dégoût d'être autant délaissée de Ray qui fait le mort – il n'a répondu à aucun de ses appels.

Les deux femmes entrent à pas feutrés, s'assoient sur un banc devant des agenouilloirs d'où monte une senteur boisée, chaude et enveloppante. Une douce odeur de bois brûlé. Germinie, qui entend Ava renifler, dit à voix basse :

— C'est de l'encens oliban. Le respirer réduit l'anxiété, favorise la confiance et inspire la paix.

Un fidèle se retourne, fait chut avec un doigt sur la bouche. Elles écoutent alors le curé lancé dans l'office :

— Dans l'Évangile de ce premier dimanche de l'Avent, Jésus nous invite à nous redresser, à relever notre tête. Et ce, même si des signes pourraient nous décourager.

Ava n'en revient pas, tant ce commandement traduit sa situation. Elle ne peut extirper de son esprit ce pour quoi elle accompagne Germinie à l'église : l'inquiétude. Pour la soigneuse. Depuis quelque temps, celle-ci paraît parfois détachée de la réalité.

Le prêtre trace le signe de croix puis entre dans la louange avec le cantique *Nous étions en attente* :

— Perdus dans l'inconnu sur nos chemins d'errance, la lumière est apparue.

Il allume alors la première bougie de la couronne de l'Avent, puis reprend :

— Veilleurs en marche, l'étoile est devant nous. Allons au rendez-vous.

Les mains jointes, Germinie lui fait écho :

— Guetteurs de l'aube, voici le jour. La nuit touche à sa fin.

Leurs répons résonnent à l'oreille d'Ava à laquelle la position du boudeur donne une allure de fervente pratiquante. Elle respire lentement. Son esprit s'apaise. Elle s'interroge. Qu'est-ce qui fait qu'ici tout se calme et s'adoucit ? Depuis toujours, elle aime les églises. Pas tant par croyance que pour l'atmosphère qui y règne : lumière des cierges, odeur d'encens, retable sculpté, croisées d'ogive, vitraux colorés, tableaux irréalistes. À chaque fois, elle est remuée, comme si le passé s'effaçait, les menaces s'affaiblissaient, l'esprit se pacifiait. Entre ces murs chargés d'histoire, elle ressent la présence des devanciers. Alors elle ferme les yeux et derrière ses paupières protectrices, la clarté des jours meilleurs est là.

À côté d'elle, Germinie verse des larmes, les mains ouvertes. Elle laisse aller son chagrin, un chagrin immodéré dont font parfois montre les petits enfants ou les simples d'esprit. Ici, elle n'a pas besoin de faire semblant d'être une femme forte, détentrice de la guérison des autres. Elle peut se délester un instant du poids de ses dons, se défaire de leur écrasante responsabilité.

Ava l'entend pleurer, voit son ventre secoué de sanglots. Émue, elle lui touche doucement l'avant-bras. Pour Germinie, tout s'oriente vers cette lueur d'espoir que cette relation amicale a introduite dans son existence. Est-ce l'odeur de l'encens ? Les yeux de la rousse larmoient. La guérisseuse s'essuie les yeux d'un revers de manche. Pas besoin d'explication. Entre elles deux, c'est désormais de ces amitiés si fermes qu'elles se contentent de respirer ensemble, de communier aux mêmes pensées. De vivre pleinement l'instant présent.

65

À peine sortie de l'église, Germinie redevient cette faiseuse de secrets dont la réputation n'est plus à faire. Et Ava cette aveuglée par le soleil qui fait briller la neige. La lumière lui vient en gélatine tremblotante à mesure que le gaz se résorbe. Une sorte de niveau à bulle dont le mouvement perpétuel lui donne l'impression d'être dans un bateau ivre. Mais forte du message entendu, elle hume dans l'air toutes sortes d'incitations à aller vers les autres, toutes sortes d'espoirs à chercher dans le lointain. De quoi la motiver à accompagner la soigneuse chaque dimanche de l'Avent jusqu'à Noël.

Peu avant le réveillon arrivent par la poste des manuscrits et un cadeau : une boîte de maquillage composée d'une trentaine de carrés colorés dans un écrin noir. Envoi de Ray qui se manifeste enfin. De façon abracadabrante. La rousse demeure baba en découvrant le fard à paupières brillant de paillettes.

Virgil enrage à la pensée que le statisticien se paye sa tête après tout ce qu'elle a enduré. Il ironise :

— Tu vas le mettre sur la coque en plastique ? Remarque, le bleu canard irait bien avec l'hématome que tu as sur le cerne. Et puis, c'est idéal, les paillettes, après une vitrectomie.

Le montagnard sait quelle bataille Ava a livrée pour résister à l'infection. Le blanc de l'œil reste marbré de sang et la paupière ne se relève qu'à moitié, lui donnant un air un peu évaporé. Elle a désespéré de tout pendant des semaines. Et puis, un matin, par la fenêtre, elle a vu à nouveau un arbre, un nuage, deux aigles. Peu à peu, elle a remonté la pente. Le gaz étant passé sous le niveau de la pupille, la convalescente a eu l'autorisation de se redresser quelques heures par jour. Elle peut désormais regarder les gens en face, mais doit éviter les chocs et les à-coups. Depuis quelques jours, un faisceau de lumière laisse filtrer des images constellées de couleurs imprécises. De la limaille d'arc-en-ciel. Le résidu de bulle sert de loupe où se profilent les lignes de sa main, les motifs du porte-savon, le logo du dentifrice.

Le réveillon de Noël se déroule chez Virgil. Ava a préparé du vin chaud qu'elle offre aux convives à leur arrivée. Et du cidre doux pour les enfants. Il y a Germinie et Hilarion, monsieur Gruaz, Roxie et sa femme, Marie-Soleil et son étudiant de fils, les Taylor avec leurs rejetons surexcités et Blaise le fromager. Tout le monde est là. Elle jette un œil dehors avant de refermer la porte, devine le majestueux paysage. Au-dessus d'eux, la montagne a viré à l'ocre bleuté. D'immenses oiseaux de proie montent doucement dans les flux d'air glacé à l'assaut des pentes. Napoléon et Joséphine aiment voler en duo au crépuscule, dans un silence de plein ciel.

Plus tôt dans le mois, Virgil a choisi la bûche selon la tradition ancestrale. Un sujet qui ne souffre pas l'approximation. Destinée à crépiter toute la nuit, elle doit résister. Il est donc primordial de choisir un bois des plus robustes et denses. Monsieur Gruaz se chargera de l'arroser d'eau-de-vie tout au long de la nuit pour la faire flamboyer davantage et assurer une belle flamme blanche, selon la coutume. Le réveillon manque d'être gâché par la venue intempestive de Maud, entrée en catimini avec sa clef sous prétexte de se recueillir dans la chambre du bébé. Alors qu'Ava s'apprête à exaucer sa demande, la blonde est stoppée net dans l'escalier par Roxie qui la cloue sur place d'un regard. Intervention musclée de la bûcheronne qui parvient à renvoyer l'intruse chez elle sans scandale et sans que Virgil s'en aperçoive.

— Elle me fait de la peine, admet Ava en regardant partir cette mère éplorée qui peine à passer le cap des fêtes.

— Elle ne mérite pas ta compassion, rétorque Roxie. Tu devrais plutôt te méfier d'elle. Elle est rusée pire qu'une renarde.

Dans un remuement de chaises, tous prennent place autour de la table décorée de pommes de pin et de houx. Les enfants anglais tournent autour d'eux en se chamaillant, se disputent la place la plus près du sapin. La fillette finit par échouer sur la chaise jouxtant la cheminée, tandis que son frère continue à l'asticoter. Mouton les suit partout, les envahit d'une affection pataude, grappillant une caresse ou un croûton.

Sans Maud et sans Ray, la fête est gaie. Ava porte un toast, boit un verre, chose qu'elle n'a pas pu apprécier depuis longtemps. Aussitôt elle sent des picotements dans sa gorge, puis dans son ventre, suivis d'une agréable sensation de détente et d'euphorie. Ce vin de Savoie ! Il n'a pas son pareil pour échauffer les esprits et délier les langues. Virgil sert une autre tournée. Les Taylor prient Germinie de raconter sa vie. La soigneuse rapporte quelques savoureuses historiettes où il est question de sorcières, de maléfices, de poisons et d'envoûtements. Mais ses phrases sont saccadées, comme si elle cherchait ses mots un par un. Hilarion la relaie. Il lisse ses moustaches à la gauloise, se lance dans des anecdotes sur le métier de boulanger, source d'innovation ingénieuse. Le brevet déposé de gommes à la mie de pain dont le gluten emprisonne le graphite de la mine de crayon. Le sandwich « garde à vue » au poulet et à l'avocat vendu dans la boulangerie en face du palais de justice. Il exagère, bien sûr, et tout le monde en redemande. Germinie est si heureuse d'être là, parmi ses proches réunis, qu'elle ne cesse de mêler ses rires à leurs propos.

Tous se régalent d'un soufflé cuisiné par Marie-Soleil et son fils. Les Taylor et Blaise ont garni le plateau de fromages de chèvre et de vacherin. Hilarion a fait du pain paysan. Vers minuit, alors que les enfants dorment en travers du canapé, ils dégustent les meringues aux framboises concoctées par monsieur Gruaz. Tous mâchent comme l'on prie, unis dans une espèce de ferveur participant d'une étroite communion. Dans cet acte banal de partager un repas, ils se sentent aussi proches que s'ils étaient membres d'une même famille célébrant un rite ancestral.

Installé en face d'Ava, Virgil la taquine au sujet du bracelet fluorescent qu'elle porte au poignet comme un talisman. Il est vrai qu'elle pourrait l'ôter. Elle ne s'en montre pas vexée. Comprend qu'il a trouvé dans cette espièglerie une gaieté qui lui permet de lui insuffler l'entrain dont elle a besoin pour se rétablir. Car c'est tout ce qui importe à Virgil : qu'Ava recouvre la confiance nécessaire pour avancer, même sans savoir dans quelle direction. Et si cette maladie n'était pas survenue par hasard ? Et si elle était là pour mettre sa vie sur pause, pour vivre hors du temps ? C'est ce qui arrive quand on aime. Ou quand on lit un roman.

66

Bonne résolution 2023 : reprendre la marche en forêt pour se dégourdir les jambes et les idées. Ava l'a noté dans un carnet à spirale auquel est attaché un feutre violet. Désormais, sa vie sera dehors, dans la nature. Rien ne pourra plus l'empêcher de crapahuter, d'aspirer l'air à pleins poumons, puis de transcrire ses impressions. En ville, le monde sauvage est trop distant. L'air est vicié, l'espace restreint. Il y a une grande violence à séparer l'être humain de l'humus de ses origines, loin duquel il dépérit, bien que persuadé d'en être le maître. Alors que l'humain se croit tout-puissant, ses sens s'atrophient et sa connaissance de la terre mère prend la poussière dans un muséum d'histoire naturelle, fermé faute de visiteurs.

Bien qu'il couve un rhume, Virgil l'accompagne avec le berger australien. Lui, godillots militaires à tiges courtes et pique-nique dans le sac à dos. Elle, lunettes de glacier, pantalon fuseau et foulard de tête. Mouton bondit sur la neige durcie par le gel, les dépasse, disparaît dans un fourré, revient à bride abattue, se jette sur eux et repart à fond de train. Autour du sentier creux, des conifères d'un beau vert sapin laissent rarement place à une vue d'ensemble. Et quand un point dominant s'offre par hasard, c'est un paysage de pics et de rocs qu'on découvre. Tout semble fait pour arrêter le regard, mordre le ciel, percer le bleu.

Les marcheurs choisissent l'endroit où ils ont prélevé ensemble les sangles d'épicéa avant la saison froide. C'est leur façon de fêter l'œil retrouvé – ou presque. Avec cette implacable lucidité qu'une maladie entraîne quand elle dure trop, Ava cache à Virgil ses instants de faiblesse : vision cotonneuse, scintillations, taches luminescentes, halo noir, piques douloureuses, paupières papillotantes. Elle a encore dans les oreilles les paroles blessantes de Ray : « Tu te fais plus malade que tu n'es. » Elle a beau le savoir rancunier, son scepticisme l'a atteinte. Elle s'interroge, s'analyse. Et s'il y avait une part de vrai dans ces mots acides ? Et si elle était attachée à ses symptômes ? Est-ce par appréhension qu'elle dort encore avec sa coque en plastique sur l'œil, bien que le chirurgien lui ait permis de l'ôter ?

Alors qu'elle téléphonait à Pénélope pour les vœux de bonne année, son amie lui a parlé de Georges Canguilhem – ce médecin qui a fait de la philosophie du soin sa spécialité. Il avance que les maladies seraient des moyens de défense. Des actions de la nature sur un corps humain pour parvenir à un nouvel équilibre.

— L'être humain développe une maladie pour se guérir d'une vie qui lui est néfaste, a résumé Pénélope. Ses symptômes sont le processus d'adaptation qui annonce un changement de cap profitable. Tu es en train de te guérir de Ray, de tes parents et peut-être même de ton travail.

Ava est restée un peu étourdie de leur conversation mais s'estime chanceuse d'avoir une amie comme Pénélope, capable d'éclairer son chemin, même à six cents kilomètres de distance.

Virgil déploie une couverture sur l'arbre couché qui leur servira de banc, la montagne en surplomb. Il sort la bouteille de vin, le tire-bouchon, l'Opinel, le saucisson, le pain doré et les marshmallows que les Taylor appellent *cotton candy*. Leur bonne odeur sucrée évoque à elle seule l'adolescence autour d'un feu de camp. Mais pour ça, encore faut-il des flammes. Ava tente d'allumer le feu avec des brindilles et des écorces pendant que le montagnard joue du tire-bouchon. Un grincement se fait entendre, suivi d'un « pop » bien reconnaissable.

— J'ai entendu à la radio que le bruit du bouchon fait partie intégrante de la dégustation d'un vin, dit-elle. D'après une étude de l'université d'Oxford, un cru obtient une meilleure note s'il est précédé par le bruit d'un bouchon qui saute. Entendre le « pop » augmente la note de quinze pour cent. La perception du vin est influencée par l'ouïe avant même la vue, l'odorat et le goût.

— Intéressant, acquiesce-t-il en éternuant fort. C'est pour cette raison que les viticulteurs français résistent au bouchon à dévisser, tout comme nous nous battons contre les sangles en plastique.

— Un cerclage en matière synthétique ne donnera jamais le goût boisé de l'épicéa au vacherin. C'est une absurdité. Sans parler des risques pour la santé.

Ava agite la main pour dissiper les volutes qui s'élèvent de son feu de camp. Une flaque inonde le foyer, mouille le bois et se termine en fumée. Virgil tousse aux larmes :

— Je vais te montrer comment faire un feu dans la neige. Ça t'évitera de mourir de froid si tu te perds en hiver au bois de Boulogne.

Elle s'esclaffe :

— C'est peu probable, mais je veux bien des chamallows grillés.

— Il y a plusieurs façons de procéder, explique Virgil. L'une d'elles consiste à disposer sur la neige du bois bien vert. Il servira de plancher isolant. Ce n'est pas l'idéal car il va finir par se consumer et le feu va se noyer. Mieux vaut rassembler des pierres et des cailloux pour en faire un tapis. Autre possibilité : pelleter la neige jusqu'à trouver la terre gelée. Mais c'est difficile, surtout sans pelle !

La marcheuse observe l'embrasement des brindilles, l'ondulation crépitante qui court de l'une à l'autre. Mouton tourne autour du foyer en aboyant contre les flammes qui jaillissent, s'allongent, se raccourcissent. Un bouillonnement de langues rouges d'où monte une vapeur ardente dans un sifflement.

Aujourd'hui, Ava sait combien le corps est réceptif aux perceptions sensorielles. À force d'être attentive à tout, elle est redevenue cet être primitif qui éprouve chaque souffle, chaque son, chaque vibration. La fausse note, la nuance d'égarement, le bémol, le ton ecclésiastique, la voix blanche, la voyelle chuchée. Le sucré d'un parfum, le soyeux d'un poil, le moelleux d'un vin, le velouté d'un fruit, le grain d'une peau. Le goût du beau, l'appétit d'indépendance. Le destin, en jouant aux quilles avec ses sens, lui a rendu le corps plus présent, plus sensitif. Les émotions ressemblent désormais à des séismes mentaux.

La voilà une femme d'instinct.

Elle écoute Virgil lui parler des avancées du Label au bois dormant qui lui tient tant à cœur. Il raconte sa virée avec les fromagers et leurs clayettes pleines de vacherins. Il y a de la douceur dans son intonation, même quand il évoque les difficultés rencontrées pour défendre la filière des sangles en épicéa naturel. Son combat pour préserver un métier de passion donne à Ava des forces nouvelles pour bâtir son propre projet d'avenir. Elle envisage de prendre boutique au village.

Avec son tempérament porté à l'optimisme, le montagnard enveloppe la rouquine comme dans un manteau douillet. Malgré sa vue laiteuse, jamais elle ne s'est sentie moins malade qu'aujourd'hui dans cette forêt où le soleil dresse l'échelle des clartés. Jamais elle ne s'est sentie plus vivante que devant ce feu de camp avec Virgil. Sa présence masculine apporte des effervescences à son cœur, de la jubilation à son âme. Ses yeux noirs pailletés d'or luisent d'une chaude flamme, rayonnement d'une bonne âme qui brille sans jamais brûler. Sans rien consumer ni incendier.

67

Virgil regarde Ava avec intensité. La chaleur du feu de camp incite aux épanchements. Depuis deux mois qu'elle dort dans la chambre d'amis, il rêve qu'elle vienne le rejoindre dans son lit. Le montagnard se décide à aborder le sujet du statisticien dont l'ombre plane au-dessus de leur relation :

— J'ai été surpris que Ray t'envoie un cadeau pour Noël alors que tu as rompu avec lui.

— Du fard à paupières ! C'était davantage une vengeance qu'un cadeau. Il est rancunier, tu sais.

— C'est plutôt à toi de lui en vouloir vu qu'il t'a trompée.

— Je devrais lui en vouloir pour ça, mais il y a plus gênant pour moi aujourd'hui. Je pense qu'il fait le mort parce qu'il n'a toujours pas quitté la Mouffe.

— Il n'a aucune raison de se chercher un logement, sachant que tu es ici.

— Je vais devoir lui mettre les points sur les i.

— Si tu ne lui reprends pas les clefs, il retournera chez toi dès que tu auras le dos tourné.

— Pareil pour Maud. Tant qu'elle aura la clef de chez toi, elle continuera à passer à l'improviste.

— Ça fait un moment qu'elle n'est pas revenue. Je crois qu'elle a compris, même si je n'ai pas encore pu lui verser sa part de la maison.

— J'en doute, étant donné qu'elle s'est pointée à Noël.

— Quoi ? s'étouffe Virgil.

— Le soir du réveillon, je l'ai trouvée dans le couloir.

— Qu'est-ce qu'elle voulait ?

— Se rendre dans la chambre du bébé.

Les yeux masculins sont fixés sur la lectrice. Un regard chargé, d'une lourdeur troublante.

— Je ne l'ai pas vue passer, admet-il.

— Normal, Roxie l'en a empêchée.

— Tu aurais dû m'en parler.

— Elle m'a fait de la peine.

Virgil a le regard voilé à présent. Dans sa tête encombrée, les phrases se bousculent sans pouvoir sortir. Il se met à casser des écorces d'épicéa qu'il lance dans le feu avec des gestes brusques qui ne lui ressemblent pas.

— Faisons un pacte, jette-t-il. Tu reprends les clefs de chez toi à Ray et je reprends les clefs de chez moi à Maud.

— Tope là !

Il claque sa paluche dans celle d'Ava. À ce bruit, Mouton leur apporte un bâton pour jouer qu'elle délaisse finalement.

— Qu'est-ce qu'on fait s'ils refusent ? interroge-t-elle.

— On change les serrures.

— Oui... évidemment... on peut...

Cette idée, chez elle, se double d'une ombre. Elle acquiesce avec une réticence à demi formulée. Le ton n'est pas celui que Virgil espérait, même s'il garde le silence. Elle le perçoit, maintenant qu'elle est passée maître dans l'art d'interpréter les inflexions de l'âme. Aussi clarifie-t-elle sa pensée :

— Il sera difficile de refuser à Maud l'accès à la chambre du bébé.

— Elle n'a pourtant pas grand-chose à y faire.

La marcheuse est sidérée par ce qui surgit alors dans les yeux noirs du montagnard : de la colère et de la rancœur. Il s'empare d'une pique en métal sur laquelle il enfonce des marshmallows avec force. La pique ripe et l'embout pointu se plante dans son avant-bras. Et voilà comment il s'ouvre le poignet gauche. Le sang se met à couler de la veine. Le mouchoir avec lequel il tamponne la plaie est rapidement imbibé. Ava réprime un frémissement, s'alarme :

— On devrait rentrer. Ça coule beaucoup. On n'a rien pour te faire un pansement et il faudrait désinfecter.

— Mais non, ce n'est pas la peine. Ça finira bien par s'arrêter.

Il comprime son poignet de sa main valide. À chaque fois qu'il relâche la pression, le sang sourd à nouveau, s'infiltre entre ses doigts. Un filet dessine un zigzag coquelicot sur la neige. Un autre coule le long de son avant-bras, lui mouille la manche, goutte sur ses godillots.

— J'ai pris de l'aspirine pour mon rhume, dit-il, tout à coup conscient de la gravité de la situation. Ça a dû me fluidifier le sang.

Ava rassemble les connaissances acquises lors de la formation aux premiers secours en cas d'hémorragie veineuse dans une situation précaire et avec un centre de secours éloigné.

— Il faut ralentir le saignement, articule-t-elle avec calme. Après quoi, nous rentrerons.

Elle retire le capuchon de son feutre, consulte son portable.

— Il n'y a pas de réseau ici, dit Virgil en fin connaisseur de la forêt. C'est pour ça que je ne prends jamais mon téléphone.

Elle retire son foulard, le positionne quelques centimètres au-dessus de la blessure, sur la face interne du bras. Elle forme un garrot cravate en faisant deux tours avec son foulard autour du poignet pour comprimer la plaie. Puis elle fait un nœud dans lequel elle glisse le bâton apporté par Mouton. Elle fait tourner le bout de bois afin de resserrer le garrot. En attendant que le saignement cesse, elle dégage les cheveux de Virgil en arrière et lui caresse la tête pour le détendre. Elle profite qu'il ferme les yeux quelques secondes pour écrire en gros sur son front l'heure lue sur l'écran : *12 h 30*. Elle entoure l'inscription d'un cercle, à la manière d'une horloge murale. Il ouvre les yeux d'un coup :

— On peut savoir ce que tu fabriques ?

— Ce que j'ai appris aux premiers secours.

Un garrot laissé en place plus de deux heures peut entraîner la paralysie du membre. Plus de quatre heures, il y a un risque de gangrène et de troubles rénaux. Savoir l'heure de pose est donc primordial pour éviter des conséquences désastreuses.

— J'ai froid, dit-il à tel point enroué qu'on ne l'entend plus.

Ava le couvre avec la couverture déposée sur le tronc. Le saignement se poursuit malgré le garrot. Elle le rassure. Remarque son cou trempé de sueur, sa pâleur intense. Elle craint qu'il ne perde connaissance. Elle tente tout de même d'appeler les urgences. Aucune tonalité. Elle n'a plus le choix : elle doit agir. Vite. Elle cherche un objet froid, jette son dévolu sur le tire-bouchon tombé dans la neige qu'elle place derrière la nuque du montagnard.

— C'est glacé, murmure-t-il en se contorsionnant les épaules.

Elle saisit deux brindilles de même longueur qu'elle dispose en croix sur la blessure et se met à marmonner. Des bribes de phrases parviennent aux oreilles d'un Virgil à demi étourdi près duquel Mouton émet de faibles gémissements.

— ... du ciel et de la terre, fais-moi la grâce d'arrêter le sang... Commande à la plaie qu'elle se ferme...

C'est avec une sorte de crainte qu'elle touche à l'énigme de ses impressions profondes, incertaine de savoir si elle les éprouve réellement ou si elles sont des souvenirs mystérieusement transmis.

— ... Sang, perds ton ardeur... Sang, perds ta couleur...

Virgil reconnaît cette grimace qu'il a déjà vue sur le visage de sa mère : Ava forme cinq fois le signe du secret avec sa langue. Il bouge péniblement la tête, regarde son bras : l'hémorragie est stoppée. Il ouvre des yeux ronds. Incroyable ! C'est à Ava que sa mère a transmis son don d'arrêteur de sang, faisant de la rousse la nouvelle faiseuse de secrets des vallées alpines.

— Tiens ! lui dit-elle, soulagée de voir les couleurs lui revenir.

Il boit de l'eau rougie de vin à petites lampées, remercie à voix basse :

— Je te dois une fière chandelle. Sans toi, je me serais vidé comme un lapin.

Il ignore alors que l'encre du feutre est indélébile et qu'il devra vivre quelque temps avec *12 h 30* inscrit en violet sur son front. Sans parler de Germinie qui se fera un malin plaisir de lui répéter : « Tu es à l'heure deux fois par jour, mon fils ! »

68

Ava s'est apprêtée. Robe portefeuille, bottes fauves, chignon banane. Un peu madame, un peu sexy. Elle retourne à Paris. S'il ne peut lui en vouloir d'aller mettre un point final à sa relation avec Ray, son départ le contrarie. La roublardise du statisticien est une pierre d'achoppement contre laquelle elle pourrait trébucher malgré elle. Mais il n'y a pas que cela. Quelque chose d'autre affecte le montagnard en profondeur. Étrangement, il a l'impression qu'elle le quitte. Redoute qu'elle agisse comme lui-même l'a fait dans leur jeunesse : partir, promettre de revenir et disparaître.

— Reviens-nous sans faute.

Il a dit « nous » alors qu'il pense « moi ».

Il y a un silence pendant lequel on entend les gouttes de pluie qui crépitent sur les tuiles de la gare de Thonon.

— Je m'éloigne d'ici à contrecœur.

Elle a dit « d'ici » alors qu'elle pense « de toi ».

Elle niche sa tête dans son cou, le respire, consciente que son parfum d'homme des bois ne va pas la lâcher de tout le trajet. Elle dépose un baiser au creux de sa clavicule, entrouvre les lèvres. De la pointe de la langue, elle dessine la marque du secret sur sa peau. Son frôlement lui met le sang sous la peau. Il l'étreint avec angoisse comme s'ils étaient à la veille d'une séparation sans fin.

Le train s'éloigne. Une chape de nuage gris cache le toit des maisons thononaises. Un pli soucieux barre le front de Virgil à qui Ava a demandé de sectionner le bracelet fluorescent. Un coup de ciseaux pour une liberté retrouvée. Elle a rendez-vous avec Ray ainsi qu'avec son banquier – mais ça, personne ne le sait. Le montagnard lui a fait promettre de téléphoner dès qu'elle en aura fini avec le statisticien. De son côté, il s'est engagé à récupérer les clefs de la maison auprès de Maud. Ava se méfie d'elle depuis la mise en garde de Roxie, persuadée que la blonde cherche à reconquérir Virgil. Le détachement de son ex-mari a fouetté son amour-propre.

Jean-Raymond, qui devait rejoindre Ava à la gare de Lyon pour lui rendre le trousseau de l'appartement, brille par son absence. Ayant encore du temps avant de se rendre à la banque, elle s'attable au Train bleu, contrariée. À cet instant, son téléphone se met à danser sur la table : *RAY*.

— J'arrive, claironne-t-il.

Elle raccroche, agacée par son manque de ponctualité chronique. Sirote son café, observe avec envie les couples lovés dans les salons cosy, propices à la romance. L'heure tourne. Ray n'est toujours pas là. Mais qu'est-ce qu'il fabrique ? marmonne-t-elle. *Vrrr, Vrrr*, répond son téléphone en s'agitant dans sa poche. *J'arrive dans cinq minutes* s'affiche sur l'écran. Ava soupire. Combien de fois a-t-elle reçu ce message ? Elle sait que ces cinq minutes vont se transformer en dix, puis en quinze, en trente. Voire en rendez-vous manqué. Même lui n'est pas dupe, conscient qu'il ne sera pas là dans cinq minutes. Mais dans ce cas, pourquoi s'entêter à envoyer un message ? Il sait pourtant qu'Ava ne supporte plus ses retards. Ses bobards. Il persiste néanmoins à la faire poireauter sans jamais lui présenter d'excuses. Comme si son temps à elle était moins précieux que le sien. Elle réalise alors qu'elle a oublié de passer le coup de fil destiné à rassurer Virgil. Elle l'appellera de chez elle, après son rendez-vous. Elle quitte la gare, traverse le boulevard, entre dans l'établissement bancaire, tout proche.

Deux heures plus tard, elle gagne le Quartier latin, le ventre noué. Une ribambelle de touristes arpente la rue Mouffetard malgré l'humidité glaciale de ce mois de février. Devant son immeuble, Ava prend de grandes respirations pour calmer ses palpitations. Escalier, porte d'entrée, tour de clef. Elle entre. Se sent à peine vivante. Repousse le battant avec la sensation d'avoir tiré sur elle la porte d'un mausolée. Cet appartement, c'est son passé. Cette machine à coudre Singer, c'est sa mère. Rien n'a changé dans cet intérieur d'un vieillot tout particulier. Près de neuf mois se sont écoulés et tout est là. Les affaires de Ray : sa trottinette électrique dans l'entrée, son shaker à cocktails dans la cuisine, ses chaussures de dandy dans le couloir. Et même lui, dans le canapé couleur framboise écrasée. Assis là, comme si de rien n'était. Un verre de vodka à la main, un autre dans le nez.

Silence de tombeau.

Il fait mine de ne pas remarquer le spectacle affriolant de cette robe ajustée, de ces formes cambrées où il faut. Elle s'est apprêtée. Peut-être pour lui montrer qu'elle va mieux. Qu'elle a repris sa vie en main et qu'il n'en fait plus partie.

Soudain, Ray, sur un ton de plaisanterie forcée :

— C'est à cette heure-là que tu rentres ?

— Nous avions rendez-vous au Train bleu, tonne-t-elle en déposant son sac à main sur la console de l'entrée.

Il se lève, l'étreint, cherche à la tenir embrassée. Un baiser détestable. Une odeur d'eau de Cologne pour homme qu'elle ne reconnaît pas. Il a changé de parfum.

— Quand je suis arrivé à la gare, tu étais déjà repartie. Alors je suis venu t'attendre ici. Je te sers quelque chose à boire ?

Il lui sourit bizarrement. Elle remarque qu'il s'est fait blanchir les dents. Entre deux gorgées de cocktail, il évoque Charles qui a téléphoné pour prendre de ses nouvelles.

— Tu devrais l'appeler, lui conseille-t-il. Il s'inquiète pour toi.

— Tu devrais changer de disque.

— Et si c'était la solution à ta maladie ?

— Je ne vois pas le rapport.

— Je crois que la rancune que tu lui tiens te ronge. Tu ne veux pas voir les choses en face. C'est pour ça que tes yeux sont malades. Tu aurais une chance de guérir si tu pouvais lui pardonner.

Il a parlé un peu plus haut qu'il n'était nécessaire.

Aussitôt, elle lui en veut de ces propos déplacés. Bien que, par intérêt, elle montre un visage impassible, un grand froid monte à ses joues. Elle craint de pâlir. Debout dans le salon, elle rassemble sa lucidité pour mettre un terme à cette phase de son existence.

— Je t'avais donné rendez-vous pour que tu me rendes les clefs de l'appartement.

— Je voudrais bien mais j'en ai encore besoin. Comme tu le vois, mes affaires n'ont pas bougé pour la raison que j'y vis toujours.

69

Parce qu'Ava se rembrunit, Ray comprend qu'il est en porte-à-faux. Aussi entame-t-il à son encontre une tirade inspirée. Son départ précipité, sa défection, sa longue absence : quelle vexation pour lui ! Il n'est pas de ces hommes qu'on prend et qu'on laisse quand ça vous chante. Mais tout ça, c'est oublié. Il lui pardonne le mal qu'elle lui a fait. Sur le ton doctoral de l'homme sage, il ajoute :

— Maintenant que tu es rentrée à Paris, on pourrait tout recommencer. Faire table rase du passé. Repartir du bon pied.

— Il fallait y penser avant de butiner ta plante tropicale.

L'homme sage voit sa sagesse voler en éclats à la première contestation :

— Je te rappelle que c'est toi qui as quitté le domicile. Tu m'as abandonné ici. Comme ton père a abandonné ta mère. Tu ne vaux pas mieux que lui. Tu es lâche, voilà tout. Lâche !

Elle fait effort sur elle-même pour ne pas fermer les yeux pourtant à présent remplis d'eau. Il n'y a guère de mots qui puissent la blesser, venant de lui après ça, mais il en a trouvé un. Celui qui touche à la vérité. Une atmosphère de colère envahit le salon, aussi froide que si on avait ouvert les fenêtres en grand.

— Tu me rends tes clefs et tu emportes tes affaires aujourd'hui.

Elle garde la main tendue jusqu'à ce qu'il dépose le trousseau dans sa paume ouverte. Elle retourne brièvement vers la console de l'entrée, le glisse dans son sac tandis qu'il s'insurge :

— Et où veux-tu que j'aille ?

— Chez ta femme, ou chez ta maîtresse. Tu as le choix.

— Non, figure-toi ! Ma femme a rencontré quelqu'un et c'est fini avec Pétunia.

— Ce n'est pas mon problème. Tu prends tes cliques et tes claques et tu sors d'ici.

Elle pivote sur ses talons, gagne la salle de bains, s'y enferme quelques minutes. Le temps de recouvrer ses esprits ; le temps de réaliser qu'elle a oublié de téléphoner à Virgil. Il doit attendre son appel et elle-même a besoin d'entendre sa voix chaude et calme, de lui dire que tout ne se passe pas comme elle l'espérait. Que Ray fait de la résistance. Ava tremble de colère, de froid. Elle s'emmitoufle dans le peignoir en éponge accroché derrière la porte.

Alors qu'elle noue la ceinture, elle se souvient que son portable est resté sur la console.

Quand elle ressort de la salle de bains, elle découvre Jean-Raymond en train de fouiller dans son sac à main.

— On peut savoir ce que tu fais ? crache-t-elle d'une voix si grondante de colère rentrée qu'elle en est méconnaissable.

Croyant qu'il veut lui reprendre les clefs, elle se précipite pour récupérer son sac auquel il s'accroche. Alors qu'elle tire sur la bride, il lâche d'un coup et le sac s'ouvre en grand. Son contenu s'en échappe en partie, dont son portable qui vole en l'air, rebondit sur la console, se fracasse sur le carrelage, s'éparpille en morceaux. Ava jette un regard noir à Ray. Cette fois, il est allé trop loin. Elle ouvre la porte d'entrée, lui désigne le palier :

— Va-t'en !

— Ne t'énerve pas comme ça. On peut discuter.

Elle attrape son manteau et ses chaussures. Balance le tout sur le paillasson.

— C'est vraiment ce que tu veux ? Tu sais qu'une fois que j'aurai franchi la porte, ce sera pour de bon. Je ne reviendrai pas en arrière. Faudra pas venir pleurnicher.

D'entendre ça la met hors d'elle. Elle le contourne, le pousse dans le dos de toutes ses forces en émettant un cri de sumo en plein effort. Puis claque la porte derrière lui. Virgil avait raison : Jean-Raymond n'avait aucune intention de quitter l'appartement.

Virgil ! Il faut absolument qu'elle l'appelle.

Compte tenu de l'état de son portable, elle se rue sur son téléphone fixe, compose son numéro. Attend la sonnerie. Pas de tonalité. Il semble en dérangement. Alors qu'elle le repose sur sa base, elle aperçoit des enveloppes dans le panier à fruits. La corbeille est pleine de factures impayées, dont celles du téléphone. Contrairement à ce que Ray lui a promis, il n'en a réglé aucune. Par chance, l'électricité n'est pas coupée ! Elle ouvre le réfrigérateur. Vide. Le referme d'un geste désabusé.

— Pauvre idiote !

Elle sort aussitôt prendre l'air. Marche pour apaiser sa colère. Le chagrin arrive alors qu'elle arpente le Quartier latin. L'abattement également. Elle marche encore, l'air revenue de tout, malgré la proche tombée de la nuit. Que lui importe qu'il fasse sombre, sa vue est nébuleuse. La semi-obscurité est devenue une habitude. Elle aura peut-être à s'en faire une amie, un jour, si les choses continuent de se dégrader.

À force de tourner en rond, Ava atterrit au Jardin des Plantes. La grande serre est éclairée. Le vitrage fume par endroits. Elle se laisse tomber sur un banc glacé, pose ses coudes sur ses genoux, la tête entre les mains. Elle ferme les yeux, se berce légèrement, d'avant en arrière. Le gardien, qui prévient les promeneurs de la fermeture du parc, s'approche avec précaution. Cette femme en peignoir, assise dans le noir, l'inquiète.

— Tout va bien, madame ?

— Oui, renifle Ava. Merci.

La proximité de cet uniforme la fait se redresser. Pénélope a dit vrai : elle doit se défaire de Ray. Se guérir de lui. Le sortir de sa vie. Elle prend le chemin de chez elle, sa lucidité retrouvée. En passant devant la librairie voisine, la vitrine lui renvoie son image éclairée par un réverbère. Je fais peur à voir, songe-t-elle en découvrant sa silhouette engoncée dans un peignoir de bain. Et pitié aussi. L'épaisseur de l'éponge l'arrondit étrangement, donnant raison à Jean-Raymond. Je ferais bien de regagner l'appartement avant de me faire embarquer par la police, se dit-elle.

Au sortir de la douche, elle s'observe dans le miroir de la salle de bains. Son ventre ovale et plat de n'avoir jamais porté la vie est encadré par des hanches minces, des cuisses affermies par la marche en forêt. Certes, elle a pris un peu de poids, mais le tableau n'est pas aussi désastreux que Ray le décrit.

Les pieds dans de grosses chaussettes, une couverture sur les genoux, un plaid sur les épaules, elle s'installe dans le canapé pour la nuit. Impossible pour elle de se glisser dans son lit aux draps froissés. Elle somnole devant la télé, se laisse bercer par un reportage sur les cinq animaux qui ont la plus mauvaise vue. Le rhinocéros est incapable de faire la différence entre un humain et un arbre, même à quatre mètres de distance. La chauve-souris voit si mal qu'elle mourrait de faim sans ses ultrasons qui lui indiquent l'emplacement des insectes. Les taureaux ne voient pas le rouge de la cape agitée par les toreros, seulement les mouvements du tissu. Le poisson-ogre est incapable de déceler la lumière du jour. Les taupes utilisent si peu leur vision que des rabats de peau se sont formés sur leurs yeux. Et le présentateur de conclure, goguenard :

— De là vient l'expression : avoir de la peau de saucisson devant les yeux.

La rousse éteint la télé, s'enfonce dans le canapé. Son œil protégé pour la nuit, elle aimerait bien dormir, mais le sommeil la fuit. Elle a manqué de clairvoyance avec Ray. Elle aurait dû mettre un terme à leur relation avant de se rendre à Abondance. Y mettre un terme il y a des années. Peut-être attendait-elle que la fin de leur histoire s'impose d'elle-même. Et, ce soir, dans cette ville devenue étrangère, elle a fini par advenir. Ava regarde autour d'elle, devine l'ombre des meubles, la Singer de sa mère. Elle s'efforce malgré tout de trouver le sommeil, même si elle sait que lorsqu'il viendra enfin, il sera hanté par les fantômes du passé.

70

Il est à peine huit heures quand Ray sonne à la porte de l'appartement, revêtu d'une hypocrisie fourrée. C'est une Ava à moitié endormie qui lui ouvre. Il a comme un recul du torse face à son œil couvert de plastique dur. Manque de renverser ses deux cafés à emporter.

— Excuse-moi pour hier soir, dit-il en buvant le sien avec une paille pour éviter de se tacher les dents.

Il grimace un sourire. Elle le considère en silence, la nuque raide. Elle a dormi de guingois et s'est levée avec un torticolis. Il continue de s'excuser, ce qui ne lui ressemble guère. Elle l'écoute sans broncher, consciente qu'il cherche à semer la confusion dans son esprit. La veille, elle a décelé dans sa voix un mépris mêlé de pitié qui l'a glacée. Elle pèse les mots qu'il prononce, devine ce qu'ils cachent : Ray n'est pas là pour débarrasser ses affaires. Il ne cherche pas du tout à recoller les morceaux. Il ne redoute pas de perdre sa compagne, mais ce logement si proche de son travail et qui ne lui coûte presque rien.

— Tu finis ton café et tu plies bagage, dit-elle d'une voix ferme.

— Mais où veux-tu que j'aille ?

— Chez Bégonia. À moins qu'elle ne te supporte qu'en Italie ?

— Elle s'appelle Pétunia. Et c'est impossible. Elle vit chez sa mère.

— De mieux en mieux ! s'exclame-t-elle en secouant la tête.

Les yeux d'ambre le sondent. Il détourne la tête. Peut-elle deviner ce mélange de panique et d'effort sur lui-même ? S'il veut éviter l'hôtel dans les nuits à venir, mieux vaut se montrer repentant.

— Je sais que j'ai dépassé les bornes, mais je n'ai nulle part où aller.

— Chez tes amis. Ils me détestent. Ça t'ouvrira des portes.

— Laisse-moi rester, le temps de trouver un endroit.

— Tu as eu tout le temps de chercher un logement, mais tu as préféré attendre. Me faire attendre, comme à chaque fois.

— Je te promets de m'y mettre dès aujourd'hui.

— Comme tu as promis de remplir le frigo et de payer les factures ? Le téléphone est coupé. Je n'ai pu appeler personne hier soir.

Ava saisit la liasse de factures impayées, les agite devant son nez. Il lui saisit le poignet. Sa dureté n'est pas dans son geste. Elle est dans l'inflexion de sa voix :

— Tiens, mon téléphone ! Appelle ton crétin des Alpes.

Il lui tend son portable. Elle est tentée d'appeler Virgil, mais elle a plus urgent à faire. Elle lui téléphonera du bureau dans la matinée.

— Puisque tu n'as pas envie de comprendre, Jean-Raymond, je vais être plus claire : prends tes affaires et dégage. Maintenant !

Elle a articulé son prénom composé qu'il déteste. Il lui lance un regard fulminant. Lui reproche que rien de tout cela ne serait arrivé si elle n'était pas retournée se rouler dans le merdier de ses origines. Lui assène qu'elle est gonflée comme une outre tout en jetant ses chemises dans une valise et des affaires dans un sac. Il dit qu'il reviendra chercher le reste, prend l'ascenseur avec sa trottinette, rongé par l'impuissance.

La porte refermée, elle se laisse tomber dans le fauteuil adossé à la bibliothèque, s'abandonne à ce tremblement de tout son corps. Ray, avec son insistance à la malmener, a fait entrer trop de tension, trop de malaise dans l'appartement. Comme avant. Ava le sent. Sa mère… Elle est dans le bancal de la chaise installée devant la Singer, dans l'usure des coussins faits main, dans le délavé du papier peint, dans l'effacé du nom sur la sonnette. Les jours de pleurs enfantins, elle est dans le mouchoir tamponné sur les joues rondes. Les nuits de fièvre dans le gant frais posé sur le front. Elle est partout, Louise-Anne. Dans la salle de bains, pendue au piton. Dans le vide de l'appartement. Comme si la défunte végétait dans la clarté triste de la Mouffe. Piétinait, ne sachant où aller. Esprit muré, cœur brisé. Cognant contre la mémoire de sa fille pour donner l'illusion qu'elle a vécu. Un peu. Pour lui dire d'agir différemment.

Virgil !

Ava jette un manteau sur ses épaules, court presque jusqu'au bout de la rue, s'engouffre dans le métro. Direction le bureau. Elle revoit avec plaisir Pénélope, téléphone à Abondance en catastrophe, fait le point avec l'éditeur. Le déjeuner avec son amie et ses collègues de travail est gai, bien que la lectrice ait trouvé Virgil étrange après qu'elle lui a raconté la résistance de Ray. Le montagnard a mal pris le fait que le statisticien habite toujours chez elle, veuille la reconquérir et refuse de quitter les lieux. Il craint que le blond citron ne parvienne à ses fins, qu'Ava soit à la dérive, comme Maud avant elle.

« Tu aurais dû me laisser t'accompagner », a-t-il regretté.

La rousse se reproche d'avoir trop tardé à le rassurer. En plus de se tracasser, il a dû se faire des idées, ayant été trompé dans le passé. Elle se promet de rentrer le plus rapidement possible pour le réconforter et lui exposer ses projets d'avenir dont il fait partie intégrante.

De retour à l'appartement, elle change les draps de manière à effacer toute trace du passé. À croire que Ray n'a jamais dormi là. Le lit refait semble prêt à accueillir un nouvel occupant, plus sincère et plus honnête. Elle s'assoit sur le bord, ferme les yeux, s'imagine dans sa chambre en compagnie de Virgil, à contempler le coucher du soleil sur les toits de Paris.

71

Tri, débarrassage, factures, ménage. Quatre jours s'écoulent ainsi. Ava range et nettoie. Récupère son énergie tant ce chambardement a des vertus salvatrices. Munie d'un chiffon de laine, elle caresse la console, la bibliothèque, la machine à coudre. Et quel étonnement pour elle quand son geste fait s'ouvrir un tiroir sous la Singer ! Un tiroir emboîté dans le plateau. Battements de paupières, bouche arrondie de surprise. Elle en tire avec précaution une enveloppe de faire-part. Découvre son contenu, léger et délicat. On dirait...

— Mais qu'est-ce que ça fait là ? murmure la lectrice qu'un besoin de comprendre tourmente déjà.

Le cœur battant la chamade, elle se perd en conjectures. Il y a dans cette enveloppe cachée quelque chose d'ardent et de fané à la fois qu'elle ne s'explique pas. Elle fait des suppositions sur cette vérité enfouie qui devront lui être confirmées. Mais par qui ? Virgil ? Germinie ? Obscure affaire... Au total, l'inexplicable demeure entier. Une confusion s'abat sur sa pensée. La vie, elle la comprend de moins en moins, mais elle l'aime de plus en plus.

Elle referme l'enveloppe jaunie qu'elle glisse dans son sac. Un léger tremblement trahit sa nervosité. Elle veut savoir le pourquoi et le comment des choses. Grille de connaître les secrets de Louise-Anne et de Germinie. Curieuse des mystères de l'ancien temps. Elle est persuadée qu'il lui faut marcher à travers le labyrinthe du passé pour pouvoir considérer la signification du présent et être enfin entraînée vers un bonheur futur. De grands projets l'attendent. Des envies la taraudent. Elle pense au banc sous le cognassier chargé de fruits, au jardin des simples jonché de fleurs colorées, ces plantes qui soignent les gens on ne sait comment. Elle a envie de retourner à Abondance. D'y faire sa vie avec le sanglier.

Elle rêve d'être enlacée par ses bras chauds, de sentir ses mains calleuses envelopper ses seins, de s'unir à sa guise avec lui. Sans crainte, sans contrainte. Cet homme des bois lui manque. Son homme lui manque.

— Il est grand temps de rentrer à la maison, lâche-t-elle, à voix haute, pour elle-même.

Ava se dégage envers l'éditeur qui se montre compréhensif, contacte son notaire et une agence immobilière. Elle porte ses pas au cimetière où elle se recueille sur la tombe de sa mère, revient du champ de repos avec une sérénité grave. Elle cherche à joindre Virgil avec son téléphone reconditionné. Sans succès. Elle envoie un texto :

Les affaires de Ray sont toujours là, mais il les récupère sous peu.

Rappelle-moi.

Pas d'appel ni de message en retour. Cette attente anxieuse lui serre la gorge. Chaque jour, elle compose son numéro d'un doigt fébrile. À chaque fois elle tombe sur son répondeur. Sa voix chaude et grave : « Je suis en forêt, rappelez-moi quand j'en reviendrai. »

Et comme à chaque fois, elle raccroche sans rien dire. Pas fichue de lui laisser un message ! En fin de semaine, une grande respiration, son numéro de nouveau. Un message cette fois : « J'ai besoin de quelques jours supplémentaires. Je rentrerai mardi. Je t'embrasse. Fort. »

Fort ? Mais pourquoi avoir ajouté ça ? Pourquoi est-elle incapable de lui avouer ses sentiments simplement, au téléphone ? Au fond, c'est pour lui qu'elle retourne à Abondance. Elle l'aime. Au point d'accélérer les choses. Elle réussit le tour de force de boucler ses affaires plus vite que prévu, change son billet de train pour avancer son retour d'une journée. Elle hésite à appeler le montagnard pour lui en faire part, puis, redoutant de tomber une nouvelle fois sur sa messagerie, décide de lui faire la surprise.

Ce lundi 13 février 2023, elle achète un carnet de timbres et des cartes postales qu'elle écrira dans le train et postera d'Abondance. Demain, elle prendra le train. Ainsi, elle sera au village pour la Saint-Valentin. C'est d'ailleurs pour cette raison qu'elle a avancé son retour. Jusqu'à présent, elle n'a jamais célébré la fête des amoureux car Ray déteste l'emballement autour de cette date aussi sirupeuse que commerciale. Mais cette année, ce sera différent. Tout sera différent.

De bon matin, elle monte dans le train avec deux valises à roulettes qu'elle a remplies avec une idée bien précise. Tout au long du trajet, elle rêvasse. Elle a le cœur gai, voire chaviré, car elle va bientôt revoir son montagnard. Et comme elle est contente de retrouver monsieur Taylor, fidèle au rendez-vous ! Le soleil apparaît dès que le taxi sort de Thonon. Elle envoie un message à Marisol pour la prévenir de son arrivée.

L'Anglais est causant et ce n'est pas pour lui déplaire. Il revient d'une course à Genève. Beaucoup de touristes passent la journée à la Banquise des Eaux-Vives qui prend ses quartiers d'hiver de mi-janvier à mi-mars, à deux pas du célèbre jet d'eau. Tout les attire : l'espace bien-être avec ses massages, les saunas au feu de bois, les yourtes de repos, les soirées musicales, le bar à poutine, les beignets au sirop d'érable, le lancer de hache et le Mölkky – ce jeu d'adresse. Ils raffolent du festival des lumières dont les œuvres d'art étincelantes tracent un parcours de découverte de la ville. Ces animations attirent des touristes du monde entier qui logent dans les stations de ski ou à Évian, dans les hôtels de luxe. Monsieur Taylor conduit une foule bigarrée d'un côté à l'autre de la frontière franco-suisse. Il raconte ce Russe qui est monté dans son taxi avec un furet vivant en guise de cache-col et cet être indéfini à la peau couverte d'or. Ava a plaisir à faire route avec ce bavard qui lui parle du manque de discernement de ces gens : un furet peut colporter la rage et la peinture à l'or tue. Il l'a lu dans *À ta santé !*, un magazine plein de mises en garde sur les tendances. D'ailleurs, il a prévenu Marie-Soleil que le rose de ses cheveux est dangereux. Les teintures capillaires donnent le cancer des ovaires.

Ava bavarde sur le sujet. C'est bon de papoter avec son voisin en rentrant chez soi. Les montagnes portent la neige sur leurs épaules tels des manteaux immaculés. Des sapins d'un vert sombre donnent l'impression d'avoir accroché à leurs branches des lambeaux de ciel bleu. Un rai de soleil jaillit à travers la blancheur froide. On dirait la naissance d'un jour nouveau. Qu'ici, tout recommence. Que le monde est neuf, que tout est possible.

72

Le taxi traverse le village, riant et animé. Il y a là des gens du cru, des touristes, des enfants en voyage scolaire, des saisonniers. Monsieur Taylor dépose Ava devant la maison aux volets rouges. Elle éprouve une intense exaltation en voyant les fenêtres éclairées : Virgil est chez lui.

Coup de sonnette. Coup de Trafalgar ! C'est Germinie qui ouvre la porte. S'exclame avec une pointe d'irritation :

— Une revenante !

La Savoyarde lui apprend que son fils est absent, lui assène qu'elle le saurait si elle lui avait téléphoné. Face à sa franchise un peu brusque, Ava se défend :

— J'ai appelé Virgil à plusieurs reprises pour lui dire qu'il me fallait quelques jours supplémentaires pour régler mes affaires. Mais j'imagine que son portable n'a pas bougé d'ici, contrairement à lui.

— Tu sais bien qu'il n'y a pas de réseau en forêt.

— J'en ai eu confirmation quand il s'est ouvert le poignet. Heureusement que tu m'avais transmis ton don, sans quoi...

— Ne détourne pas la conversation ! Tu ne devais rester que deux ou trois jours à Paris, et ça fait une semaine que tu es partie.

— C'est qu'il m'est arrivé une drôle d'histoire.

Germinie plisse la bouche, dubitative, puis :

— Entre ! Tu vas me raconter ça au chaud.

Ava laisse ses bagages dans l'entrée en cherchant à expliquer en quelques mots ce chambardement qui a tout remis en cause :

— Ray refusait de quitter l'appartement. Il a fouillé dans mon sac pour me reprendre les clefs. On a eu une méchante dispute.

— Comment ça s'est terminé ?

— J'ai dû employer les grands moyens : faire venir un déménageur pour vider ses affaires et les placer au garde-meuble. Et un serrurier.

— Il faut absolument que tu le dises à Virgil ! s'écrie la soigneuse d'une voix dans laquelle on décèle une fêlure. Que tu lui expliques tout, car il s'est fourré des idées dans la tête.

— Quel genre d'idées ?

Germinie fait un geste résigné comme pour dire : « Des choses fausses. » Puis elle demande sans ambages :

— As-tu trouvé ce que tu cherchais à la Mouffe ?

Cette phrase sonne comme un reproche aux oreilles de l'arrivante qui songe à l'enveloppe. Elle voudrait comprendre, mais la septantenaire paraît préoccupée. Presque égarée. Ava décide d'en parler avec Virgil quand Germinie jette tout à trac :

— Le secret, tu le tiens de ta mère. Et non de moi.

Hoquet de surprise chez la rousse qui réfute cette idée :

— Pour ça, il aurait fallu que ma mère soit leveuse de maux, or je ne l'ai jamais vue soigner quelqu'un.

— Pour autant, Louise-Anne possédait le don.

Ava fait « non » de la tête avec un sourire triste face à sa chère Minie dont la conversation va de la cave au grenier.

— C'est pourtant la vérité, insiste celle-ci. Elle le tenait de moi.

— Je m'en serais aperçue à un moment ou à un autre.

Tandis qu'Ava prononce ces mots, un doute s'empare d'elle. Des bribes de phrases lui reviennent à l'esprit. Des lambeaux de récitations, comme les paroles d'une chanson. Elle revoit sa mère souffler la flamme d'un cierge bénit. Tracer des signes dans la fumée.

— Louise-Anne ne s'est jamais servie du don de guérison, poursuit Germinie qui se gratte la tête, dérange son chignon. Mais elle te l'a transmis.

— Ce n'est pas logique. Si elle ne s'en servait pas, pourquoi me l'aurait-elle transmis ?

— Pour te relier à la lignée des faiseuses de secrets des montagnes.

L'expression d'Ava change du tout au tout. Plus que les propos sans cohérence, c'est le ton convaincu de la Savoyarde qui la frappe. Comme si son passé s'écrivait à Abondance depuis toujours.

— Ta mère a eu le tort de s'en écarter – la faute à Charles –, dit Germinie tout bas – trop bas pour son interlocutrice – avant d'ajouter d'une voix intelligible : Mais toi, tu peux agir autrement. Tu peux accorder aux autres un grand bienfait.

Germinie a parlé d'un ton ferme, mais ses yeux implorent.

Un profond silence tombe sur les deux femmes. On n'entend plus que le feu qui souffle à petites respirations étouffées, tel un cœur contraint dans une poitrine cabossée. La soigneuse veut s'excuser de ses paroles abruptes, mais balbutie des paroles incompréhensibles. Ava la considère avec inquiétude :

— Est-ce que ça va, Minie ?

— Oui, oui, dit-elle en replaçant des mèches de son chignon. Il faut que je me recoiffe. Hilarion va venir me chercher. Il m'invite au restaurant pour la Saint-Valentin. Puisque tu es là, tu pourrais alimenter le feu ? J'ai promis à Virgil qu'il trouverait la maison chaude à son retour.

73

Sur le seuil de la maison, Ava regarde le couple d'anciens s'éloigner, main dans la main, à petits pas. La fraîcheur humide de l'air est plus intense, plus pénétrante que du vrai froid. Elle s'apprête à refermer la porte quand elle voit débouler une tignasse rose. Marie-Soleil la mitraille de questions avec un intérêt mêlé d'une pointe d'amusement. Elle veut tout savoir de son séjour parisien, commente chaque détail jusqu'à ce que la rousse en vienne à ce qui la tracasse.

— Est-ce que tu as vu Virgil ?

— Pas ces derniers jours, répond Marie-Soleil qui ajoute, devant l'air accablé de son amie : Il est sûrement parti pour signer les papiers du divorce.

— Mais je croyais que c'était fait !

— Tu sais comment est Maud, elle complique tout.

Ava hoche la tête, n'insiste pas. Quand Virgil rentrera, ils parleront et tout s'arrangera. Pour dissiper sa contrariété, elle décide de montrer à la pisteuse ce qu'elle a rapporté de la Mouffe.

— Regarde un peu ça ! s'exclame-t-elle en ouvrant une valise pleine de tissus vintage.

— Si tu veux bien, on en parlera demain. Figure-toi que Blaise m'a invitée pour la Saint-Valentin.

— Reste encore un peu. J'ai quelque chose d'important à te dire.

— Il faut que j'y aille, je suis déjà en retard. Je ne veux pas le faire attendre. C'est un type bien. Tu comprends ?

Sa joie étrange et disproportionnée déplaît à Ava qui s'est démenée pour leur affaire. Elle raille bêtement :

— Quand tu reviendras, il sera peut-être trop tard.

— Tu en sais quelque chose ! riposte Marisol, froissée.

Sa réplique piquante donne envie à la lectrice de l'envoyer paître. Elle ouvre la bouche... Mais pour dire quoi, au juste ? Que Marie-Soleil ne connaît pas tout de sa vie, ou qu'elle a raison ? En fait, elle n'en a pas l'occasion, voire pas le courage. Car la pisteuse a tourné les talons. Elle franchit la porte sans même un regard en arrière, s'éloigne avec une hâte fiévreuse. À peine a-t-elle tourné au coin de la rue qu'Ava éprouve un vide immense. Pour le combler, elle passe une tenue qui sied plus à des retrouvailles, rassemble ses cheveux de feu en torsade. Parfum et rouge à lèvres en sus.

Les heures défilent.

Seule dans la maison vide, Ava guette le retour du sanglier par la fenêtre du salon. S'ennuie comme une croûte de pain derrière une malle. Elle pourrait écrire ses cartes de vœux, mais elle n'a goût à rien. Pour tuer le temps, elle allume la télévision, tombe sur une émission célébrant la Saint-Valentin en musique. Une chronologie de tubes romantiques. 1969, *Que je t'aime* de Johnny Hallyday. 1974, *C'est comme ça que je t'aime* de Mike Brant. 1976, *Je vais t'aimer* de Michel Sardou. 1987, *Quand je t'aime* de Demis Roussos. 1994, *Je t'aimais, je t'aime, je t'aimerai* de Francis Cabrel.

Cette nostalgie dégoulinante d'amour, c'est beau, mais c'est insupportable, au point qu'Ava retourne se poster derrière la fenêtre. Le croissant de lune brille entre les branches des conifères. Bien que le calendrier affiche 14 février, des guirlandes de Noël se balancent encore aux réverbères. La municipalité ne les enlèvera qu'après la saison hivernale, fin mars. Pour le moment, elles clignotent de toutes leurs couleurs.

La lectrice frissonne. Elle n'est pas assez vêtue pour la saison. En prévision de la soirée de retrouvailles qu'elle pensait passer avec Virgil, elle a mis une jupe midi, un chemisier en soie, des bas à jarretelles, des talons hauts. Toute la panoplie de la femme fatale. Avec la goutte au nez. Malgré le feu de cheminée, février la glace. Sous les torsades de ses cheveux ambrés, il y a une femme tremblante qui tente de se convaincre que son homme ne va plus tarder, que la soirée n'est pas fichue, qu'elle peut attendre son retour quelques heures encore.

— Qu'est-ce qu'il fabrique ? lâche-t-elle d'une voix lasse.

Pourquoi ne rentre-t-il pas chez lui ? Maud est-elle parvenue à le remettre dans son lit ? Elle s'interroge avec l'espoir qu'une explication va rétablir une cohérence, la sortir de cette incompréhension. Mais Virgil n'arrive pas et à présent Ava grelotte. Elle va finir par attraper la mort dans ces vêtements inadaptés. Au diable la tenue sexy à déballer telle une pochette-surprise ! Elle entre dans la salle de bains, retire son rouge à lèvres, défait ses torsades dont les épingles lui grattent le crâne, rassemble à la va-vite ses cheveux en queue-de-cheval. Elle se glisse sous le jet d'eau chaude sans se douter que le destin va la prendre à rebours.

74

C'est une cinquantenaire en vêtements d'emprunt qui sort de la salle de bains : pyjama d'homme en pilou, chaussons à patins de feutre. Ni pied gauche ni pied droit, adaptables à toutes les pointures. Moches, mais chauds. Alors qu'elle s'apprête à aller au lit, des bruits se font entendre dans la cuisine. Le « pop » d'une bouteille qu'on débouche.

Virgil ! Il est rentré.

Et à l'oreille, il a quelque chose à fêter !

Les papiers du divorce, à n'en pas douter.

Il a dû voir sa valise qu'elle a laissée dans l'entrée pour l'informer de sa présence. Sous la douche, elle a pleuré, mais à présent son cœur est gai. Elle affiche un sourire à n'en plus finir. Rien ne peut lui faire plus plaisir que de le retrouver après tous ces événements. Il est l'homme de sa vie et elle compte bien lui donner tout l'amour qu'elle a ressenti pour lui alors qu'ils étaient séparés. Elle dirige ses pas vers la cuisine. Tressaille. Son cœur manque de s'échapper de sa poitrine : il y a bien quelqu'un, juché sur un tabouret.

Une femme, en fait. Mi-soleil, mi-moisson.

Le sourire d'Ava disparaît. Non seulement Virgil brille par son absence, mais encore Maud est toujours en possession des clefs de sa maison !

La lectrice déglutit comme si elle avait avalé une guêpe. Elle éprouve un malaise étrange tandis que la blonde n'a pas l'air de s'en formaliser et fait mine d'ignorer la présence du pyjama qui approche sur le côté. Les grands yeux bleus semblent enfin découvrir l'échevelée aux jambes plantées dans deux tas de laine feutrée, un œil de marbre effaré et un œil de veau planqué sous une coque en plastique.

— Bonsoir, dit Maud avec un naturel qui contraste avec la confusion d'Ava. Je savais que je te trouverais ici.

Sa robe noire près du corps met en valeur ses cheveux dorés.

La rousse retire les sparadraps de son visage, refusant d'apparaître diminuée. Pour autant, elle sait que les collants laisseront des rectangles d'eczéma sur sa joue.

— Champagne ? propose Maud comme si c'était la chose la plus naturelle du monde. Nous avons une bonne nouvelle à fêter.

Elle lui sert une coupe sans même attendre la réponse.

Ava tremble. Malgré le pyjama, sa sensation de froid s'accroît. Elle constate à quel point Maud paraît à l'aise dans cet intérieur. À croire qu'elle est encore la maîtresse de maison.

— Par ici, dit la blonde en lui désignant un tabouret.

La lectrice s'avance en tirant sur la ficelle de son pyjama dans l'idée de l'ajuster à la taille. La voilà à l'aplomb du luminaire de la cuisine. Sur ses prunelles éblouies, ses paupières commencent à cligner.

— Tu ferais bien de t'asseoir, lui conseille Maud.

— Je préfère rester debout, regimbe la rousse devant ce tutoiement qui lui semble du mépris.

Elle examine la liane en fourreau sombre. Quelque chose a changé depuis la fois où elle l'a vue à Thonon. Ce ne sont pas ses cheveux qu'elle a éclaircis jusqu'au blond bébé, ni ses yeux agrandis de faux cils, mais plutôt une sorte de contentement mâtiné de victoire.

— Donc, bonne nouvelle pour Virgil : il n'a plus de problème d'argent. Par conséquent, mauvaise nouvelle pour toi : tu es ici chez moi.

Le pouls d'Ava démarre une course folle.

— Chez moi ? répète-t-elle, empêtrée dans ses mots comme dans ses pensées.

— Chez moi, rectifie Maud. Virgil n'a pas réussi à racheter sa part. Par conséquent, la maison me revient.

— Mais où va-t-il aller ?

— Nulle part. Il reste ici et je réaménage.

— Je croyais qu'il voulait divorcer, jette Ava sur un ton dont la précipitation surprend son interlocutrice.

— Les choses ont changé en ton absence.

— Je ne suis partie qu'une semaine.

— Cela lui a suffi pour reprendre ses esprits.

Il se fait un silence lourd auquel la rousse met un terme :

— Ça m'étonne que Virgil ne soit pas venu me dire les choses en face.

— Il ne veut plus te voir. Peut-être parce que tu l'as trahi. Il n'est pas sot, tu sais. Quand il a vu que tu prolongeais ton séjour, il a compris que tu avais remis le couvert avec ton vieux beau.

— Ce n'est pas du tout ce qui s'est passé ! s'insurge le pyjama.

— Il a appelé sur ton portable et c'est Ray qui a répondu.

Ava comprend sa méprise : quand elle a surpris Jean-Raymond la main dans le sac, ce n'était pas ses clefs qu'il cherchait à reprendre, mais son portable qu'il replaçait après avoir raccroché avec Virgil, lui faisant croire qu'ils s'étaient remis ensemble. Des larmes de rage lui brouillent bientôt la vue.

— Qu'est-ce que tu veux ? dit-elle, contrariée jusqu'à la moelle.

— Que tu partes. Rentre à Paris et restes-y.

Puis le coup de grâce :

— Tu n'avais tout de même pas envisagé sérieusement de t'installer ici ?

La rouquine avale douloureusement sa salive. Maud, ce prénom est une écharde plantée dans sa gorge. Maud et son emprise sur Virgil. Quand ont-ils recommencé à se fréquenter ? Elle revoit en esprit la situation. Le montagnard et la blonde qui se donnent rendez-vous sous prétexte de clefs à rendre pendant cette semaine au cours de laquelle ils ont eu tout le loisir de se rapprocher. Parfois ses yeux captent des fulgurances, un détail laissé comme une énigme et qu'ils dépiautent ensuite dans les temps de solitude. Maintenant qu'elle y repense…

Maud qui garde le trousseau de la maison tel un talisman. Qui passe quand ça lui chante. La photo de la blonde enceinte qui trône toujours dans la chambre du bébé. La perte de ce petit qui les lie dans les larmes pour l'éternité. Ce chambron entretenu comme si un autre enfant était susceptible de venir l'occuper. Les papiers du divorce, toujours pas signés. Maud et ses meubles, ses vêtements, sa décoration. Sa blondeur, sa minceur, son racé. Ava se maudit. Tous ces signes qui l'avertissaient du danger et qu'elle n'a pas vus. Pas voulu voir. Aveuglée par les mirages de ses amours adolescentes. La nostalgie des copains d'avant. Roxie l'a pourtant prévenue : Maud veut reconquérir Virgil.

La blonde exulte d'une jouissance presque sauvage à voir sa proie blessée. Elle a triomphé de la rousse, non sans difficulté, car il a fallu guetter le moment où elle serait seule à la maison. Et c'est bien ainsi, car une réussite trop facile lui aurait gâté sa victoire.

Gonflée d'orgueil, Maud fait un geste de la main pour lui signifier qu'elle prend congé :

— Maintenant que les choses sont claires, permets-moi de t'abandonner. Vu que tu es bigleuse, je ne vais pas te demander de prendre la route ce soir. Tu peux dormir dans la chambre d'amis, mais sois partie demain. J'informerai Virgil que tu as libéré les lieux. Il m'attend à Évian, ajoute-t-elle d'un air doucereux. Il a réservé une chambre pour la nuit la plus romantique de l'année.

75

Et voilà Ava prise au piège dans la maison aux volets rouges, interdite, déconfite. Elle fixe la coupe de cristal qu'elle n'a pas le goût de porter à ses lèvres. Plus tôt, elle a pensé lever son verre à ses retrouvailles avec Virgil, se délecter du champagne frappé. À présent, le vin pétillant lui semble si vert qu'il ne peut que lui vriller l'estomac. Elle s'en éloigne, gagne le fauteuil près de la cheminée dans laquelle elle tisonne le feu, ajoute une bûche.

La voilà seule, à égrener la ficelle du pyjama comme un chapelet, à ressasser les mêmes idées. Ce montagnard en apparence solide se laisse-t-il manipuler tel un pantin de foire ? « Bigleuse »... Ava déteste Maud pour ce mot. Pour cette humiliation. Virgil a-t-il réellement sabordé leur relation afin de garder sa maison ? A-t-il sacrifié leur histoire d'amour sur l'autel de ses problèmes financiers ? La rousse veut en avoir le cœur net. Elle compose le numéro de portable du sanglier. La sonnerie du téléphone retentit dans la maison. Une sonnerie de trois notes répétées, un petit air triste et aigrelet. Le cœur d'Ava se fend. En revenant chez lui au galop, vêtue comme une courtisane, elle s'est rendue grotesque.

Elle voudrait en parler à quelqu'un, mais à qui ? Pénélope est en croisière avec son mari. Germinie est au restaurant avec Hilarion. Marie-Soleil roucoule avec Blaise. Seule. Ava est seule. Si une oreille compatissante voulait bien se tendre, elle pourrait dire ce que cela fait d'être quittée pour la deuxième fois par le même homme. Un vide incommensurable s'ouvre en elle. Des gouttes apparaissent entre ses cils, gonflent, débordent, roulent sur ses joues comme des larmes de verre. Elle se rencogne au fond du fauteuil, ramène ses genoux contre son ventre, ses bras ceignant ses jambes pliées. Le front posé dessus, elle écoute les bruits de la rue, les éclats de voix des gens sortant des restaurants, les rires des amoureux. Comment peuvent-ils s'amuser avec autant d'insouciance alors que son histoire familiale est un désastre et sa vie amoureuse un fiasco ?

Sa poitrine se déchire. De tristesse et de vexation. Et dans cette posture qui lui était familière, enfant, elle sanglote. Elle pleure. Longtemps. Puis les larmes du chagrin se tarissent pour laisser place à celles de la résignation. Les paupières gonflées, elle quitte le fauteuil pour aller se poster à la fenêtre. Il y a tant d'ampoules aux arbres qu'une lumière semble jaillir des entrailles de la terre. Tout est trop brillant, trop tapageur. À l'instar de Maud.

Ses lèvres peintes n'ont pas la trace de la vérité. Son visage fardé ne porte pas les sillons du drame. Ces marques qu'elle voyait sur le visage de sa mère, condamnée à vivre sans être aimée de Charles. Sur le visage de Germinie pleurant François, son amour calciné, réduit en cendres par la fatalité. Cet amour de jeunesse qu'elle-même a perdu après l'avoir retrouvé.

— Est-ce le sort des faiseuses de secrets ? réfléchit-elle tout haut.

Le don a-t-il le pouvoir de les condamner à vivre sans homme à leurs côtés ? Elle se redresse, la tête si bouillonnante qu'elle en oublie presque que ses yeux picotent. Elle est turlupinée par les propos obscurs de Germinie. Ces mots qui retentissent à ses oreilles : « Le secret, tu le tiens de ta mère. » En lui transmettant ce don dont elle n'a jamais fait usage, Louise-Anne a relié sa fille à Germinie. Comme si elle voulait rattacher l'existence d'Ava à Abondance. La terre de ses ancêtres. C'est inconcevable, songe-t-elle en ouvrant l'enveloppe trouvée sous la Singer maternelle.

Ava en examine le contenu : quelques fleurs séchées et décolorées qu'elle n'ose pas sortir de leur écrin de papier de crainte qu'elles ne s'effritent. Le mouvement de bascule de droite et de gauche pour les observer lui laisse entrevoir une étiquette d'herbier entre les pétales. Elle l'extrait avec précaution, se penche sur l'inscription très effacée où elle déchiffre des lettres qu'elle assemble mentalement :

Bulbocode. Mont de Grange.

Ce sont des bulbocodes ! Ces fleurs à la fois bienfaisantes et toxiques, disparues des Alpes. Les premières à sortir de terre au printemps.

La lectrice se redresse. Son cœur se met à battre à grands coups. Le sang qui la travaille lui fait porter la main à sa poitrine. Elle tourne et retourne dans son esprit la conversation avec Virgil : son père en avait trouvé au mont de Grange. François disait quel émerveillement c'était de découvrir cette fleur d'un rose-violet, qui émergeait entre les rochers et les névés. Ava frissonne de tout son corps, comme si l'atmosphère de la maison avait fraîchi d'un coup. Elle se rapproche du portemanteau de l'entrée. Évite le miroir pour ne pas voir ses yeux derrière le halo noir. Elle enfile la veste de laine, relève le col imprégné d'une odeur troublante. Un parfum de musc et de sève montante lui vient au nez. Réminiscence olfactive.

Le montagnard refait surface, au point de sentir le frôlement de sa peau chaude, sa constitution vigoureuse. Le souvenir de son corps mâle l'affole. Elle est comme en attente de lui. Cette réalité intangible rejoint le gouffre insondable de son tourment. Maintenant qu'elle a une autorisation médicale pour s'envoyer en l'air, il n'y a pas un seul homme alentour pour lui faire l'amour !

Elle s'installe au salon avec ses cartes postales pour s'occuper l'esprit. La joue au creux de la main, elle écrit à Germinie et à Marie-Soleil. Elle ne peut ni rester dans cette maison où Maud va réemménager, ni retourner au Mont où Virgil viendra voir sa mère. Ni même tenir boutique au village où elle ne pourra éviter les rencontres avec le couple. Elle ferme le rabat des enveloppes. Si déterminée qu'elle puisse être, elle s'en veut de la déception qu'elle va infliger à la soigneuse et à la pisteuse. Mais elle n'entrevoit pas d'autre issue que de décamper. Ainsi s'achève ce long séjour en altitude, répit sur le chemin semé de débris qui est le sien depuis que sa vue vacille. Une étape qu'elle avait pris soin d'aménager comme si elle ne devait plus repartir. Bien à tort.

76

Au matin, Ava se rassemble comme un lièvre prêt à bondir. Hors de ce piège aux volets rouges. Elle refait ses valises, téléphone à monsieur Taylor qui promet de venir dès qu'il sera libre. Elle a le temps d'aller déposer son courrier à la poste. La température s'est adoucie et la pluie s'abat sur le village. La rousse patauge dans la neige mouillée quand le taxi arrive. Puisqu'elle sera en avance pour son train, elle glissera les cartes postales dans la boîte aux lettres de la gare. L'Anglais met ses bagages dans le coffre, non sans remarquer ses yeux gonflés. Un peu plus tôt dans la matinée, elle a pleuré, mais à présent elle est déterminée.

— Qu'est-ce qui se passe ? l'interroge-t-il avec amitié.

— Je rentre chez moi.

— Mais vous venez à peine d'arriver !

— Les choses ont pris une drôle de tournure.

Peiné pour elle, l'Anglais fait demi-tour dans le passage, marque le stop quand le portable d'Ava vibre. *Germinie*. Gênée de partir en catimini, elle hésite à répondre. Quand elle se décide enfin, il est trop tard, la sonnerie a cessé. Elle s'étonne. La guérisseuse ne l'appelle jamais. N'appelle jamais personne d'ailleurs. Sauf en cas d'urgence.

— Il y a quelque chose qui cloche, dit-elle en tentant de la rappeler.

Sans succès.

Son cœur cogne en battements de plus en plus sourds et profonds. Monsieur Taylor l'interroge du regard dans le rétroviseur. À cet instant, *Germinie appel manqué* s'affiche sur l'écran. Ava tressaille, parcourue d'un étrange pressentiment.

— Pouvez-vous me conduire au Mont ? Virgil s'est absenté et je voudrais m'assurer que Germinie va bien avant de prendre mon train.

Le chauffeur acquiesce, conciliant. Des filets d'eau ruissellent sur la route. Tous deux gardent le silence, inquiets. Sur place, la porte du chalet ouverte ne leur dit rien de bon. Ils gravissent l'escalier, s'avancent dans la cuisine déserte.

— Minie ! Ohé !

Pas de réponse. Ava porte ses pas vers la chambre de la soigneuse. Les semelles de ses bottes claquent dans le couloir. Elle toque trois coups, pousse le battant de bois. Du seuil, elle aperçoit le crucifix au mur, le prie-Dieu dans l'angle, la photo de mariage sur le chevet, une courtepointe sur le lit ouvert.

Une odeur familière. Elle inspire profondément. Cette odeur amère, fraîche et vivifiante à la fois, on dirait qu'on a fait brûler de la sauge. Elle avance jusqu'à la table de nuit où des végétaux se consument dans un bol. Se penche sur les restes de plantes qu'elle reconnaît pour avoir désherbé le jardin des simples en compagnie de Germinie qui lui énumérait les vertus de chacun : sauge des montagnes, menthe des glaces et pervenche. Trois plantes connues pour stimuler la mémoire et la concentration.

Ava rassemble ses impressions des semaines passées, lie ensemble ce qui lui saute maintenant aux yeux : la recherche des mots, les propos confus, le gilet boutonné lundi avec mardi.

— Germinie perd la tête ! s'exclame-t-elle.

Sa voix tendue par le souci résonne de façon étrange.

— Où peut-elle être ? interroge monsieur Taylor.

Ils parcourent le chalet. Personne. En ressortent, scrutent le jardin. Les chèvres de l'Anglais mangent l'écorce du cognassier. Il les chasse. Rien du côté du mazot ni de la grange. Une brume glisse des sommets, descend dans le val d'Abondance, accroche des lambeaux mouvants aux sapins. La visibilité se réduit.

— Les jumelles ! dit Ava qui se précipite dans sa chambre chercher l'instrument confisqué à Virgil.

Elle veut jeter un œil du côté des poules dont Germinie aime à s'occuper, mais la pluie forme un rideau sur la vitre, obstruant le paysage. Elle se poste sur le perron, juste à temps pour voir Mouton débouler de nulle part, trempée comme une soupe. Elle aboie avec force du bas du perron, grimpe les marches jusqu'à Ava, la fixe. Les yeux bleu glacier de la chienne délivrent tant de messages ! Elle pivote sur ses pattes arrière, repart. La rousse la suit à la jumelle jusqu'au bas du champ. Tout semble normal. Hormis cette tache marron dans la neige.

— Près du ruisseau ! s'écrie Ava qui s'élance dehors.

Monsieur Taylor, effrayé par le ton d'alarme, fonce à sa suite.

Le chien de berger va et vient entre eux et la forme inerte devant laquelle il se fige, une patte levée, comme en arrêt devant un drôle de gibier. Germinie est assise au bord de l'eau, sa canne en travers des genoux, son tablier de cuir sur la tête et les épaules en guise d'imperméable. La minuscule femme égrène son collier de piété sous ce déluge qui rejoint le ruisseau étouffé de brume. Monsieur Taylor appelle le médecin tandis que la rousse s'agenouille près d'elle.

— Minie, c'est Ava...

Les yeux d'encre, baissés sur les remous de l'eau, se relèvent, un peu égarés, mais montrent un regard empli de confiance.

— J'ai fait sonner ton téléphone juste à temps, à ce qu'on dirait. Encore un peu et tu repartais à la Mouffe.

Sa mine hagarde contraste avec la justesse de ses propos.

— Tu es trempée, Minie. J'ai peur que tu prennes froid. Tu veux bien rentrer au chaud, avec moi ?

— Évidemment. Qu'est-ce que tu crois ? Que je pique-nique ? J'ai glissé en pourchassant la fouine. Si j'avais pu me relever, je serais déjà rentrée. Figure-toi que je l'ai prise en flagrant délit dans le poulailler ! Cette sale bestiole ne se cache même plus.

Avec l'aide d'Ava, Germinie parvient à se remettre sur ses pieds, chancelante malgré sa canne. Elle ne pipe pas quand monsieur Taylor la soulève dans ses bras et la porte jusqu'au chalet. Ses lèvres tentent de former des mots, mais seul un prénom sort de sa bouche :

— Hilarion...

— On l'appelle tout de suite, la rassure la rousse qui l'aide à retirer ses vêtements mouillés.

Au chaud dans son lit, Germinie ferme les yeux. Un grand calme s'empare de son corps. Ava en profite pour faire le secret. Ne disposant d'aucune prière contre la perte de mémoire, elle se lance dans un grand méli-mélo de mots, de gestes et de ferveur. Est-il seulement possible de barrer la vieillesse ? Tout cela lui semble absurde, mais elle ne sait pas quoi faire d'autre en attendant le docteur.

— Il faudrait prévenir Virgil, chuchote l'Anglais dans son dos.

— Il est à Évian. Sans son téléphone, malheureusement.

Ava remercie le chauffeur de taxi qui sort ses valises du coffre et retourne travailler maintenant qu'il n'y a plus de train à prendre. Entre-temps, Hilarion est arrivé, triturant son chapeau noir.

— Germinie n'en est pas à sa première chute, avoue-t-il.

Le retraité a dit ça avec précipitation. Comme s'il avait oublié du pain dans le four et qu'il soit retourné à la boulangerie en toute hâte pour réparer sa négligence. Remettre les choses en ordre. Éviter l'incendie.

77

Une silhouette masculine crottée et boueuse se présente au chalet, en fin de matinée. La rouquine détaille ce montagnard aux vêtements si trempés que des mares se forment sur le sol de l'entrée. Lui, reste là, l'air ahuri sous sa tignasse poivre et sel.

— Ava ! s'illumine Virgil. Je te croyais à Paris.

Cette femme a un don : elle n'a qu'à paraître pour déconcerter les pulsations de son cœur.

— J'étais chez toi.

— Chez moi ?

— Oui, depuis hier. Maud ne t'a rien dit ?

— Non. Elle devait venir me rendre les clefs, mais je ne l'ai pas vue de la semaine. J'en ai eu marre de l'attendre alors je suis parti chercher des bulbocodes autour du mont de Grange. J'ai pensé qu'avec le redoux ils sortiraient de terre. J'ai dû cesser mes recherches à cause de la pluie. J'arrive du refuge des Tindérêts où je me suis abrité pour la nuit. Malheureusement, je reviens bredouille.

Ava pourrait lui dire que, contre toute attente, elle en a trouvé à la Mouffe, mais elle se refuse à amoindrir ses efforts pour lui en dégoter. Elle préfère afficher un sourire large comme le ciel qui enjambe les sommets. Par bonheur, Maud a menti. Ils n'ont pas passé la Saint-Valentin à Évian.

Lui, est soulagé de voir qu'elle prend bien les choses malgré ses recherches infructueuses. Sans parler de sa loyauté qui éclate jusqu'à l'évidence. Le bonheur qui illumine le visage masculin abolit l'espace. Il lui ouvre les bras, la regarde avec des yeux si éperdus qu'elle s'avance, se blottit contre son torse. Lui, qui s'est morfondu toute la semaine, pensant l'avoir perdue une seconde fois, a le cœur en joie. Tout est encore possible : se faire pardonner son manque de confiance en elle, lui instiller son amour au point qu'elle en soit tout imbibée, la garder avec lui pour toujours.

Le malheur ne le poursuit plus. Cette femme dont il est épris est là. Devant lui. À le regarder, gênée tant elle sait que la préoccupation essentielle de la maisonnée échappe à leurs propos dérisoires. Ava ignore comment exprimer ce qui, à cet instant, se mêle dans son cœur. Cette confusion de bonheur et de tracas. Ce mélange de larmes de joie et de tristesse dans ses yeux douloureux, qui voile sa vue diminuée. Alors seulement Virgil réalise l'étrangeté de la situation. Les valises au milieu du passage, les chaussures éparses, les vêtements mouillés un peu partout, ce désordre lui fait éprouver une vague crainte. Des questions lui viennent à l'esprit. Que font la voiture du docteur et le tracteur d'Hilarion devant le chalet ? Où sont-ils ? Et surtout, où est Germinie ? Mais elles restent coincées dans sa gorge tant le saisit le tourment sur le visage d'Ava.

Sans un mot, elle le conduit à la chambre du fond. Il frappe, entrouvre la porte, décontenancé par le sourire placide qui l'accueille.

— Entre, mon fils. Je t'attendais.

Découvrir le docteur Velpeau, le retraité et Mouton autour de sa mère alitée déconcerte Virgil dont les yeux se posent sur Germinie avec une expression de tendresse qui remue Ava.

Tous restent silencieux en écoutant la soigneuse leur avouer ses chutes et l'égarement de sa tête.

— Je pars du chignon, conclut-elle.

Après quoi, elle sourit aux anges. Cède au sommeil, sa main dans celle d'Hilarion qui la veille avec un mélange d'estime et de vénération.

À présent, le docteur Velpeau parle à voix basse au couple assis dans le canapé, épaule contre épaule.

— Il faudra faire des examens complémentaires, mais je crains une dégénérescence du cerveau. Peut-être une maladie apparentée à Alzheimer.

Virgil accuse le coup. Ava lui serre discrètement la main.

— Il est possible que votre mère ne puisse plus se débrouiller seule à l'avenir.

— Elle n'est pas seule, dit-il. Je suis là. Je viens tous les jours.

— Je suis là, moi aussi, le soutient Ava.

— Je veux dire « vivre seule », précise le médecin. À ma connaissance, elle vit seule au Mont. Et vous avez vos propres soucis de santé, ajoute-t-il à l'intention d'Ava.

— Je suis guérie et je suis plus forte que j'en ai l'air.

— Je crois que vous ne comprenez pas bien, tous les deux. Dans un premier temps, il y aura des hauts et des bas, puis Germinie va décliner. Il se peut qu'elle peine à accomplir les tâches du quotidien, qu'elle devienne irritable. Il faut en être conscient.

— Germinie m'est venue en aide quand j'en avais le plus besoin, lui confie Ava. Aujourd'hui, je souhaite l'aider en retour. Dites-moi ce que je peux faire.

Il met tellement de temps à répondre qu'elle en conclut qu'il n'y a rien à faire. Que c'est fichu. Tout soudain, son visage s'anime et il explique quelle tactique adopter pour percer les barrières qui s'élèvent déjà entre la guérisseuse et ses proches.

— Je vous en prie, docteur, intervient Virgil, faites tout ce qui est en votre pouvoir pour que ma mère ne souffre pas.

— Comptez sur moi.

Quand il est reparti, Ava insiste pour qu'Hilarion, ébranlé par les mots du médecin – une maladie neurodégénérative mine son amie de cœur –, aille se reposer. Refusant de quitter le chalet, il accepte tout de même de s'allonger sur le canapé où la rouquine le couvre d'un plaid en laine. Sa façon de faire, pleine de douceur, agit à la manière d'un baume sur le vieil homme. Les membres engourdis par la fatigue, Hilarion rumine. Une meule tourne dans sa tête. Quand la soigneuse s'est mise à perdre ses mots et qu'elle lui parlait dans un baragouin, il riait devant sa figure étonnée. Il s'en veut de ne pas avoir compris plus tôt ce que cela signifiait.

De son côté, ses cheveux disparaissent et ses dents s'en vont mais, par chance, sa cervelle est intacte. Contrairement à celle de Germinie. Sa mémoire ne cesse de se dégrader. S'il ne fait rien, son âme sœur désapprendra le passé. Éparpillera leurs souvenirs communs. Alors, c'est décidé : à partir de maintenant, il passera chaque seconde avec elle, pour l'empêcher d'entrer dans l'oubli. L'entourera d'affection, ce sentiment moins vif que l'amour et plus tendre que l'amitié.

78

Ava s'installe au chevet de la soigneuse, l'esprit absorbé par une seule pensée : adoucir de son mieux le temps à venir de son amie. Car cette femme endormie est la dernière leveuse de maux des montagnes à avoir reçu le don par ses aïeules. Prendre soin de Germinie, c'est comme boire à la source de la générosité, approcher au plus près du désintéressement. Voir l'altruisme l'emporter sur l'égoïsme, où réside le grand problème humain.

Sans bruit, Virgil s'assoit tout près de la rousse qui lui dévoile le contenu de l'enveloppe jaunie qu'elle place ensuite en évidence près de la photo de mariage. Ils demeurent ainsi une heure, à chuchoter très bas. À s'étonner sur la découverte des bulbocodes à la Mouffe. À démêler l'imbroglio de sournoiseries et de volte-face de Maud et de Ray. À se dire l'intime de leurs sentiments. À se confier les drames du passé.

Les lèvres d'Ava livrent passage à des mots qui parlent d'une enfance de froide solitude à Paris. Elle raconte le jour où son père a fait ses valises devant elle, sans même un mot pour sa fille. Mentionne le pire moment de son existence : devoir décrocher sa pendue de mère. Comme statufié, Virgil paraît se retenir de respirer, peut-être par crainte de rompre le fil de son histoire.

Ava raconte comment elle a redressé la chaise sur laquelle Louise-Anne était montée. Comment elle a échoué à faire reposer ses pieds nus sur l'assise pour soulager son cou du poids mort de son corps. Comment la suicidée continuait à pendre sans qu'elle parvienne à dénouer la ceinture du peignoir, cause de son asphyxie. Et les morsures sur la langue qui sortait de la bouche maternelle.

Virgil l'écoute, attentif à chacun de ses soupirs. Il comprend. Le décès prématuré de son bébé a ouvert en lui une blessure rendue plus douloureuse par l'ombre du doute. Il parle de son impuissance face à la déraison qui l'a empêché d'être père. Et pour la première fois, il évoque les troubles psychiques de Maud, apparus au cours de sa grossesse.

— Elle ne supportait pas de voir son corps changer et agissait comme si elle n'était pas enceinte. Elle fumait, faisait la fête toute la nuit, portait des vêtements si serrés qu'elle peinait à respirer. J'ai essayé de l'alerter sur les risques, mais elle s'obstinait à ne pas m'écouter. Le jour où on a perdu le bébé, elle avait bu. Elle a trébuché et est tombée sur le ventre. Ma mère est venue pour arrêter le sang mais Maud a refusé son aide. Elle s'est mise en colère contre les pompiers, comme inconsciente de la gravité de la situation. Je crois qu'au fond, elle n'en voulait pas, de cet enfant. Avec le recul, je pense qu'elle aurait eu besoin de l'aide d'un psychiatre.

Il a dit ça d'un seul jet, sans même reprendre sa respiration, et c'est Ava qui en a le souffle coupé. Elle est là, à le dévisager, muette de stupeur. Virgil a l'air révolté. Les muscles de sa mâchoire se contractent comme si, en serrant les dents, il cherchait à juguler la colère et la tristesse qui enflent en lui devant la cruauté du sort. Ava rencontre son regard dans lequel brille un éclat à mi-chemin entre le chagrin et le courage, le désespoir et la croyance en l'avenir. Le montagnard porte à ses lèvres la main qu'elle vient de mettre dans la sienne. Y dépose un léger baiser. N'ajoute rien. C'est assez.

79

Un chuchotis complice a repris entre Virgil et Ava.

— Je ne m'explique toujours pas pourquoi ma mère détenait des bulbocodes, ni pourquoi elle les cachait.

— J'aimerais bien savoir si ce sont ceux trouvés par mon père.

— Peut-être que Germinie a la réponse.

À cet instant, celle-ci bouge dans son lit, se tourne sur le flanc. Ses paupières s'ouvrent d'un coup.

— On est quel jour ? demande-t-elle sans relever la tête de l'oreiller.

— Le mercredi 15 février.

Germinie sourit en entendant la voix de son fils. Ses yeux d'encre tombent sur l'enveloppe jaunie qu'elle fixe, un sourcil arqué. Elle tend la main, parvient à l'atteindre, guigne l'intérieur. Ces fleurs à la corolle pâlie, à la tige vidée de sève remuent en elle la plus profonde des cordes.

— Des bulbocodes ! murmure-t-elle sans parvenir à exprimer davantage ce que provoquent en elle ces pétales séchés.

Les deux autres posent sur elle leurs regards interrogatifs.

— Je vais tout vous expliquer, finit par dire Germinie, comme si elle avait entendu leurs questions chuchotées.

Elle rassemble ses souvenirs, prend sa respiration pour répondre avec sincérité :

— C'est moi qui ai donné ces bulbocodes à Louise-Anne à son retour de Venise. Elle les cachait parce que Charles jetait au vide-ordures tout ce qu'elle rapportait d'Abondance. Ce sont bien les fleurs que François a trouvées au mont de Grange. Je les avais mises à sécher dans mon herbier pour leurs vertus médicinales.

Virgil remue sur sa chaise. La stupéfaction se lit sur chacun de ses traits.

— Comment savais-tu qu'un jour Ava en aurait besoin ?

— Je l'ignorais. Je les destinais à Louise-Anne pour leur pouvoir antidépresseur. Les bulbocodes sont connus pour agir sur le système nerveux. Ils traitent les insomnies et sont précieux en cas de fragilité émotionnelle. Mais ils ne sont pas miraculeux. La preuve. Jamais je n'aurais cru que Louise-Anne en vienne à une telle extrémité. Parfois, les plantes sont inefficaces et le secret ne peut rien. Mieux vaut s'en remettre à la médecine conventionnelle.

Ava regarde la photo de mariage qui flotte devant elle. Parce qu'il faut bien porter le regard sur quelque chose quand on a devant les yeux un passé plus empoisonnant qu'une plante toxique. L'esprit agité, elle repense à l'acte de propriété dans le bureau de sa mère.

— Il reste une chose que je ne saisis pas, dit-elle. Comment ma mère a-t-elle fait pour s'acheter l'appartement ? Ce n'est pas avec ses travaux de couture qu'elle a pu le payer.

— C'est François qui l'a financé. D'une certaine façon.

Virgil et Ava s'interrogent du regard sans comprendre tandis que Germinie fouille l'humus de sa mémoire avec acharnement.

— J'ai donné à Louise-Anne l'argent que j'ai touché de l'assurance après l'incendie de la forge qui a coûté la vie à François.

Virgil cille. L'ébahissement lui coupe le souffle. Une moue éloquente se dessine sur ses lèvres. Il quitte sa chaise, fait quelques pas, estomaqué de découvrir pourquoi ils ont tiré le diable par la queue dans son enfance. Non seulement sa mère a offert cet argent à Louise-Anne, mais encore elle l'a fait alors qu'elles étaient fâchées.

La faute à Charles ! Ce dragueur à l'ego démesuré.

Un jour, le reporter-photographe avait fait des avances à Germinie. Elle avait voulu en parler à Louise-Anne, mais celle-ci, enceinte d'Ava, avait refusé de la croire. Furieuse de cette allégation qui portait atteinte à son honneur et à son bonheur, elle avait accusé la guérisseuse de charlatanisme. Pour preuve : François était mort des suites de ses brûlures alors qu'elle se disait leveuse de maux. Dans les faits, Germinie avait barré le feu à son mari. Elle avait pu le soulager, mais pas le sauver. Une terrible dispute avait éclaté entre les deux femmes. Jalousies et rivalités s'étaient manifestées des deux côtés.

— J'y avais mis une condition, poursuit la soigneuse à l'intention d'Ava. C'était toi la propriétaire de l'appartement et ta mère qui te représentait jusqu'à ta majorité.

La rousse, remuée d'apprendre la vérité, regarde éperdument sa vieille amie. Des larmes dévalent la pente de ses joues. Sans Germinie, sa mère et elle se seraient retrouvées à la rue étant donné que Charles n'a jamais payé de pension alimentaire. Germinie s'est privée car elle savait combien il était difficile d'élever seule un enfant.

Emportée par un élan de gratitude envers cette âme généreuse, Ava s'approche de la guérisseuse pour l'étreindre. Celle-ci lui tend les bras, attendrie et tremblante. Et pour cause : son fils la regarde en biais.

— Faut me pardonner, Virgil. Je m'inquiétais pour Louise-Anne. Tu sais, les gens manquent de tout, à Paris. Ils n'ont ni poules, ni chèvres, ni potager. Il paraît même qu'ils n'ont pas de place. Les pauvres, je les plains. Comment peut-on vivre sans œufs frais et sans crottins ?

Bien qu'il n'y ait rien de drôle, le montagnard sourit tant les explications de sa mère lui semblent ubuesques. La vérité et la franchise ont cela de magique qu'elles adoucissent les tourments, abolissent le passé, éloignent les fautifs, ramènent les protagonistes à l'essentiel : l'instant présent.

— Tout va bien, maman, la rassure-t-il. Et tout va bien se passer, tu verras.

Elle répond, avec un regard de tendre approbation pour son fils :

— Tu devrais emmener Ava dîner au restaurant. Aujourd'hui, c'est la Saint-Claude. Mais il n'est jamais trop tard pour déclarer sa flamme.

Épilogue

Début 2024, Ava souffle ses cinquante-quatre bougies au restaurant le Train bleu. Avec Virgil et quelques semaines de retard. Elle n'a pas pu fêter son anniversaire avant en raison de l'ouverture de son commerce. Ils ont choisi de le célébrer à Paris afin de joindre l'utile à l'agréable. Leur escapade en amoureux est destinée à prendre le pouls de la grande ville et à vider l'appartement de la Mouffe qu'Ava a vendu un bon prix. L'argent a permis de racheter la part de Maud sur la maison aux volets rouges et d'ouvrir à Abondance une boutique d'optique : Vue d'aigle.

Le couple s'est installé au Mont, dans le mazot en cours d'agrandissement. Leur présence toute proche permet à Germinie de continuer à vivre au chalet malgré sa maladie. Hilarion vient chaque jour pour lui faire la lecture du journal local. Après quoi, ils refont le monde en suçotant les crottins de madame Taylor. Une seule ombre pèse sur ces moments :

l'humeur de la soigneuse fluctue, passant de la colère à la joie, de la tristesse à l'agitation. Assise dans le fauteuil à bascule, elle prononce parfois le nom de sa mère, Irène. Elle se balance, semblant attendre qu'on lui ouvre une porte par laquelle le monde d'avant va peut-être entrer.

Les Alpins ont compris qu'Ava est la nouvelle leveuse de maux. Cela se voit à cette prévenance discrète dont elle est l'objet, bien que son don ne soit pas aussi développé que celui de sa devancière. Ils savent qu'ils peuvent la trouver dans la petite salle attenante à la boutique. Elle y pratique le secret, quelques heures par jour, gratuitement. Les personnes qui le souhaitent peuvent glisser dans une urne une contrepartie destinée à acheter des livres en gros caractères pour la bibliothèque du village.

Le reste du temps, Ava se consacre à Vue d'aigle où elle sensibilise les gens au danger des UV pour les yeux, ceux des enfants en particulier. Elle cherche également des montures anciennes, après être partie d'un constat : aujourd'hui, la majorité des lunettes sont fabriquées dans les pays asiatiques. Pourquoi continuer à importer des montures de mauvaise facture alors qu'il est possible de retrouver, en France, de superbes lunettes de toutes les époques, encore parfaitement utilisables et dont la restauration crée de l'activité ? Ava cible des lunettes de seconde main et des modèles neufs issus de stocks dormants. Après une remise en état, ces montures en métal, en acétate, en bois ou en corne arrivent comme neuves sur le nez des clients.

Elle a pour associée Marie-Soleil. D'un commun accord, elles ont embauché le fils de celle-ci, fraîchement diplômé opticien-lunettier. Le jeune homme se charge d'adapter les verres, de correction ou solaires. Marisol est responsable des pochettes de protection et des chiffonnettes de propreté. Sur la Singer de Louise-Anne, elle assemble avec passion des tissus vintage dont raffolent les clientes. La femme aux cheveux roses a emménagé avec son fils dans la maison aux volets rouges que Virgil leur loue. Blaise leur rend de plus en plus souvent visite. Tous trois gardent un œil sur monsieur Gruaz. Quand il ne va pas lire le journal *Aux touristes*, leur voisin grimpe sur le tracteur d'Hilarion en route pour le Mont où Germinie les attend pour un café-gnôle.

Mais pour l'instant, Virgil et Ava n'y pensent pas, occupés à dire au revoir à Pénélope avec qui ils ont déjeuné. Et les voilà prêts à se défaire de la Mouffe. Cet appartement rempli de cris, de pleurs, de secrets et de couture. Un cimetière en fleurs. Juste avant de remettre les clefs à l'acheteur, Ava vide une dernière fois la boîte aux lettres. Pas de manuscrit mais un faire-part annonçant la naissance du fils de Pétunia et de Jean-Raymond, devenu à nouveau père à soixante ans bien sonnés. Lui, qui avait choisi une compagne de vingt ans sa cadette dans l'espoir qu'il serait sénile quand elle atteindrait la ménopause, avait tout calculé. Sauf une chose : l'enfant dans le dos. La nullipare Pétunia, tracassée par son horloge biologique à l'approche de la quarantaine, a remisé sa pilule au dortoir sans rien dire. Avec l'arrivée du bébé, nul doute que la vie du statisticien sera faite de comptes et de gestion d'intérêts : nombre de biberons, de rots, de couches, de quenottes, de nuits blanches, de répartition des tâches ménagères. Sans parler du plan épargne prévoyance pour financer les études du chérubin qui atteindra sa majorité quand papounet touchera à ses huitante.

Malgré tout, Ava souhaite mentalement la bienvenue à ce petit garçon. Elle a fait le deuil de sa maternité. Non seulement elle ne ressent plus aucun vide intérieur, mais encore elle est nantie d'une vie pleine, repue d'amour. Il faut dire que Virgil n'aime rien tant qu'aimer Ava dont le corps et l'âme n'en finissent pas de révéler de nouveaux secrets. Le sanglier a maintes raisons de remercier le destin, mais il en est une qui l'emporte : se trouver chaque soir à l'abri du mazot, près du poêle qui éclaire les livres sur les étagères en épicéa. Quand la montagne s'endort, il va s'étendre dans la pénombre du lit clos, muni d'une lampe frontale. Le cœur battant en sourdine, il attend que la rousse le rejoigne. Dénude sa chair en chantonnant un air de gorge, sans ouvrir les lèvres. Quand le chant cesse, il la délivre de l'obscurité en portant la main à son front pour allumer sa lampe. Voilà qu'Ava surgit ! Une joie la cerne, la rehausse. Il remue alors doucement la tête, honore son corps nu de lumière. Souligne l'arrondi de ses seins, le plein de ses hanches, le bombé de ses cuisses, la fourche de son entrejambe où un météore s'embrase tout à coup.

Ce premier jour du printemps, le montagnard et la rousse montent dans le train du retour. Tout le temps du voyage, ils jacassent comme des pies borgnes. Entre projet audacieux et utopie. Il y a, dans leurs actions, une part de vrai désintéressement. Tous deux désirent le bien-être de leurs proches avant tout. Même si l'argent ne joue pas le premier rôle, il finit toujours par revenir sur le devant de la scène. Entre les travaux d'agrandissement du mazot, la maison aux volets rouges et la boutique, ils en manquent. Quoique la production de sangles dégage de quoi manger, cela reste insuffisant pour leur permettre de vivre correctement. D'autant que Vue d'aigle est un lourd investissement, avec les salaires à payer. Mais leur escapade parisienne les a confortés dans ce qui n'est encore qu'un frémissement : le marché des lunettes recyclées est l'avenir. Les gens privilégieront bientôt les montures d'occasion, comme ils le font déjà avec les voitures, les vêtements et les portables. Pour des raisons économiques, écoresponsables, solidaires et esthétiques. Mais en attendant, il leur faut une autre source de revenus.

La solution émane de Roxie au mois de juin alors qu'Ava récolte des simples avec Germinie : la bûcheronne a obtenu l'appellation « gardienne de l'équilibre forestier ». Sa gestion durable, son implication dans la préservation du patrimoine boisé et sa démarche de traçabilité ont convaincu la commission. Elle peut désormais promouvoir des métiers respectueux de la ressource bois. Roxie voudrait bien l'annoncer en personne au sanglier, mais elle n'a pas le temps de courir après lui, parti Dieu seul sait où, comme d'habitude. Aussi charge-t-elle Ava de l'informer qu'elle peut parrainer son Label au bois dormant.

Victorine sonne quatre heures au clocher. La rousse part à la recherche de son homme, talonnée par Mouton. Elle marche du pas tranquille de la montagnarde qui connaît chaque pierre. Et pourtant, ses yeux n'ont plus la faculté d'accommoder et de différencier les couleurs. Qu'importe. Ava chemine, forte d'une acuité nouvelle. Elle fait confiance à son instinct primitif qui s'était tant atrophié lorsqu'elle vivait en ville. Virgil la voit arriver entre les tresses de nuages qui se dénouent. Se demande si elle perçoit la bouffée de bonheur qu'il éprouve chaque fois qu'elle apparaît. Elle le rejoint près du ruisseau où il capture les truites. Là où leur histoire a commencé. Comme si tout s'ajustait soudain, trouvait sa cohérence. Sans la moindre hésitation, elle entre dans l'eau tout habillée, lui murmure dans le cou. Le montagnard l'écoute, le cœur agité, lui sourit comme jamais. Et de son sourire naît la lumière.

Pour tout vous dire

1. À propos de la cataracte

Les premières traces écrites de chirurgie de la cataracte datent d'il y a trois mille ans en Inde. En France, jusqu'au XVIIIe siècle, elle était pratiquée par les barbiers itinérants. Ces dernières années, on dénombre en moyenne 900 000 opérations de la cataracte par an en France. Dix pour cent des opérés n'ont pas une bonne récupération. Le guide du « bien se comporter pendant la vitrectomie » existe. Tout comme les humains, les aigles peuvent souffrir de la cataracte.

2. À propos des médecines parallèles

Deux Français sur trois y ont déjà eu recours : faiseuse de secrets, arrêteur de sang, coupeuse de feu, renoueur, rebouteux, magnétiseur… Plus de la moitié des Français estiment qu'elles compensent les problèmes du système de santé : difficulté à obtenir un rendez-vous, déserts médicaux, délai d'attente, non prise en charge de nouveaux patients, échec de la médecine conventionnelle.

3. À propos du métier de sanglier

Le métier de sanglier, ou leveur de sangles, n'est plus pratiqué que par une vingtaine de personnes en France, dont quelques femmes, appelées « sanglières ». Certains fromagers envisagent réellement de remplacer l'épicéa par une matière plastique car la production est insuffisante. La demande en vacherin explose avec l'augmentation du tourisme hivernal et la vogue des produits régionaux.

4. À propos du vacherin d'Abondance

Ancêtre du mont-d'or jurassien, ce fromage traditionnellement fabriqué par les femmes du Chablais a failli disparaître. Malgré la charge de travail, des passionnés ont relancé une production confidentielle dans les alpages de Haute-Savoie. Au cloître de l'abbaye d'Abondance, des vacherins figurent sur les peintures murales du XVe siècle. Les ducs de Savoie en raffolaient, de même que le pape Clément VII. Les premières traces datent de 1270 dans le Val d'Aoste. L'utilisation de la boîte en bois comme caquelon naturel est une pratique qui existait déjà au XVIe siècle.

5. À propos des lieux

Je n'ai jamais vécu dans le 5ᵉ arrondissement de Paris, ni hérité d'un appartement. Je n'ai pas non plus été soignée en Suisse. J'ai ressenti le besoin d'éloigner géographiquement le personnage d'Ava afin de pouvoir évoquer mon propre parcours sans flancher.

6. Anecdotes curieuses et faits véritables

Les collyres contre la pression intraoculaire ont l'hyperpilosité pour effet indésirable. Ils font pousser les poils sur le corps et sur le visage en particulier. L'industrie cosmétique le mentionne rarement, mais les mascaras vantant la pousse des cils comprennent les mêmes principes actifs que les bêtabloquants.

Mon père s'est bien rendu dans l'Atlas et au Pérou dans le but de gravir le Chacraraju, un sommet difficile de la cordillère Blanche, à plus de 6 000 mètres d'altitude. Quand j'étais petite, ce toqué d'alpinisme m'emmenait beaucoup en montagne. D'abord assise sur le haut de son sac à dos, puis encordée à lui. J'ai passé mes vingt premières années sur la neige et les glaciers, à pied, en crampons, à skis de fond, en raquettes, à peau de phoque. Longtemps sans lunettes de protection. Or la neige réfléchit jusqu'à quatre-vingt-dix pour cent des rayons ultraviolets – dits UV –, connus pour provoquer des cataractes précoces. Dans le monde, 94 millions de personnes sont atteintes de cécité du fait de la cataracte, principalement dans les pays où les UV rayonnent toute l'année, comme l'Inde, le Pakistan, l'Afrique et l'Australie.

J'ai effectivement suivi la formation aux premiers secours, mais je n'ai jamais été lectrice de manuscrits pour un éditeur réputé, ni correctrice. Je suis une romancière dont la vue s'est fait la malle. Je remercie particulièrement le Virgil du roman qui a pris ma main pour que je puisse continuer à marcher en forêt – mon dada. Et qui a été le meilleur des chauffeurs quand j'ai dû remiser au garage ma voiture, en même temps que mon autonomie et ma liberté.

Merci aux personnes – parfois inconnues – qui ont guidé mes pas quand je cheminais à tâtons dans le côté ombreux de l'existence. Aux lectrices et aux lecteurs qui ont laissé des messages écrits et audio sur tous les supports imaginables. À ceux qui ont prié saint Guérin, sculpté du bois, fabriqué de la poterie, confectionné des broderies, cuisiné, cueilli les fruits de mon verger, veillé sur ma maison, relevé le courrier, joué avec Mouton. À mon éditrice qui a patienté avec bienveillance pendant des mois. Tous, vous avez gardé confiance alors que je n'y voyais goutte. Et vous avez eu raison. J'ai continué à écrire dans ma tête jusqu'au jour où j'ai de nouveau pu poser sur le papier les histoires que je me tricotais dans le noir. Et merci à la leveuse de maux qui a barré le feu qui consumait mes yeux, sans rien attendre en retour. La Germinie du roman ne m'a pas transmis son don, mais elle a répondu à mes questions et m'a entrouvert les coulisses des faiseuses de secrets.

La vie est une histoire vraie est inspiré de mon propre vécu. Cela dit, j'ai parfois tordu la vérité dans le cadre de mon intrigue. J'ai déplacé des événements dans le temps, créé des personnages et des lieux pour satisfaire à des exigences dramaturgiques, car ce livre est et demeure un roman.

Vous souhaitez en savoir plus sur les livres
et les auteurs de la collection Terres de France ?

Retrouvez toutes les informations sur le site
www.collection-terresdefrance.fr
et abonnez-vous à notre lettre d'information.

Suivez-nous également sur notre page Facebook,
notre compte 𝕏 et Instagram.

Imprimé en France par
CPI Bussière
en septembre 2025

N° d'édition : C21012/01 – N° d'impression : 2086197